역사 속의 영미소설

지은이 조애리

서울대 영문과에서 학사, 석사, 박사학위를 받고, 현재 카이스트 인문사회학부 교수로 재직 중이다. 저서로는 『페미니즘과 소설 읽기』(공저), 『성·역사·소설』, 『제인 에어』가 있고 역서로는 『빌레뜨』, 『설득』, 『밝은 모퉁이 집』, 『민들레 와인』, 『왕자와 거지』 등 소설과 『여성의 몸 어떻게 읽을 것인가?』(공역), 『문화코드 어떻게 읽을 것인가?』(공역) 등의 이론서가 있다.

역사 속의 영미소설

발행일 • 2010년 10월 31일

지은이 • 조애리

발행인 • 이성모/발행처 • 도서출판 동인/등록 • 제1-1599호

주소 • 서울시 종로구 명륜동2가 아남주상복합아파트 118호

TEL • (02) 765-7145, 55/FAX • (02) 765-7165/E-mail • dongin60@chol.com

Homepage • donginbook.co.kr

ISBN 978-89-5506-457-5

정가 15,000원

※ 잘못 만들어진 책은 교환해드립니다.

역사 속의
영미소설

| 조애리 지음 |

도서출판 동인

1.

이 책은『성·역사·소설』이후 역사와 관련하여 영미소설을 분석한 작업의 성과물이다. 영미소설이라고 했지만 영미소설을 개괄적으로 다룬 것은 아니고 대부분 19세기 영미 소설을 다루고 있다. 다만 20세기 소설을 다룬 글도 있어서 고민 끝에『역사 속의 영미소설』이라고 제목을 붙여보았다. 소설과 역사의 관계를 한 마디로 정의할 수는 없지만 "역사 속"이라고 한 것은 소설이 역사적 맥락에서 배태되었으며 동시에 역사를 만들어가는 중요한 동력이라는 의미에서이다. 소설은 각 역사 단계에서 대두되는 문제항에 대면하여 혼신의 힘으로 고민하고 해결책을 탐색할 뿐 아니라 영향력 있는 담론으로서 역사를 만들어가기도 한다.

19세기 영국에 있어 가장 큰 도전으로 다가 온 것은 산업사회와 그 결과였다. 세계 역사상 최초인 산업사회는 한편으로는 매혹적이면서 다른 한편 충격적이었다. 엄청난 생산성은 경이로웠으나, 도시의 성장이나 노동 성격의 변화 무엇보다도 사회 구조의 변화는 어떠한 지침이나 선례를 찾을 수 없는 것이었다. 한편으로 그들은 사회를 단일한 유기적 통합체로 믿고 싶었지만 이미 노동과 자본의 갈등이라는 사회적 적대는 피할 수 없는 현실이었다. 다른 한편으로 그들은 제국을 멀리 떨어져 있는 자신과 상관없는 것으로 여기며 제국이 주는 부를 마치 자연의 선물인양 향유하고 싶었지만, 제국은 이미 본국 곳곳에 스며 있었다. 제국의 흔적은 이미 자신의 집 안에 들어와 있었고 나아가 자아의 일부를 이루고 있었다.

19세기 영국인에게 사회통합은 당위이고 적대적인 관계가 사회를 가로지르고 있다는 사실 자체가 외상(trauma)이었다. 이에 대한 하나의 대응 방식이 이데올로기이다. 이데올로기는 조화로운 사회가 존재하지 않는다는 외상을 회피하기 위해 현실을 상상적으로 구축한 환상이다.[1] 이 환상 속에서는 "건전한 사회 구성체와 그것을 부식시키는 타락한 힘 사이의 대립"(Žižek: 1989, 125)이 핵심적인 갈등이며[2] 부식시키는 힘인 폭도만 제거하면 사회는 다시 건강해지리라고 상상한다. 그러나 소설은 이런 완벽하다고 가정되는 상징계의 틈새, 결여, 과잉을 재현한다. 이때 상징계 안에 포괄될 수 없는 것은 라캉이 말하는 실재(the Real)이다. 실재는 재현할 수 있거나 규정할 수 있는 것은 아니지만 그렇다고 없는 것도 아니며, 실재의 틈입으로 아늑하고 익숙하며 길들여진 것은 모두 흔들린다. 소설은 이러한 실재의 틈입을 형상화하며 그 가운데 사회통합이 하나의 환상임을 드러낸다. 하지만 소설은 때때로 결여와 과잉을 제거하기만 하면 건강한 사회가 회복될 수 있다는 환상을 더욱 공고하게 하기도 한다.

계급 갈등과 아울러 식민지의 존재 역시 안정된 건강한 사회라는 이데올로기적 환상을 위협하는 것이었다. 영국이 문명화의 임무를 내세우며 인도를 공격했다면 인도의 가치는 여러 통로로 영국에 스며들었다. 식민지의 타자를 재현할 때, 지배자들은 일차적으로 유럽적 자아와 식민지인의 차이를 극단적으로 밀어붙인다. 그러나 식민지인과 이처럼 엄격하게 경계를 유지해야한다는

---

1) Žižek, Slavoj & Glyn Daly. *Conversations with Žižek/Slavoj Žižek and Glyn Daly*. Cambridge, UK: Polity 2004, 10.
2) Žižek, Slavoj. *The Sublime Object of Ideology*. London, New York: Verso, 1989, 125.

사실 자체가 식민지 지배자의 불안의 원천이 된다. 식민지인은 신체적 불결, 정신적 부패, 광기 등을 전염시키는 위험한 존재로 생각되며 따라서 지배자는 늘 전염될 수 있다는 불안에 사로잡힌다. 제국의 문제에 있어서도 소설은 다른 어떤 담론이 도달할 수 없는 수준에서 타자가 불러일으키는 불안을 포착하고 식민지 타자가 지배 주체의 일부로서 스며들어 있음을 포착한다.

영국 소설가들이 좀 더 구체적인 사회적 갈등과 통합의 문제에 관심을 기울였다면 미국 소설가는 개인 대 사회라는 문제에 더욱 관심을 둔다. 미국 작가들은 사회 계급 간의 갈등을 보기 보다는 사회를 하나의 단일체로 보고 비판하며, 사회적 상황이나 유물론적 조건보다는 미국을 지배하는 정신에 대해 고민한다. 19세기 미국 사회를 특징짓는 원리가 "효율성의 복음", "어떤 희생을 치르고라도 성장하려는 의지"라면 20세기 미국사회 역시 남/녀, 지배/피지배의 이항대립으로 분류할 뿐 아니라 그 대립에 위계적인 의미를 부여하는 상징폭력으로 특징지워진다. 개인은 이러한 사회의 원리를 대면하고 화해 혹은 결별해야하는 주체가 된다.

역사와 관련하여 미국소설의 중요한 기여는 역사가 무엇인가에 대해 근본적인 질문을 던진 데 있다. 그 하나가 역사의 기원으로 돌아가서 국가의 정체성 자체에 대해 의문을 제기하는 것이다. 아감벤의 해석대로 현실의 역사가 있을 뿐 아니라 "과거에 있을 수도 있었던 일, 현실화 되지 않은 잠재성"3)의 역사가 있다. 이때 잠재성이란 건축가의 경우 건축을 할 수도 있고 건축을 하지 않을 수도 있는 양자의 가능성 모두를 포함하는 것이다. 잠재성은 현실에서 배제된 "있을 수 있었으나 없어진 모든 것으로부터, 다를 수 있었으나 현재의 모습이 되기 위해 희생된 모든 것으로부터 새어나오는 비탄의 소리"4)이다. 그렇

---

3) Agamben, Giorgio. *Potentialities: Collected Essays in Philosophy.* Trans. Daniel Heller-Roazen. Stanford: Stanford UP, 1999, 270.

다면 과거에 있을 수도 있었으나 일어나지 않은 일, 즉 실현되지 않은 잠재성은 왜 중요한가? 그것은 현실세계에서 배제된 것을 되살리며 따라서 현실에 대한 근본적인 비판의 근거가 되기 때문이다. 소설은 현상에 대한 비판에서 그치는 것이 아니라 기원으로 회귀하여 있을 수도 있었던 역사, 좀 더 바람직한 공동체의 역사를 상상하기 까지 한다.

2.

1부 '영국의 상황과 사회통합'의 첫 글인 「"영국의 상황"과 여성:『북과 남』」은 노사 간의 갈등과 사회통합의 문제를 정면으로 다루고 있다. 여주인공의 여성적 영향력을 통하여 노동자의 세계를 자본가에게 이해시키고, 자본가를 인간화하고자 한다. 그러나 폭동 장면에서 그녀의 영향력은 시험의 대상이 된다. 그녀의 의도에도 불구하고 여주인공은 몸소 공적 영역에 나서는 순간 타락한 여성이 되어버린다. 그녀는 사적 공간에서 자본가인 남편에게 도덕적·정신적 영향력을 행사하는 것으로 끝난다. 「러다이트 운동과『셜리』」는 러다이트 운동의 상징적인 재현이 지젝이 말하는 이데올로기적 환상의 구축과정을 거치는 것으로 분석한다. 꿈과 마찬가지로 이데올로기적 환상의 구축에 전치(displacement)와 응축(condensation)이 발생하며 러다이트 운동의 재현에 이 과정을 찾아볼 수 있다. 「법적 보호와 남성적 정체성의 구성:『흰 옷을 입은 여인』」은 법적 보호(coverture)의 원칙이 단지 결혼에서 뿐 아니라 당대 사회에서 남녀의 위상과 존재를 결정하는 원칙이라는데서 출발한다. 법적 보호에 따르면 여성은 결혼과 동시에 남편의 일부가 되며 따라서 더 이상 개별적인 법적 정체성을 갖지 못한다. 이는 남성 중심의 가부장적 질서를 강화시키는 원리였다.

---

4) *ibid.*, 266.

이 작품은 법적 보호의 위험성에 대한 경고로 출발하지만 법적보호와 그에 기초를 둔 남성적 정체성의 정당성을 재확인하는 것으로 끝난다. 그러나 이러한 정당성의 강조에도 불구하고 그러한 상징질서가 갖는 결여와 남성적 정체성의 불안에 대한 암시 역시 강하게 남는다.

2부 '제국과 영국소설'의 「제국주의와『제인 에어』」는 식민지 지배의 양면인 정복과 문명화의 기저에 깔린 심리적 태도가 남성 인물들 속에 생생하게 재현되어 있음을 분석한다. 이러한 남성인물과는 대조적으로 여주인공은 양가성을 보인다. 제인은 한편으로 식민지의 피지배자와 억압을 공유하며 그것은 제국주의 비판의 중요한 근거를 마련해주지만, 이러한 공유에도 불구하고 문명화라는 식민지 지배에 참여하고자하는 은밀한 욕망을 가지고 있다. 「타자성에 대한 불안:『문스톤』」은 식민지의 양면성, 즉 부의 원천이기도 하지만 위협적인 존재로서 두려움을 불러일으키는 인도라는 문제를 전면에 내세우고 있다. 이 작품의 중요한 주제는 타자성이 촉발하는 불안이다. 영국 문화 및 사회속에 이국적인 보석, 인도에서 만든 캐비넷, 인도산 숄, 장신구 등의 물건이 타자성의 징표가 될뿐더러 그 타자성은 단순히 외부에 있는 것이 아니고 식민지지배자의 자아에 개입해 들어온다. 타자성의 표지인 아편이 오히려 블레이크를 지배하게 됨을 보여준다. 「버지니아 울프: 여성적 정체성과 제국」은『댈러웨이 부인』과『등대로』에서 제국주의에 대한 비판이 여주인공들의 불안한 심리 속에 나타나는 것으로 본다. 울프의 여주인공들은 순응적으로 보이지만 위태로운 정체성 속에서 가부장적인 제국주의적 질서를 간접적으로 비판한다. 그러나 현실의 제국의 문제에 대한 직접적이고 구체적인 개입과는 거리를 둔다.

3부 '미국문화와 상징폭력'의 첫 글인 「제임스와 미국적 자아:「밝은 모퉁이 집」」에서는 브라이든의 갈등은 자신이 유럽으로 귀화하지 않고 당대 미국인의 전형적인 삶을 살았으면 어떻게 되었을까하는 개인적 고민에서 출발하지만 궁극적으로 미국 문화에 대한 진지한 탐색이다. 분신인 유령의 눈이 없는 것은 폭력적이고 공격적으로 이윤을 추구하는 미국 사회의 이면을 상징하는데, 그는 이러한 자신의 일부를 부인할 수도 그렇다고 수용할 수도 없는 딜레마에 빠진다. 그 딜레마를 해결하기 위해 그는 미국적 자아를 유령인 타자에게 모두 투사하고 나서 거부한다. 자신 속에 있는 애매함과 이중성을 읽어내는 대신 다시 동질적인 자아의 모습으로 회귀하고자 한다. 「상징폭력과 의식고양: 『작은 변화들』」은 상징폭력에 공모하는 여성과 대안적 삶을 모색하는 대조적인 두 여주인공을 등장시킴으로서 상징폭력의 공고함과 동시에 그에 대한 저항의 가능성을 보여주고 있다. 미리엄은 파격적인 성 관계에도 불구하고 자발적으로 상징폭력에 공모하는 모습을 보인다. 이에 비해 경제적으로나 교육적으로 훨씬 더 소외된 여주인공인 베스는 도피를 반복하지만 이것은 미리엄의 경우처럼 차이 없는 반복이 아니라 각 단계마다 새로운 발전을 보이는 성장에 가깝다. 그녀는 남성지배에 정면으로 대결하며 새로운 공동체인 여성 코뮌을 선택한다.

4부 '잠재적 미국사의 상상'의 「'되기'의 실패와 잠재성의 정치학: 멜빌의 『필경사 바틀비』」에서 멜빌은 역사의 기원에서부터 현실의 역사와는 다른 역사를 상상한다. 바틀비의 논리를 화자는 의지 혹은 필연성으로 해석하려고 한다. 그러나 바틀비의 "차라리 ～하지 않는 게 낫습니다"는 의지나 필연성의 영역이 아닌 잠재성을 지시한다. 필경사인 바틀비는 쓸 수도 안 쓸 수도 있는 잠재성의 영역에 있는 것이다. 나아가 바틀비의 논리는 화자의 현실인식 속에 포괄될 수 없는, 현실의 역사에서는 억압된 잠재성의 역사를 상상한다. 「역사와

반복: 존 바스의 『연초장수』는 1960년대 미국 문화가 자신의 과거에 강박적으로 사로잡힌 맥락에서 볼 필요가 있다. 이는 문화적으로 유럽 중심적인 상황에서 탈피해 미국 고유의 목소리를 발견하려는 욕구와 관련되어 있으며, 이 소설도 미국 기원의 시점에서 메릴랜드 역사를 반복하는 가운데 미국의 정체성을 탐색하는 한 방식이라고 볼 수 있다. 바스는 에브니저라는 희화화된 인물에 집중함으로써 순수에 대한 미국 역사를 둘러싼 기존의 거대담론을 파괴한다. 그러나 바스는 기존의 미국사를 비판하고 대안적 역사를 제시하기 보다는 모든 역사 담론이 시뮬라크르이고 자신의 이야기 역시 하나의 시뮬라크르라는 포스트모던적 관점을 제시한다.

이 글들을 다시 정리하다 보니 이 글에 담긴 대부분의 생각들이 10년 동안 대전에서 함께 독회를 한 선생님들께 빚진 바가 많음을 깨닫게 되었다. 회장인 박종성 선생님을 비롯하여 한애경, 김진옥, 최인환, 유정화, 강문순 선생님께 감사드린다. 특히 함께 쓴 두 편의 글을 이 책에 싣도록 너그러이 허락해주신 윤교찬 선생님께 감사드린다. 그리고 지금은 이 세상에 안 계시지만 학문의 길을 열어주신 김영무 선생님께 이 책을 바친다.

목 차 |

책머리에 • 5

I. 영국의 상황과 사회통합

1. "영국의 상황"과 여성:『북과 남』• 17
2. 러다이트 운동과『셜리』• 39
3. 법적 보호와 남성적 정체성의 구성:『흰 옷을 입은 여인』• 55

II. 제국과 영국소설

4. 제국주의와『제인 에어』• 77
5. 타자성에 대한 불안:『문스톤』• 95
6. 버지니아 울프: 여성적 정체성과 제국 • 111

III. 미국 문화와 상징폭력

7. 제임스와 미국적 자아:「밝은 모퉁이 집」• 135
8. 상징폭력과 의식고양:『작은 변화들』• 151

IV. 잠재적 미국사의 상상

9. '되기'의 실패와 잠재성의 정치학: 멜빌의『필경사 바틀비』• 173
10. 역사와 반복: 존 바스의『연초장수』• 197

I

영국의 상황과 사회통합

1

"영국의 상황"과 여성:
『북과 남』

1. 들어가는 말

세계 역사상 최초로 산업사회를 경험한 영국인들에게 그 경험은 한편으로는 매혹적이면서 다른 한편 충격적이었다. 기계화로 가능해진 엄청난 생산성은 경이로웠으나, 노동 성격의 변화, 도시의 성장, 사회 구조의 변화는 어떠한 지침이나 선례를 찾을 수 없는 새로운 도전이었다. 노동자는 기계를 전혀 소유하지 못하고 이제 커다란 기계의 작은 톱니바퀴가 되었으며, 공장주와 노동자의 관계는 현금을 받고 노동을 파는 관계로 축소되었다. 1840년대를 거치면서 영국 사회는 심한 경기 침체, 임금 하락, 실업 등의 문제에 부딪쳤고 이러한 사회적 국면을 칼라일(Carlyle)은 "영국의 상황"이라고 불렀다. 영국의 상황에서 핵심적인 문제는 노동 계급에 대한 이해와 통제였다. 칼라일은 "현재 노동 계급의 상황 및 성품은 불길하다. 어떤 감정이, 무언가를 말해야하고 무언가를 행해야한다는 감정이 아주 만연되어 있다"(151)고 지적했다. 노동 계급은 규모가 커졌을 뿐 아니라 노동자들의 열악한 생활 조건 및 노동 조건은 더 이상

방치할 수 없는 상태가 되었다. 이에 대한 상투적인 이해는 노동 계급은 원래 동물적 충동을 지니고 있어서 범죄를 하며 반역을 한다는 것이었다. 그러나 현실적으로 노동 계급은 이미 정치 세력으로 성장해 있었으며, 이러한 상투적 반응을 너머서서 사회적 갈등을 이해할 필요가 있었다.

그러나 "배고픈 40년대"를 지나고 1848년의 혁명을 피하면서, 영국은 1851년 수정궁 전시회로 대표되는 유례없는 번영을 누렸다. 무정부 상태에 이르리라는 예언이 숱하게 쏟아졌지만 사회는 무너지지 않았다.[1] 하지만 여전히 노동 계급에 대한 이해는 영국 사회의 핵심적인 과제였다. 다만 이제 노동 계급은 이질적인 존재가 아니라 영국이라는 공동체에 통합되어야하는 대상이 되었다. 개인주의에 바탕을 둔 자본주의는 경제적 번영을 가져오기는 했지만 너무 공격적으로 여겨졌고 인간의 얼굴을 한 자본주의, 사회적 책임감을 지닌 자본주의에 대한 요구가 강해졌다(Mary Eagleton 39). 영국 사회 전체의 생산력 증대라는 관점에서 보더라도 노동 조건의 개선과 고용주의 의식 변화는 필수적이었다.

대부분 사회 이론가들은 영국의 상황에 대해 논할 때 여성 문제를 옆으로 밀쳐두었으며 그들이 여성을 언급할 때는 단지 산업화가 자연 질서에 가져온 혼란을 한탄하기 위해서이다. 국회의원들은 여자들이 공장에서 일하는 것을 비난하고, 차티스트들은 여성에게 참정권을 확대하려는 노력에 반대했고, 복음주의자들과 의사들은 거리의 여성의 수가 늘어난 것을 개탄했다(Poovey 513). 여성과 영국의 상황을 연관시켜준 것은 여성의 노동이나 공적 영역의 진출이 아니라 여성적 영향력이라는 개념이었다. 여성이 사회에 기여할 수 있는 것은

---

1) 노동 계급의 전투성의 첫 번째 물결을 물리쳤기 때문에 산업 부르조아는 1850년에 이르면 승리를 공고히 하기 시작했다. 노동 계급의 일부는 경제적으로 상승하여 정치적으로 통합되었다(Eagleton 110).

아내이자 어머니로서 정서적·도덕적 영향을 통해 남성을 올바른 방향으로 인도할 수 있다는 것이었다. 여기서 더 나아가 러스킨은 여성이 남성의 정신, 전쟁, 인류의 운명에까지 절대적인 영향을 미친다고 했다(Basch 5). 여성 노동이 확대되고 있는 현실에도 불구하고 여성은 사적 영역의 담당자로 정의되었고, 따라서 여성이 영국의 상황이라는 공적 영역의 문제에 개입하기 위해서는 남성이라는 매개를 거쳐야만 한다는 생각이 지배적이었다.

『매리 바튼』(*Mary Barton*, 1848)에서 『북과 남』(*North and South*, 1855)으로의 변화를 보면 개스켈의 관심의 축이 노동자의 비참한 상태에서 사회 통합 쪽으로 옮아갔음을 알 수 있다. 『북과 남』의 중심축은 대립된 계급의 화해를 모색하는 것이다. 이때 계급 갈등을 치유하는 것으로 제시되는 것은 경제적 관계의 변화가 아니라, 바로 여성적 영향력이다(Newton 165). 여기서 여주인공은 여성적 가치를 사회로 확산시켜 야만의 얼굴을 한 자본주의를 인간화하고 계급 갈등이 해소된 통합된 공동체를 창조해내고자 한다. 여주인공은 두 계급의 삶의 방식 및 노·사 관계에 적극적인 관심을 보이고 개입할 뿐 아니라 적극적으로 노동자의 세계를 자본가에게 이해시키고, 자본가를 인간화하고자 한다. 본 논문은 여주인공이 어떻게 영국의 상황을 이해하고 그 해결에 개입하고 있는가, 그 과정에서 여성적 영향력이 어떻게 나타나며 그것의 성과와 한계가 무엇인지 평가하고자 한다.

2. 노동 계급의 삶에 대한 이해

『북과 남』이라는 제목에서 독자가 떠올리는 것은 남부의 농촌과 북부의 산업 도시의 대조이다. 밀튼(Milton)의 비참함은 남부를 대표하는 헬스톤

(Helstone)과 비교하여 생생하게 드러나지만 대조는 그것으로 끝난다. 남부는 실체라기보다는 북부에 무엇이 좋은지 알려주는 "윤리적 모델"(Dainotto 83)에 그친다. 작가의 관심은 오히려 북부 밀튼의 계급 갈등과 그것의 해결이다. 란스베리(Lansbury)의 지적대로 밀튼은 새로운 사회의 핵인 맨체스터를 모델로 한 것으로(98), 역사적으로 새로운 경험인 산업 사회를 어떻게 이해하며 이 유례없는 산업 사회의 갈등을 어떻게 해결하느냐가 이 소설의 관심사이다.

노동 계급의 삶에 대한 이해를 제공하는 것이 바로 여주인공의 자선 방문이다. 이 점에서 마가렛(Margaret)은 여성적 영향력을 가정 너머의 영역까지 확산시키는 러스킨적인 여성이다. 그러나 북부에서 자선 방문을 하기 위해 그녀는 과거 남부에서 가졌던 자신의 관점을 조정해야한다. 남부의 교구에서는 목사의 딸인 그녀의 자선 방문이 당연한 것으로 받아들여졌으나 여기서는 그녀의 지위가 미미한 사설 교사 딸로 떨어졌을 뿐더러 노동자들도 헬스톤의 교구민들과는 다른 태도를 보인다. 집 근처의 거리에서 히긴즈(Higgins)와 그의 아픈 딸인 베시(Bessy)를 만났을 때 그녀는 이름과 주소를 묻는데, "헬스톤에서였다면 이름과 주소를 물으면 가난한 이웃을 방문하겠다는 뜻으로 여겼을 것이다." 그러나 여기서는 "곧 자기를 주제넘게 여기는 것을 알았다. 그의 눈에 그런 뜻이 담겨 있는 것을 눈치챘다."(113) 여기서는 오히려 노동자인 히긴즈가 그녀를 집으로 초대한다. 히긴즈는 수혜자의 역할을 거부하고 잠재적인 자선을 초대로 바꾼 것이다.

마가렛의 자선 방문이 독자에게 알려주는 정보는 노동 계급이 겪는 고통의 실상이다. 이는 당대 사회가 요구하는 일이기도 했으며 추상적인 정치경제학을 넘어 서서 소설가들만이 할 수 있는 일이기도 했다. 중간 계급의 독서 대중에게 노동자의 비참한 삶은 경악스러운 새로운 사실이었고 이러한 사회악을 어떻게 치유할 것인가에 대해서 만큼이나 어떻게 이해할 것인가(Poovey 493)가 논쟁의 주제였다. 마가렛은 여성 방문자라는 덜 공식적인 역할을 함으로써 계급 갈등을 개인적 접촉으로 바꾸고 노동자의 삶에 대해 직접적 지식을 제공한다. 특히 새로운 언어에 대한 개방성은 사회적 갈등의 중재자로서 마가렛의 능력을 입증해준다. 그녀가 "땡땡이 친다"라는 말을 사용하자 그녀의 어머니는 "사투리 … 끔찍한 밀튼 사투리"라고 하지만 마가렛은 "공업 도시에 살면, 공장 용어를 써야 해요"라고 하면서 어머니께서 "들어보신 적이 없는 그 많은 단어"를 쓰지 않으면, "대신 장황하게 설명을 늘어놓아야 하는 걸요"(301-2)라고 대답한다. 이처럼 새로운 언어를 사용함으로써 마가렛은 노동장의 삶을 좀 더 풍부하고 직접적으로 재현해 낼 수 있다.

실제로 산업 노동자는 새로운 환경의 산물로 이러한 산업 노동자에 비견할 만한 사람들은 존재한 적이 없었다(David 38). 이 유례없는 이질적인 존재가 여성 방문자라는 매개를 거쳐 독자 앞에 제시된다. 노동자들이 겪는 고통은 주로 죽음을 앞둔 여성 노동자인 베시의 이야기를 통해 드러난다. "목면에서 미세한 솜가루가 날아와 공중을 가득 메워 마치 아주 미세한 하얀 먼지로 가득 찬 것 같이 보여요. 사람들 말로는 그 먼지가 폐를 둘러싼 후 조인다고 해요. 어쨌든 소면실에는 솜가루의 독성 때문에 쇠약해져 기침을 하고 각혈을 하는 사람들이 많아요."(146) 폐병에 걸린 베시의 이야기는 면직 산업의 부정적인 면을 마가렛에게 그리고 중간 계급 독자들에게 교육한다. 그렇다면 극악한 노동 조건이 왜 개선되지 않느냐는 마가렛의 질문에 대해 베시는 노동자들은 솜가루로 허기를 메우는데 익숙해져 있는데 솜가루가 없어지면 배가 고프기 때문에 환풍기가 있는 공장을 싫어한다고 한다. 이는 당대에 큰 파문을 일으켰던 국회의 조사보고서에 등장하는 일화와 부합한다. 베시는 이런 끔찍한 현실을 아무렇지도 않게 서술하는데 이는 고통을 당연히 받아들이는 노동자의 반응을 보여주며 독자는 그러한 반응을 가져온 가혹한 영국의 상황에 주목하게 된다.

마가렛은 자선방문을 통해 노동자들의 비참한 삶을 드러낸다는 점에서 여느 여성 방문자나 할 수 있는 일을 하지만, 그녀가 당대의 여성 방문자와 구분되는 것은 노동 조건 뿐 아니라 계급 갈등이라는 문제에 적극적인 관심을 갖는 점이다. 그녀에게 노동자들은 단지 동정의 대상만은 아니다. 그녀는 진지하게 파업이라는 현상을 이해하려고 한다. 17장의 제목이기도 한 '파업이란 무엇인가?'는 이 소설의 핵심적인 질문이며 독자는 마가렛의 혼란을 공유하면서 이 문제를 탐구해 들어가게 된다. "왜 파업을 하세요? ... 파업은 원하는 임금을 받을 때까지 일을 하지 않는 것이죠. 그렇죠? 제가 전혀 모른다고 이상하게 생각하지 마세요. 전에 살던 곳에서는 파업에 대해 들어본 적이 없거든요."(181) 이 작품의 모델이기도한 프레스톤(Preston) 파업은 1853년 9월에서 1854년 4월 사이에 일어난 대규모 장기 파업이었다. 사회 통합의 분위기에도 불구하고 이 파업은 자본과 노동의 전쟁을 방불케 했다. 브런리(Brunley), 위건(Wigan), 바컵(Bacup) 등에서도 직장폐쇄가 있었지만, 외부적인 지원은 성공 가능성 높은 곳인 프레스톤에 집중되었다. 『타임』(The Times), 『데일리 뉴스』(Daily News), 『런던 뉴스』(Illustrated London News)가 이곳에 특파원을 파견했으며 신문 기사, 독자 편지, 잡지에 이 파업을 둘러싸고 열띤 논쟁이 있었다(Carnall 38). 전투적인 노조주의가 커다란 사회악이며 파업은 잘못이라는 광범위한 믿음에도 불구하고, 파업자들이 보여주는 비범한 인내심, 규율, 희생정신에 대해 언론도 찬사를 보냈다. 파업을 주도하는 노동조합 편에서도 나쁜 인상을 주지 않으려고 노력했다. 공장주들이 파업 파괴자로 아일랜드 노동자를 수입했을 때, 노조 대표들은 그들을 돌려보내려고 애쓰면서 아일랜드 노동자들에게 귀국 여비까지 제공했다. 이러한 노동자의 미덕에 대해서는 일부 공장주까지 칭찬할 정도였다. 노조 간부인 히긴즈는 당대 언론의 묘사대로 도덕적인 인물로 그려져 있다. 딸에 대한 사랑에서 히긴즈의 자상한 성격을, 부셔가 죽은 후 그의 가족을 돌보아주는 히긴즈의 모습에서 노동자 사이의 유대감을 느낄 수 있다.

그러나 이러한 미덕에도 불구하고 히긴즈는 "파업이란 무엇인가?"라는 핵심적인 질문에 대해서 논리적으로 정치적 입장을 제시하지 못한다. 임금 재원론이나 사업의 상태를 이유로 임금을 깎는 공장주에 대해 히긴즈는 노동자들이 느끼는 분노를 대변한다. "사업의 상태라고! 그건 공장주들이 사기치는 것일 뿐이오. 난 임금 이야기를 하는 거요. 사업의 상태야 공장주들이 좌지우지하는 것이오. 그리고 말 안 듣는 아이에게 겁을 주기 위해 검은 도깨비를 들이대듯이 협박용일 뿐이오"(183). 하지만 이러한 분노에도 불구하고 그는 파업이 효과적일 수 있다는 것을 마가렛뿐 아니라 독자에게도 설득력 있게 설명하지 못한다. 임금을 결정하는 법칙에 대해 공장주와는 다른 대안을 제시하는 대신, 히긴즈는 단순히 공장주를 이해할 수 없다고 함으로써, 노동자들도 교육을 받아야 한다는 정치경제학의 입장을 확인해줄 뿐이다(Brantlinger 46).

마가렛은 노동자들의 고통에 대해서는 공감하지만, 영국의 상황을 타개할 수 있는 대안이 노동조합이나 파업은 아니라고 생각한다. 노동자의 고단한 삶은 오히려 파업으로 인한 고통 쪽에 초점이 맞추어져 있다. 파업은 베시의 말대로 연옥 같은 혼란, 즉 "일생 동안 날 피곤하게 한 노동과 임금과 주인과 일손에 대한 싸움, 고함, 소음들"(184-5)이다. 독자는 하늘나라로 가는 것이 오히려 위안이 된다는 베시의 말에 공감하게 된다. 마가렛은 노동자의 고통에 대해 깊이 공감하지만 "파업이 무엇인가?"라는 자신이 던진 질문에 대해서는 명확한 답을 얻지 못한다. 계급 갈등이라는 핵심적 문제에 대해 오히려 마가렛 편에서 히긴즈를 계몽하려고 하기까지 한다. 노동조합에 가입하도록 압력을 가하는 방법에 대해서 히긴즈가 노조원이 아닌 사람들에게는 "말을 안 걸고, 말거는 사람에게 벌금"을 물린다고 하자, 마가렛은 "이건 정말 독재군요. ... 그러면서도 당신은 공장주의 독재 운운 하시는군요!"(296)라고 한다. 그녀는 계급 갈등의 중재자로서 여성적 영향력을 발휘하여 독재를 완화시키려고 한다. 이처럼 여성이 중재자라는 개념은 엘리어트(Eliott)의 지적대로 "하층 계급 문제에 대한 중간계급의 불안을 완화해주는 하나의 방법"을 마련해준다(45). 그러나 이 개념은 계급 갈등의 성격의 이해나 해결에 전혀 기여하지 못하고 있다.

마가렛이 노동 조건에 관심을 갖는 것은 통상적인 자선 방문자에서 진일보한 면이 있지만 그녀의 의식은 그들의 경제적 이해 관계나 사회의 구조적 문제에 대한 이해로 확대되지 못한다. 노동조합과 파업에 대한 독자나 마가렛의 이해는 여성 노동자인 베시의 수준에 머문다. 이 작품은 여주인공의 "사회적 상상력"(Schor 128)의 확대를 보여주지만 확대된 상상력은 심정적인 공감에 그친다. 마가렛은 계급적 기반을 초월해 노동자의 관점에서 영국의 상황을 바라보는 데까지는 나가지 못하고 있다.

3. 비인간적 자본주의의 비판

개스켈은 첫 소설 『매리 바튼』에서 산업 사회의 여러 측면을 정확하게 재현해냄으로써 급격한 변화가 노동자들의 삶에 미친 영향을 생생하게 전달했다. 노동자들의 불행 즉 그들이 통제할 수도, 이해할 수도 없는 고통이 개스켈에게 영감을 주었던 것이다. 『매리 바튼』에 대한 전형적인 반응은 노동자와 고용주를 다루는데 있어 균형 감각을 잃고 노동자들의 고통에 지나치게 비중을 두었다는 것이었다. 즉 비평가들은 작가가 노·사 간의 적대감을 과장하고 있으며 공장주 역시 경기 침체와 무역 역조로 고통 받는 점을 간과하고 있다며 개스켈을 비판했다.

『북과 남』은 이러한 비판에 대한 작가의 응답이기도 한데, 계급 간의 조화를 위해 공장주가 어떤 태도를 취해야하나가 이 소설의 핵심이다. 이것은 개스켈의 개인적 변화이며 동시에 시대적 요구를 반영한 것이다. 개인주의적 경쟁을 신봉하는 공장주들이 노동 계급에 지나치게 압박을 가하여 파업 등의 과격한 행동을 가져왔고 이런 갈등은 이미 영국 사회 전체에 부담이 되었다. 경제 자체가 자기 조절 법칙에 지배되기 때문에 이익을 추구하는 개인의 욕망을 내버려두면 국가가 번영할 것이라는 자유방임적 사고는 더 이상 문제를 해결해주지 못했다. 따라서 노동 계급에 대해 좀 더 유연하게 대응하는 것은 피할 수 없는 시대적 요구였고, 그 중심에는 비인간적인 자본주의를 인간화하는 문제가 자리잡고 있었다. 이 소설은 노동 계급과 자본가의 대립을 변증법적으로 해결하는 것이 아니라 교리문답식 대화를 통하여 분열된 사회가 통일된 공동체로 이행하는 것을 목표로 한다. 이때 자본가에 대한 비판의 근거는 여주인공인 마가렛이 구현하고 있는 여성적 가치이다.

공장주인 쏜튼(Thornton)은 처음에 개인주의적 경쟁을 신봉하는 강경한 자본가의 전형으로 등장한다. 그에게 사회는 적자생존의 원칙이 실현되는 장이다. 그의 적자생존 원칙은 다윈의 법칙을 기계적으로 사회에 적용한 것이다 (Ingham 66). "우리의 시스템이 아름다운 이유 중 하나는 노동자도 자신의 노력과 행동에 의해 공장주의 힘과 지위로 상승할 수 있다는 점이오."(125) 이때 그가 말하는 노력은 점잖음, 절제, 의무를 뜻한다. 그가 볼 때 노동자들은 바로 이런 자질이 없어서 성공하지 못한다는 것이다. "헤일양이 밀튼 사람들의 얼굴에 새겨져 있다고 한 이 고통은 단지 과거 어느 때인가 방탕하게 즐긴 데 대해 당연히 벌을 받는 거요. 자제력이 없고 탐닉적인 사람들은 증오할 가치조차 없소. 그들의 의지박약을 경멸할 뿐이오"(126). 그의 관점은 노동 계급에 대한 당대의 상투적인 태도를 그대로 반영하고 있다. 당대의 인기 있던 자조 철학의 전도사인 새뮤얼 스마일즈(Samuel Smiles)에 따르면 상업적 성공은 근면, 노력, 유혹에 저항의 표시며(David 17), 반면 노동자들은 술을 먹고 낭비하고 게으르기 때문에 적자 생존에 부적절한 종족이고 따라서 영원히 노동자로 남는다는 것이다.

그러나 쏜튼은 이러한 적자 생존의 원칙만을 고수하려는 것은 아니다. 쏜튼은 자신에게 무엇인가가 결핍되어 있음을 알고 있다. 쏜튼에게 마가렛이 매력적인 이유도 바로 자신에게 결핍된 그 무엇인가를 그녀가 가지고 있어서이다. 그가 헤일(Hale)씨에게 고전 수업을 받는 것은 무조건적인 부의 축적 이상의 것, 즉 "신사다운 행동과 권위, 적절한 관계"를 배우기 위해서였다. 마가렛의 집안을 둘러본 후 쏜튼은 교양 없는 자신의 삶과 대조를 이루는 이들의 삶의 방식에 강하게 이끌린다.

> 이 집의 거실은 자신의 거실보다 2배 아니 20배는 더 훌륭했다. 그러면서도 훨씬 편안했다. 이곳에는 거울도 ... 도금 장식도 없었다. 커튼과 의자 덮개의 색깔이 ... 두드러졌지만 방은 전체적으로 따스하면서도 차분했다. (119)

마가렛의 집의 실내 분위기는 쏜튼이 고전을 읽음으로써 얻고자 하는 교양과 통하며 이는 마가렛이 대표하는 여성적 가치가 어떤 것인지 드러내준다. 거울이 없는 것은 마가렛이 외양을 과시할 필요가 없다는 것을 뜻하며, "막 내려놓은 듯이 테이블 위에 있는 책"(79)은 이들의 교양을 상징한다.

반면 그의 집의 실내 장식은 교양이나 여성적 가치와는 동떨어진 삶의 방식을 대표한다. 거실에는 "멋지게 장정된 책들이 바큇살"(112)처럼 일정한 간격을 두고 꼽혀 있다. 그의 거실은 고난을 극복하고 이루어낸 자수성가의 기념비로 채워진 박제된 공간이다. 그곳에서는 "편안히 쉬거나 조용히 집안일을 하기가 쉽지 않았다. 단지 장식하기 위해서 그러고 나서 장식이 더러워지거나 망가지는 것을 막기 위해서 꾸민 것이었다."(158) 잉검의 지적대로 이 두 집안의 대조는 쏜튼의 도덕적 선택처럼 보인다. 즉 현재와 같이 교양이 결핍된 강경한 자본주의를 택할 것이냐, 그렇지 않으면 교양 있는 가정이 상징하는 인간적 가치를 택할 것이냐이다(59). 이때 인간적 가치는 곧 마가렛의 여성적 가치와 등치된다.

쏜튼과 마가렛의 입장이 극단적으로 대립된 것은 우선 노동자를 어떻게 규정할 것인가를 둘러싸고 나타난다. 쏜튼에게 노동자는 노동이라는 기능을 제공하는 "일손"일 뿐이고, 따라서 독재적인 통치의 대상이다. 그가 노동자들을 "일손"이라고 일컫는 것은 그들을 인격체로 보는 것이 아니라 신체의 일부인, 시장성 있는 물건을 생산하는 손에 대해서만 관심을 가져서이다. 그에게 노동자는 순전히 경제 단위일 뿐이다(Colby 56). 쏜튼에게 노동자는 독재적인 통치 대상일 뿐이다. 그는 노동자를 아이에 비유하면서, 그는 "유아기에는 우리 자신을 통제해 줄 현명한 독재가 필요하오. 사실은 유아기가 한참 지난 다음에도, 아이들과 젊은이들은 항상 확고하게 신중한 권위의 규제를 받을 때 가장 행복하오"(167)라고 말한다.

이에 대해 마가렛은 "일손"이라는 표현 자체를 거부한다. 나아가 그녀는 크롬웰의 독립성을 칭찬하면서 노동자를 독재적으로 통치하겠다는 그의 모순

을 지적한다. 그녀는 어떻게 그가 "독립심에 대한 존경과 독재의 찬미를 화해
시키는지"(171) 모르겠다고 한다. 이어서 노동자=아이라는 쏜튼의 비유를 그
대로 받아들여 그를 비판한다. 아이는 성장과 변화를 뜻하는데 노동 계급이 영
원히 아이의 상태에 머물러 있을 것이라고 가정하는 것은 곧 그들을 괴물로
키우는 것이라는 것이 마가렛의 요지이다. 고용주들이 일손을 "맹목적으로 복
종하기만 하는 … 단지 키 크고 덩치 큰 아이"(166)라고 생각하는데 이런 생각
이 위험하다는 것이다. 그녀는 우화적으로 뉴른베르크(Nuremberg)의 부자 이야
기를 통해 쏜튼에게 경종을 울린다. 그 부자는 큰 저택에 자식을 몇 년이나 가
두어 두었다. 이 사람은 아들을 악에서 구하기 위해 "무지 속에서 자라나게 했
고 그 무지를 순진함으로 착각했다"(168)는 것이다. 아버지가 죽자 "어린 아이
지능을 지닌 아들이 발견되었다. 그는 혼자 살아갈 수 없었을 뿐 아니라 사악
한 충고자들의 주장에 쉽게 넘어갔다. 마침내 이 '커다란 늙은 아이'는 거렁뱅
이 짓을 할 말조차 몰라서 시 당국에서 돌보아야만 했다."(168) 마가렛이 우화
를 통해 온정주의의 논리적 한계를 드러낼 뿐 아니라, 온정주의 이데올로기 자
체가 사회적 위협(Bodenheimer 58)이 될 수 있다는 것을 보여준다.

두 번째로 마가렛과 쏜튼이 대립하는 것은 책임감을 둘러싼 입장 차이 때
문이다. 쏜튼은 작업 시간 중의 노동자에 대해서는 아이로 규정짓고 철저하게
통제하는 반면 공장 밖에서 노동자가 겪는 고통에 대해서는 외면한다. 오히려
작업 시간외에 노동자를 돌보는 것을 간섭이라며 자신의 입장을 정당화한다.
그는 가부장적 규율과 자유방임주의적인 책임 유기를 자신에게 편리하게 혼용
하지만, 기본적으로 자유방임주의적인 원칙을 따른다. 그는 칼라일이 비판하
는 자본가의 모습 그대로이다. 칼라일은 배금주의를 신봉하는 자본가들이 이
렇게 말한다고 한다. "'내 굶주리는 노동자여?' 부유한 공장주가 이야기한다.

'내가 시장에서 공정하게 그들을 고용하지 않았던가? 내가 마지막 한 푼까지 그들에게 돈을 주지 않았던가? 그들과 그 이상 무슨 관계가 있단 말인가?'"(278) 쏜튼이 생각하는 노·사 관계는 바로 이러한 자본가들이 생각하는 "현금 관계"이다.

이에 반해 마가렛에게 사회는 상호 연관된 개인들로 이루어진 공동체이다. "가장 당당하고 독립적인 사람도 눈에 띠지 않지만 성격이나 생활에서 주변 사람들의 영향을 받아요"(143)라고 한다. 따라서 그녀의 관점에서 볼 때 "현금 관계"만 보는 쏜튼의 사회상을 받아들일 수 없다. 마가렛은 공장주가 소유주가 아니라 재산을 관리해주는 집사와 같은 역할을 해야 한다고 생각한다. 마가렛이 보기에는 집사인 공장주가 저지르고 있는 가장 큰 잘못은 노동자들과 의사소통을 하지 않는 것이다. 임박한 파업에 대해 이야기하면서 마가렛은 왜 노동자들에게 싼 미국 면과 경쟁하기 위해 새로운 기계를 도입했고 그 결과 임금을 삭감할 수밖에 없는지 알려주지 않냐고 따진다. 이에 대해 쏜튼은 "당신은 하인에게 돈을 쓸 때 왜 쓰고 또 왜 아끼는지 설명을 하시오?"(164)라고 한다. 하지만 우선 그녀에게 노동자는 하인이 아니며, 상호의존적 공동체의 대등한 구성원이다. 마가렛은 "개인 관계와 계급 관계 양자에 단일한 행동기준"(Gallagher 72)을 적용하여, 가족 구성원에게 서로 어려운 점을 알려 주고 문제를 해결하는 방식을 적용할 때 노·사 갈등이 해결될 수 있다고 생각한다. 히긴즈에게 노동조합의 독재를 꾸짖었던 것과 마찬가지로, 그녀는 공장주인 쏜튼에게는 노동자들에게 상황을 설명하지 않은 것을 비판한다.

쏜튼이 대표하는 비인간적 자본주의의 추진력과 마가렛이 나타내는 여성적 가치는 극명하게 대조되는데, 이러한 대조의 목적은 비인간적 자본주의의 교화에 있다. 노동자에 대한 마가렛의 공감이나 그녀의 사회적 책임감은 자본주의에 인간적 면모를 더 할 수 있는 기초로 제시된다. 여성 특유의 공감적 이해가 당대의 분열된 사회에 대한 비판의 근거가 되는 동시에 그러한 분열을 치유하고 통합된 공동체를 이루어내는 출발점인 것이다. 이러한 여성적 가치는 칼라일이 말하는 바 "현금 관계"를 비판한다는 점에서는 칼라일의 비전과 비슷하지만, 노동자들의 고통에 공감한다는 점에서 칼라일보다 앞선 면모를 보인다.

4. 여성적 영향력의 성과와 한계

이 소설은 갤러거의 지적대로 "여성이 주위의 남성에게 영향을 미침으로써 사회적 개혁의 주체가 될 수 있다"(86)는 것을 보여주고자 한다. 마가렛과의 논쟁을 통해 쏜튼의 강경한 태도는 점차 변화된다. 우선 쏜튼은 마가렛 앞에서 일손이라는 표현을 쓰지 않는다. 나아가 쏜튼은 자유방임주의에 대한 비판을 받아들이고 처음 마가렛과의 논쟁에서 강력하게 부인했지만, 결국 단순한 "현금 관계"를 너머선 개인적 접촉의 가치를 인정한다. 그는 마가렛의 가치를 그대로 받아들여 노동자와 자본가가 서로를 더 잘 이해하게 된다면 계급 간에 "바람직한 연대가 형성될 것"(452)이라고 생각한다. 이때 쏜튼은 사회적 건강이 자본가 계급의 재생에 있다고 보는 것이나 현금 관계를 부정하는 점에서 칼라일의 생각을 공유한다. 그러나 여기에 여성적인 영향력이 개입됨으로써 칼라일보다 훨씬 더 유연한 비전을 보인다. 칼라일은 군대를 모델로 하여 공장을 구상하고 "산업 대장"인 자본가는 절대적 권력을 지녀야한다고 생각한 반면, 마가렛의 영향을 받은 쏜튼은 노·사 간의 대화를 중시하며 좀 더 협동적인 공동체를 이루고자한다. 쏜튼은 사회적 "실험"인 협동 식당을 묘사하면서 노동자의 언어를 이해하고 그 기호를 정확하게 읽는 것이 중요하다고 강조한다. 노동자에게 익숙해지면, 그들의 옷, 행동, 몸짓, 말을 정확하게 읽게 되고, 정확한 읽기는 이해로, 이해는 사랑으로 이어진다는 것이다. 그 계획이 "공동의 이익을 위해 추진되어야하고, 그러다 보면 서로의 인격과 성품, 때로는 변덕스러운 기질, 말하는 방식까지 알 수 있는 수단과 방법을 찾게 됩니다. 서로를 더 잘 이해하게 되는 겁니다."(432) 따라서 그의 관점을 따르면 자본가의 극단적인 대응이나, 노동자의 계급 연대 모두가 지양된다. 중요한 것은 계급을 초월한 인간성이라는 것이다. 물론 그는 마가렛과의 대화에서 그녀의 여성적 영향력에 감화되어 이런 지혜를 얻게 된 것이다.

마가렛이 당대의 평균적인 여성과 구분되는 것은 노·사 갈등을 이해하려고 노력하며, 나아가 노동자 및 공장주와의 논쟁을 통해 현실을 변화시키려 하는 것이다. 마가렛은 중재자로서 노동자와 공장주 양자에게 모두 영향을 미치려고 한다. 그녀는 단지 공장주와 노동자 사이의 통로만은 아니다. 중재자로서 마가렛은 노·사의 언어를 완전히 이해하여 노·사 모두에게 상대방의 입장을 해석해주려고 시도한다. 공장주에게 노동자를 인간적으로 대해야 한다고 설득하며, 노동자에게는 노동조합이 갖는 독재성을 지적한다. 이처럼 공적 영역의 갈등에 개입하려는 시도는 상투적인 여성적 영향력에서 진일보한 것이다. 잉검은 이러한 시도에 대해 마가렛이 여성적 영향력을 권력으로 바꾸었다고 까지 평가한다(67). 즉 논쟁에서 시작하여 쏜튼의 행동을 통제하려고 한다는 것이다. 그러나 이것을 곧 여성적 영향력이 권력으로 변화한 예라고 볼 수 있을까? 당대 성이데올로기에 따르면 공장주나 기업가는 '경제적 동기'에 의해 움직이는 반면, 그의 아내는 제 2의 양심으로 도덕적인 감화를 주어야 한다고 한다. 따라서 마가렛의 설득은 여성적 영향력이라는 당대의 성이데올로기를 크게 벗어나지 않고 있다. 마가렛이 영향을 미치고자하는 대상이 노·사 관계인 것은 당대의 상투적인 태도와는 구분되나 기본적으로 제 2의 양심인 여성이 조화로운 사회 관계를 이루는데 간접적으로 기여해야한다는 당대의 성이데올로기를 그대로 반복하는 측면이 있다.

마가렛은 남성에게 잠재한 '여성적' 공감을 끌어내고 남성의 이런 측면이 공적으로 발현되기를 원한다. 그러나 이러한 '여성적' 공감은 남성에 의해서 공적 세계에 수용되어야 한다. 마가렛이 직접 사회문제에 개입할 때, 여성의 역할에 대한 그녀의 해석과 여성의 적절한 처신에 대한 사회의 정의 사이의 모순이 고통스럽게 드러난다(Harman 351). 이러한 모순은 특히 노동자들이 파업 기간 중 파업 파괴자로 아일랜드인을 쓴 것에 항의하며 분노에 차 몰려오는 22장 폭동 장면에서 첨예하게 나타난다. 처음 그녀는 쏜튼에게 노동자들을 피하지 말고 "인간 대 인간"으로 대화를 하라고 몰아세운다. 그리고 노동자들이 더욱 공격적인 행동을 해올 태세를 보이자 그녀 스스로 빗장을 열고 문을 활짝 연 후 노동자들 앞에 나선다. "그녀는 오만해 보일 정도로 단호하게 커다란 쇠 빗장을 들어 올렸다. 그리고 문을 활짝 열고는 거기에 서서 노도의 물결을 이룬 사람들을 똑바로 바라보았다. 분노에 차 이글거리는 눈동자로 그들을 쏘아보았다."(233) 노동자가 돌을 던지자 "그녀는 그(쏜튼)를 끌어안았다. 자신의 몸을 방패 삼아 화난 군중으로부터 그를 보호했다."(233-4) 마가렛의 극적인 개입은 구성적인 측면에서 보자면 즉각적인 노동자의 폭력을 막고 쏜튼과의 결혼이라는 행복한 결말의 실마리가 된다. 노동자들은 마가렛이 쓰러지자 군인이 폭력적으로 해산하기 전에 자발적으로 해산하며, 쏜튼은 마가렛의 행위를 자신에 대한 사랑을 표시한 것으로 해석하고 구혼하기에 이른다.

그러나 이것은 표면적 구성에 그친다. 실제로 마가렛은 이 순간 여성적 영향력이 작용했던 두 방향 모두에서 그녀의 한계를 드러낸다. 하나는 그녀가 노동 계급에 대해 가지고 있던 공감의 한계이다. 그녀는 물밀듯이 몰려오는 노동자들에게 위협을 느끼며 그들을 야수로 규정한다. "그것을 인간답지 않다고 하는 것은 아무 것도 아니다―그것은 자신이 게걸스럽게 먹으려는 먹이를 치우려고 할 때 달려드는 끔찍한 야수가 내보이는 사악한 욕망이었다."(232) 마가렛이 노동자가 던진 돌에 맞아 쓰러진 것은 노동 계급이 중간 계급에 미치는 위협을 극대화한 것이다. 이때 쓰러지는(fall) 것은 타락을 의미하는 이중적 의미를 지니고 있으며, 노동 계급이 중간 계급 여성을 "상징적으로 강간"(David 43)한 것이 된다. 따라서 이제껏 노·사 양자에게 있던 갈등의 책임이 전적으로 노동 계급에게 전가되며, 이로써 노동자에 대한 공감과 이해, 그리고 그것이 가져올 계급의 화해라는 대 전제가 깨어진다.

다른 한편 여태껏 공장주를 감화시켜 산업 사회의 문제를 해결하려고 하던 마가렛의 여성적 영향력은 그 힘을 상실해버린다. 그녀가 공적 영역에 나서는 순간 타락한 여성이 되어버리고 이제 타락한 여성이라는 훼손된 도덕적 위치로 인하여 이러한 역할을 수행하지 못하게 된다. 마가렛은 자신은 그러한 행위를 일반적인 여성의 소명으로 정당화한다. "여성이라는 이름에 걸맞는 여성이라면 어떤 여성이라도 나서서 여성의 경건한 무력함을 발휘해 위험에 빠진 남성을 막아주었을 것이다."(253)라고 항변한다. 하지만 마가렛의 생각과는 달리 그녀는 공적 영역에 직접 개입하자마자 영향력을 잃게 된다. 19세기 중반 이후 여성이 점차 투표나 교육 등의 공적 영역에 접근하자 이에 대한 사회적 불안이 증가하면서 여성의 공적 출현은 곧 성적 타락과 연관되었다. 대중 앞에 자신을 드러낸 그녀의 행위는 즉시 "타락한" 여성의 행동으로 해석된다(Michie 133). 이처럼 여성적 영향력은 성적 부적절함에 대한 끈질긴 함의 앞에 무기력

"영국의 상황"과 여성: 『북과 남』
33

하다. 하인들과 쏜튼의 여동생은 마가렛이 여성으로서 부적절한 행동을 했다고 호들갑을 떤다. 이보다는 낫지만 쏜튼 역시 마가렛의 방어를 애정의 표시로만 해석한다. 쏜튼의 관심은 마가렛을 안았을 때의 느낀 육체적 감각에 모아진다. "그녀가 어떻게 와서 감쌌나를 생각하면 그의 몸의 신경 하나하나가 전율했다."(237) 그러나 다른 사람의 평가보다 더 중요한 것은 마가렛 자신이 느끼는 내면화된 수치심이다. 무의식적으로 "여성의 일"을 했다는 자부심보다 마가렛에게 더 절실한 감정은 구경거리가 되었다는 자의식으로 인한 고통과 수치심이다. "너무나 수치스러워서 무덤을 파고 들어가 숨고 싶은 지경이었다. 그러나 그녀는 여러 사람이 똑바로 쳐다보는 것을 피할 수 없었다."(249)

흔히 이 22장의 폭동 장면을 기점으로 정치적 주제가 낭만적 사랑으로 변질되었다고 한다. 그러나 이 장면에서 여성의 공적 출현은 그 자체가 "정치적인 면에서나 성적 면에서 폭발적인 함의"(Harman 373)를 드러낸다. 개스켈은 여성적 가치를 확대함으로써 공적 영역을 여성화하고자 했다. 그러나 그녀의 의도와는 달리 직접 공적 영역에 개입하자 마가렛은 육체적으로 침해당하고 그로 인해 여성적 영향력을 상실한다. 개스켈은 이러한 모순을 드러내는 가운데 여성적 영향력이 지니는 한계를 의식하지 못했어도 감지하고 있으며, 이 한계 속에는 비극의 가능성이 잠재해 있다. 마가렛이 무산자에 가까운 무력한 입장에 처하게 되자 이러한 비극의 가능성은 더 높아진다. 부모님이 돌아가시고 오빠가 범죄자가 되어 해외로 도피한 후 그녀는 다시 런던에 있는 친척 집에 더부살이 신세가 되는데 그녀는 이데올로기적으로 뿐 아니라 물질적으로도 타락한 여성에 가까워진 것이다. 그녀는 잘해야 당대의 독신 여성을 일컫던 표현인 "잉여 여성(redundant woman)"이 될 처지이다. 이 모든 난관을 해결해주는 것이 예기치 않게 마가렛에게 상속된 유산과 결혼이다. 아버지의 친구인 벨

(Mr. Bell)이 유산을 물려줌으로써, 마가렛은 쏜튼의 공장 부지의 주인이 되며 쏜튼과의 결혼을 통해 파산한 쏜튼의 공장을 복구시키고 자신의 비전을 실현시킨다.

폭동 장면에서 개스켈은 여성적 영향력이 얼마나 영국의 상황을 해결할 수 있을 것인가에 대해 극한까지 밀고 나갔으나 더 이상 그 문제를 탐색하지 않는다. 두 사람의 결혼은 단지 낭만적인 해결만은 아니다. 오히려 이 결혼은 영국의 상황에 대한 개스켈에 소원 성취적 비전이다. 마가렛의 관점은 쏜튼이라는 매개를 거쳐 실현되는데 이것이 개스켈이 성이데올로기와 타협하여 이루어낸 계급 화해의 비전이다. 더 이상 여성의 공적 출현을 둘러싼 문제는 제기되지 않는다. 이때 화해의 비전을 실현시키기 위해 개스켈이 유산이라는 기계적 장치를 쓴 것도 문제이지만, 모르간의 표현대로 "마가렛이 쏜튼의 공장에 투자한 것은 박탈"(114)이기도 하다. 기혼여성 재산법 제정 이전인 이 당시의 독자는 마가렛의 유산이 어떻게 될지 알았을 것이다. 결혼과 동시에 마가렛은 법률적으로 존재가 말소되고 남편과 통합되기 때문에, 그녀의 재산 처분권 및 소유권은 모두 쏜튼에게 양도된다. 다른 빅토리아 시대 여주인공과 마찬가지로 그녀 역시 경제력과 독립적 지위를 정신적·도덕적 권위와 바꾼 것이다 (Armstrong 428). 그녀는 쏜튼 속에 통합되고 그에게 도덕적·정신적 영향력을 행사하는 것에 만족한다. 개스켈은 여성적 영향력의 한계를 의식하였음에도 불구하고 비극은 억압되고 다시 그 이전의 사고로 돌아가는 순환 구조를 보여준다.

이러한 한계에도 불구하고 개스켈의 성취는 빅토리아 시대의 어느 여주인공보다 노동자의 구체적인 삶과 사회 문제에 관심을 지닌 여주인공을 창조한

것이다. 노동자들의 죽음, 착취, 불행, 고통, 부당함 등이 마가렛을 통하여 세밀
하고 생생하게 독자에게 전달된다. 그리고 마가렛이 당대 성이데올로기의 틀
을 완전히 벗어나지 못한 것은 사실이지만 끊임없이 공·사 영역의 경계를 넘
나드는 가운데 엄격한 공·사 영역의 분리를 당연시하는 이데올로기에 부분적
으로 도전하고 있는 것도 사실이다.

● 인용문헌

푸비, 매리. '디즈라엘리, 개스켈과 영국의 상태' 이선주역. 근대영미소설학회편『영국소설사』.
　　　　서울: 신아사, 2000.

Armstrong, Nancy. *Desire and Domestic Fiction: A Political History of the Novel*. New York: Oxford UP,
　　　　1987.

Basch, Francoise. *Relative Creatures: Victorian Women in Society and the Novel*. New York: Schocken, 1974.

Bdoenheimer, Rosemarie. *The Politics of Story in Victorian Social Fiction*. Ithaca: Cornell UP, 1988.

Brantlinger, Patrick. 'The Case Against Trade Unions in Early Victorian Fiction.' *Victorian Studies* 13:1
　　　　(1969): 34-49.

Carlyle, Thomas. 'Chartism.' Ed. Alan Shelston. *Selected Writings*. London: Penguin, 1971.

Carnall, Geoffrey. 'Dickens, Mrs Gaskell, and the Prestone Strike.' *Victorian Studies* 8 (1964): 31-50.

Colby, Robin B. "*Some Appointed Work To Do*": *Women and Vocation in the Fiction of Elizabeth Gaskell*.
　　　　Westport, Connecticut: Greenwood Press, 1995.

Dainotto, Roberto M. *Place in Literature*: *Regions, Cultures, Communities*. Ithaca: Cornell UP, 2000.

David, Deirdre. *Fictions of Resolution in Three Victorian Novels: North and South, Our Mutual Friend, Daniel
　　　　Deronda*. London: Macmillan, 1981.

Eagleton, Mary. and Pierre, David. *Attitudes to Class in the English Novel from Walter Scott to David
　　　　Strorey*, London: Thames and Hudson 1979.

Eagleton, Terry. *Criticism and Ideology*. London: Verso, 1992.

Eliott, Dorice Williams. 'The Female Visitor and the Marriage of Classes in Gaskell's *North and South*.'

Nineteenth-Century Literature, 49 (1994): 21-49.

Gaskell, Elizabeth. North and South. Harmondsworth: Penguin, 1970.

Gallagher, Catherine. 'Hard Times and North and South: The Family and Society in Two Industrial Novels.' Arizona Quarterly 36 (1980): 70-96.

Harman, Barbara Leah. 'In Promiscuous Company: Female Public Appearance in Elizabeth Gaskell's North and South.' Victorian Studies 31 (1988): 351-74.

Ingham, Patricia. The Language of Class and Gender: Transformation in the Victorian Novel. London: Routledge, 1996.

Lansbury, Coral. Elizabeth Gaskell: The Novel of Social Crisis. London: Paul Elek, 1975.

Michie, Elsie B. Outside the Pale.: Cultural Exclusion, Gender Difference, and the Victorian Woman Writer. Ithaca: Cornell UP, 1993.

Morgan, Susan. Sisters in Time: Imagining Gender in Nineteenth-Century British Fiction. Oxford: Oxford UP, 1989.

Newton, Judith Lowder. Women, Power, and Subversion: Social Strategies in British Fiction, 1778-1860. New York: Methuen, 1981.

Schor, Hilary. Scheherezade in the Marketplace: Elizabeth Gaskell and the Victorian Novel. New York: Oxford UP, 1992.

2
러다이트 운동과 『셜리』

1. 들어가는 말

샬롯 브론테의 작품 중 『셜리』(*Shirley*, 1849)는 사회적 문제를 언급한 유일한 작품이다. 『제인 에어』의 성공에도 불구하고 브론테는 사회적인 문제에 대해 언급을 해야 한다는 강박감을 지녔다. 개인적으로 그녀의 불안은 『제인 에어』(*Jane Eyre*)가 하찮은 문제를 다룬 소설로 여겨질 것을 염려한 데서 비롯되었다. "그것은 지식이나 연구결과를 담고 있지 않고, 그것은 공적인 관심거리를 논하고 있지도 않습니다. … 넓은 견해와 심오한 학식을 갖춘 분들에게는 단순한 가정소설이 하찮게 보일까 두렵습니다"(Wise and Symington II, 151). 실제로 그 당시의 관점으로 볼 때 『제인 에어』는 지극히 편협한 개인적인 문제를 다루었으며, 기껏해야 가정교사 문제를 다룬 정도였다. 이에 비해 19세기 중반의 소설들은 빅토리아 문화를 평가하려는 노력을 보였다. 소설은 사회 비판의 장이자 새로운 패러다임을 마련했다. 1840년대 나온 디킨스(Charles Dickens)나 새커리(William Makepeace Thackery)의 소설은 대중적인 인기를 누렸을 뿐 아니라 사회적 문제에 대한 발언이기도 했다. 브론테의 전기를 쓸 정도로 브론테와 가까웠던 개스켈의 경우 『매리 바튼』(*Mary Barton*)에서 노동자들의 상황을 『북과 남』(*North and South*)에서 노동자들과 공장주의 화해 가능성을 주제로 다루었다. 개스켈의 관심사는 부자와 빈민의 나라로 분리된 '두 나라' 사이의 의사소통이었다. 그녀는 『매리 바튼』에서 하층 계급의 도덕적 코드가 여러 면에서 모범적임을 보여주는 가운데 "노동계급을 관찰하는 수많은 사람들, 특히 맨체스터의 관찰자들이 표시한 폭력과 배신에 대한 두려움"(Childers 165)을 줄일 수 있으리라고 생각했다.

1840년대의 가장 큰 사회적 이슈는 챠티즘이었다. 브론테의 『셜리』는 러다이트 운동을 다루고 있지만 이글튼의 표현대로 "『셜리』의 이야기되지 않은 주제"(45)는 챠티즘이며, 러다이트 운동은 "챠티즘 시대의 약속이자 경고"(47)이다. 『셜리』는 '좋은' 결과를 가져온 계급 갈등의 시기를 채택해 어떻게 하면 당대 영국에서 그러한 해결이 가능한지를 보여주고 있다. 차티즘이 실패한지 1년 후인 1849년 출판된 이 작품은 40년 전으로 돌아가서 현재의 기원이 된 중요한 순간을 다시 살린다. 이 작품의 무대인 웨스트 라이딩(West Riding)은 1840년 차티스트 항거의 중심지였다. 1845년 이후에는 격심한 경제 불황, 높은 실업률, 치솟는 식량가격 등으로 차티즘이 다시 활발해졌다. 1848년에 이르면 웨스트 라이딩의 노동자들이 무장훈련을 할 정도였으며 2000명의 노동자와 비슷한 숫자의 군인 및 경찰과 충돌했다. 이런 당대 상황에 대해 브론테는 1848년 혁명이 재현될 것을 두려워했다. 1848년 3월 친구에게 보낸 편지에서 브론테는 "격렬한 혁명은 모든 좋은 것을 후퇴시키고, 문명을 저지한다. … 영국이 현재 대륙을 뒤틀고 아일랜드를 위협하고 있는 발작과 광기에서 벗어나길 간절히 기도한다"(Wise and Symington II, 202-3)고 한다. 브론테가 생각하는 '영국'은 조화로운 사회이며 챠티스트들로 인한 '발작과 광기'를 제거하면 그러한 사회가 가능해진다고 본다.

그러나 브론테는 챠티즘을 직접 다루는 대신에 러다이트 운동을 통해 그에 대해 이야기하고 있다. 이글튼은 러다이트 운동의 숨겨진 주제가 챠티즘이라는 탁월한 통찰력에도 불구하고, 갑자기 『셜리』의 관심사는 노동계급의 문제가 아니고 지배자의 자질이라며 러다이트에 대한 논의를 중단한다. 그러나 브론테의 관심은 러다이트 운동을 지나쳐서 지배 계급으로 넘어간 것이 아니라 러다이트 운동이 완벽하게 지배질서에 포획되는 모습을 보여주는 데 있다. 오히려 이 작품은 지배질서가 공고해져가는 빅토리아조 중반에 노동 계급의 적대감을 포획하여 사회통합이라는 환상으로 재구축하려는 시도로 볼 수 있다. 본 논문에서는 브론테가 사회적인 조화를 막는 장애물로서 러다이트 운동을 어떻게 형상화하고 포획하며 그러한 상징적 재현의 의미는 무엇인지 평가하고자 한다.

2. 이데올로기적 환상의 구축

러다이트 운동은 역사상 가장 강렬한 저항이었지만 동시에 완전히 소멸된 것처럼 보이는 독특한 운동이다. 그것은 시작 당시 비밀 결사의 형태를 취하고 있었고 1812년에 절정을 이루었다. 실존 인물인지조차 애매한 전설적인 인물인 네드 러드(Ned Ludd) 장군의 편지가 1811년 노팅검에 있는 고용주들에게 보내졌으며, 임금 삭감과 비숙련 노동자 고용에 분개한 노동자들이 밤에 공장에 침입해 새로 들여온 기계를 파괴했다. 3주 안에 200개가 넘는 기계가 파괴되었다. "아사 브리그즈(Asa Briggs)의 지적대로 러다이트들을 물리치기 위해 동원된 군인 12000명은 1808년 웰링턴이 페닌슐라에 동원한 군대보다 더 큰 규모였다"(Johnson 106). 그럼에도 불구하고 브론테 당시 러다이트 운동은 완전히 신화의 공간으로 사라진 사건이었다. 아마도 이것이 브론테가 러다이트 운동에 끌린 이유였을 것이다.

그러나 러다이트 운동은 노동자들의 조직적인 반항의 출발점이기도 하다. E. P. 톰슨에 따르면 새로운 종류의 노동 계급의 급진주의는 "1811-13년을 분수령으로 보아야한다. 이를 기점으로 한 흐름은 튜더조로 돌아가고, 다른 흐름은 그 후 100년 동안 공장법 쪽으로 간다. 러다이트들은 마지막 길드 맨이다. 동시에, 10시간 노동운동으로 이끈 소요를 시작한 최초의 사람들이기도 하다"(552)는 것이다. 물론 브론테가 러다이트 운동이 노동자 계급의 조직적인 저항의 출발점임을 의식적 수준에서 인식하고 있었던 것은 아니다. 톰슨이 복원시키기 전까지 러다이트 운동은 역사에서 조차 소멸된 운동이었다. 그러나 그 격렬한 저항과 처참한 결과는 브론테와 당대인들에게 늘 회피하고 싶고, 또 인정하고 싶지도 않은 외상(trauma)으로 남아 있었다. 러다이트 운동이 존재했다는 사실 자체가 언젠가는 챠티즘이나 또 다른 형태의 저항으로 나타날지 모른다는 지속적인 불안을 촉발시켰다. 당대의 지배 계급의 입장에서 보면 어떤 식으로든 러다이트라는 상징적인 기표와 그것이 촉발하는 불안을 고정시킨 후 제거할 필요가 있었다.

러다이트 운동의 직접적인 원인은 기계의 도입과 그에 따른 실업의 위협이었다. 이 소설에서 로버트 무어(Robert Moore)는 새 기계를 도입하고 경쟁과 자유방임의 원칙에 기초한 기계공업 체제로 공장을 전환시킴으로써 자신의 경제적 난관을 극복하고자 한다. 이 과정에서 수많은 실업노동자가 배출되었으며 이들의 반발로 사회적 갈등이 야기되었다. 산업 혁명기에 노동 계급은 보편적으로 존재를 부인 당했으며 "인간성 외에 모든 것을 박탈당했으며 그 인간성조차도 소외된 미완성의 형태로 존재했다"(Marcus, Engels, *Manchester* 138, Childers 162에서 재인용). 그러나 특수한 상황에서 러다이트들이 겪은 고통은 노동자들이 보편적으로 겪는 고통보다 더 가혹했다. 러다이트 운동의 원인은 기계도입과 이로 인한 실업의 위협이지만 직접적으로 폭동을 촉발시킨 것은 곡물 가격의 상승으로 인한 당장의 굶주림이었다. 바이런 경(Lord Byron)은 기계를 파괴하는 사람들을 사형에 처하려고 하는 1812년의 기계파괴법(Frame Breaking Act) 제정을 반대했다. 상원에서 한 연설에서 그는 "이 불행한 사람들은 절대적 결핍을 겪고 있다. ... 구걸이라도 하겠지만 그럴 수도 없다. 이들에게는 생계수단도 일자리도 없다"(Spartacus 4)며 이들에게 닥친 가혹한 상황을 참작해 법 제정을 중단해 달라고 촉구했다.

그러나 브론테에게 러다이트 운동은 생존을 위한 몸부림이기 보다는 우선 비합리적인 '광기와 발작'이다. 이때 러다이트 운동의 상징적인 재현은 지젝이 말하는 이데올로기적 환상의 구축과정을 거친다. 꿈과 마찬가지로 이데올로기적 환상의 구축에서도 전치(displacement)와 응축(condensation)이 발생한다. 전치는 꿈 작업 중에 심리적인 강렬함이 원래의 생각과는 전혀 관계없는 다른 생각에 전이되어 표현되는 것을 말한다. 이 작품에서는 노동 계급과 자본 계급의 사회적 대립이 "건전한 사회 구성체와 그것을 부식시키는 타락한 힘 사이의 대립"(Zizek: 1989, 125)으로 전치되어 나타난다. 사회적 몸은 원래 건강한데 폭력적인 러다이트의 침입을 받은 것으로 제시된다.

> 쨍그랑, 우당탕하는 소리에 온 몸이 떨려 그들은 속삭임을 멈추었다. 공장의 넓은 전면을 행해 일제히 돌맹이가 날아왔으며, 창문과 격자창 유리는 모두 박살이 나서 부서진 파편이 난무했다. 이 시위에 뒤이어 고함소리―폭도들의 고함소리―잉글랜드 북부―요크셔―웨스트라이딩―요크셔 웨

스트라이딩의 섬유공업 지역의 폭도들의 고함소리가 들려왔다. 아마 이런 소리를 들은 적이 없죠? 안 들을수록 당신의 귀에 - 아마 당신의 가슴에 좋을 겁니다. 그 소리가 당신, 당신이 옹호하는 사람들과 원칙들, 당신 편의 이익을 혐오하여 하늘을 찌르면 - 증오의 함성을 듣고 분노가 일깨워진다. 하이에나의 비명에 맞서 사자는 갈기를 흔들며 일어난다. 계급은 계급에 대항해 봉기한다. 부당한 대우에 화가 난 중간 계급의 정신이 굶주리고 분노에 찬 수많은 노동계급의 대중을 경멸하면서 격렬하게 진압한다. 그런 순간에 관대하고 정당해지기는 어려운 일이다.[1]

브론테는 러다이트의 공격을 묘사할 때 우선 이들을 전체 사회집단에서 분리한 후, 사회를 부식시키는 비합리적인 힘으로 재현한다. 효과적으로 노동계급을 분리하는 방법은 거리두기이다. 러다이트의 공격은 보이지 않고 들리기만 할 뿐 아니라 이 '중요한 함성'은 '쨍그랑' '우당탕' '고함소리' 등 무의미한 소리이다. 이 무의미한 소리를 듣는 주체는 누구로 설정되어 있는가? 주체는 '관대하고 정당한' 중간 계급 독자로 이들은 건강한 사회의 구성원인 것으로 가정되어 있다. 반면 러다이트는 비합리적인 그들이며, 우리 사회의 건강을 지키기 위해서 도려내야 할 환부이다. 물론 화자는 글렌의 지적대로 독자에게도 도전한다. '아마 그런 소리를 들은 적이 없을 걸요?', '당신들이 인정하는 원칙, 당신들이 잘되길 바라는 이해관계'라는 말 속에서 독자는 "반은 연루되고 반은 놀림의 대상"(Glen 125)이 되는 것은 사실이다. 이러한 거리두기는 노동계급과 지배계급 양자로부터 중립적인 자세를 표방함으로써 객관적인 재현임을 강조하기 위한 것이지만, 독자와 화자의 거리와 독자와 러다이트의 거리는 질적으로 다르다. 화자는 조롱을 가장하지만 그러한 조롱은 화자와 독자가 이해

---

1) Charlotte Brontë, *Shirley*(1849), London: Penguin Books, 2006, 325. 앞으로는 면수만 괄호 속에 표시하겠음.

관계가 동일하다는 전제에서 출발한 것이다.

이데올로기적 환상의 두 번째 과정은 응축이다. 지젝은 반유대주의 이데올로기를 설명하면서 전치를 보완하며 전치에 활력을 주는 것이 응축이라고 한다. 대립적이고 이질적인 특징들이 유태인에게 응축되어 나타나는데, 유대인들은 더러우면서도 지적이고, 관능적이면서도 성적으로 무능하게 제시된다는 것이다(Zizek: 1989, 125). 이 작품에서 응축은 러다이트의 지도자인 모세에게 집약되어 나타난다. 모세는 이질적이며 대립적인 요소들을 함께 지닌 인물로 제시된다. 그는 지도자지만 우스꽝스러운 인물이다. 그는 자신의 역할을 모세와 비교하지만─"나는 형제들이 억압받는 것을 보면, 내 이름처럼 그들을 위해 일어선다."(130-31)─희화화의 대상이다.

> 모인 사람들 중 특히 선두에 선 두 사람이 눈에 띠었다. 한 사람은 들창코에 작달만한 키로 우쭐대고 서 있었다. 다른 한사람은 어깨가 떡 벌어졌으며, 튼튼한 목발 및 의족과 함께 침착한 표정과 쉴 새 없이 교활하고 신뢰할 수 없는 눈이 두드러져 보였다. 그는 입을 약간 삐죽거리며 뒷전에서 누군가 그리고 무엇인가를 비웃고 있었다. 그의 태도에는 진실성이 전혀 없었다. (128)

모세는 지도자이며 동시에 희화화의 대상일 뿐 아니라 희화화된 모습 안에서도 이질적인 여러 자질들이 응축되어 나타난다. 그는 목발과 의족을 하고 있지만 튼튼하며, 눈은 "교활하고 신뢰할 수 없지만" 얼굴은 "침착하다." 이런 응축된 이미지가 궁극적으로 지시하는 것은 "진실성이 전혀 없었다"이다. 따라서 노동자들의 적대감은 진실성이 전혀 없는 지도자에게 속아서 생겨난 것이 된다. 희생이나 사랑이나 헌신을 통해 상징화될 수도, 길들여질 수도 없는 노동자들이 불러일으키는 불안은 전치와 응축의 과정을 거쳐 지도자의 간교함에서 비롯된 것으로 고정된다.

　브론테의 가정대로 러다이트의 비합리성이 사회적 대립의 원인이라면 그 치유책은 오히려 간단하다. 사회 구조를 교란시키고 부패시키는 침입자를 제거하면 사회적 질서와 정체성을 회복할 수 있을 것이다. 러다이트들은 지도자의 간교함에 속고 있으므로 속고 있다는 사실을 알려주면 폭력적인 저항이 잠들 수 있을 것이다. 이러한 브론테의 시도는 중간 계급의 독자에게 노동자들이 모범적인 도덕적 코드를 가지고 있다고 설득하려했던 개스켈의 시도에 비해 좀 더 손쉬운 방법이기도 하다. 계급간의 화해를 모색할 때는 계급의 존재를 동등하게 인정해야 하지만, 브론테는 노동계급의 입장을 러다이트 운동으로, 이어서 그것을 간교한 지도자의 조종으로 점점 축소시킨 후 그것을 완전히 소멸시키려고 한다. 그러나 이러한 고정점은 일시적일 뿐이고 러다이트라는 상징적인 기표는 다시 불안을 촉발시킨다. 브론테는 캐럴라인의 고통을 통해 다시 이 기표를 고정시키려고 시도한다.

3. 전치와 사회통합

　이글튼은 브론테가 노동 계급에 대해 경멸과 온정주의적인 시혜 사이에서 흔들린다고 지적한다. 그 예로서 이글튼은 챠티즘이 실패한 후 브론테가 쓴 편지를 인용한다. "차티스트나 그들의 고통을 무시해서는 안된다. 잘못된 운동이 공정하게 억압된 지금이야 말로 그들의 불평의 원인을 조심스럽게 들여다보고 정의와 인간성이 지시하는 대로 양보하기에 적절한 때이다. 정부가 그렇게 행동해 원한은 없어지고 그 대신 서로에게 친절할 수 있다면 얼마나 좋을까!" 이런 태도는 적을 쳐부수고, 강자의 입장에서 시혜적으로 귀를 기울이는 낯익은 사례라는 것이다(Eagleton 49). 그러나 『셜리』에 나타난 노동자에 대한 태도는 단순한 시혜는 아니다. 그녀는 간접적인 방법이지만 더 적극적으로 노동자의 문제가 완전히 해결된 갈등 없는 사회를 꿈꾼다. 브론테는 우선 캐럴라인의 의식을 통해 그녀가 겪는 고통과 러다이트 노동자가 겪는 고통의 유사성을 추론해낸다. "노처녀는, 노숙자나 실업자처럼 이 세상에서 어떤 장소나 어떤 직업도 구하지 말아야 한다. 그런 요구는 행복한 사람들과 부자들을 혼란스럽게 한다"(370). 존슨(Johnson)은 "이 구절이 캐럴라인이 로버트 무어의 공장 습격을 본 직후에 한 말인 점이 놀라운 사실이다"(101)라고 높이 평가하면서 러다이트의 공격으로 사랑하는 사람인 무어가 부상을 당했는데도 노동자와 여성의 정치적 연관을 생각한 것에 대해 "폭발적 연관"이라고 극찬을 아끼지 않는다. 그러나 브론테는 여성과 노동자의 상황이 유사함을 발견함으로써 노동자의 상황에 대한 더 깊은 통찰로 나간 것이 아니라 오히려 노동자의 고통을 캐럴라인의 짝사랑의 고통에 전치시킨 것으로 볼 수 있다.

브론테는 러다이트가 겪는 고통과 그로 인한 사회의 외상을 대면하는 대신, 다시 한 번 그것을 짝사랑의 고통으로 전치시켜 재현한다.

> 네가 본 그대로 사태를 받아들여. 질문은 하지 말고, 비난도 하지 말고, 그게 가장 훌륭한 지혜야. 너는 빵을 기대했는데 돌을 얻은 거야. 돌에 이가 부서지더라도 비명을 질러서는 안 돼. 왜냐하면 틀림없이 너의 정신적 위장은 타조의 것만큼이나 강건할 거야. 너는 달걀을 달라고 손을 뻗쳤는데 운명은 거기다 전갈을 쥐어주었어. 대경실색해서는 안 돼. 그 선물을 손가락으로 꼭 쥐어야 해. 손가락을 찌르도록 버려둬. 염려 마. 때가 되면, 너의 손과 팔이 부풀어 오르고 고통으로 오랫동안 떨고 나면 흐느끼지 않고 견디는 법이라는 큰 교훈을 배우게 될 거야. 이 시험에 합격하면─어떤 사

람들은 죽기도 한다지만— 더 강해지고 더 현명해지고 덜 예민해질 거야.
(101-2)

캐럴라인의 고통과 러다이트의 고통의 공통점은 둘 다 격렬하다는 것이다. 러다이트의 고통이 지닌 심리적 강렬함은 원래의 대상과는 전혀 관련이 없는 캐럴라인의 짝사랑에 전치되어 나타난다. 캐럴라인은 '빵'을 원하나 '돌'을, '달걀'을 원하나 '전갈'을 얻는데, 여기서 왜 '빵'과 '달걀'이 등장했을까? 이 식량의 이미지를 통해 러다이트의 고통과 캐럴라인의 고통이 겹쳐진다. 러다이트 운동의 주축 세력은 방직의 마지막 단계를 마감하는 숙련 노동자들이고 적대감의 대상은 새로운 기계를 도입한 공장주였다. 그러나 러다이트들의 공격이 폭발적으로 확산된 계기는 1812년 곡물 가격의 상승으로 인한 굶주림이었다. 굶주린 노동자들은 필사적이 되었다. 『셜리』와 비슷한 시기에 발간된 프렌티스(Archibald Prentice)의 『맨체스터에 관한 역사적 스케치와 개인적 회상』(*Historical Sketches and Personal Recollection of Manchester*, 1851)을 보면, 식량 폭동과 러다이트 운동은 하나가 되어버린다. "4월 18일 토요일에 슈드 힐(Shude Hill)에 있는 감자 시장에 주로 여자들이 모였다. 파는 사람은 1 로드(252 파운드)당 14실링과 15실링을 불렀다. 여자들 중 몇이 감자를 거머쥐었다. 그러나 군인과 관료들이 개입해 8실링으로 가격을 조절했다. 월요일에는 14 로드의 감자를 실은 수레가 습격당해 털렸다. 4월 27일 폭도들이 미들튼(Middleton)에 모였다. 군인들이 지키고 있어 공격하지 못하자 그들은 버튼(Emanuel Burton)의 공장으로 가서 그의 집을 방화했다."(Spartacus 3-4) 이런 굶주림과 연관된 고통에 대해 캐럴라인이 처음 생각하는 해결책은 그냥 참고 견디는 것이다. 그러나 이것은 곧 죽음을 의미하므로 캐럴라인 자신에게조차 적절한 해결책이 아니다. 실제로 1812년 후 기계 파괴법에 의해 수많은 사람들이 사형에 처해졌다. "죽기도 한다"라는 말 속에서 의도하지 않게 러다이트들의 참혹한 죽음이 표면으로 떠오른다.

캐럴라인의 고통에 대한 궁극적인 해결책은 무어와의 결혼이다. 이때 강조되는 것은 무어의 인간성 회복이다. 그에게는 원래 캐럴라인과 교감할 수 있는 감수성이 있었다. 그는 캐롤라인과 함께 『코리올러너스』(Coriolanus)를 읽고 정감을 교류할 수 있으나 캐롤라인을 버리기로 결정하는 가운데 그러한 측면을 억압하고, "공장과 시장에 알맞은 비정한 놈"(242)으로서의 자신의 모습을 택했다. 이제 그가 다시 캐럴라인에게 돌아온 것은 그에게 억압되어 있던 따뜻한 인간성이 회복된 것을 의미한다. 그리고 캐럴라인의 결혼과 노동자와의 화해는 전혀 별개의 문제이지만 브론테는 캐럴라인의 고통을 해결하는 가운데 러다이트 운동이라는 불안한 상징적인 기표를 다시금 고정시키는 소원 성취적인 비전을 제시한다. 대륙봉쇄령이 폐지되자 무어는 노동자들을 "다시 고용할 수 있고, 좀 더 관대하게 대해줄 수 있으며, 그들을 위해 무언가 좋은 일을 할 수 있다−덜 이기적으로 될 수 있다"(604)고 한다. 브론테가 구축한 이데올로기적 환상은 모든 사회적 갈등의 원인을 러다이트에게 부여한 후 러다이트의 제거로 사회 통합이 가능하다는 것을 보여주는 것이다. 그 후에도 남은 갈등은 캐럴라인과 무어의 갈등해결을 통해 해소된 것으로 제시한다. 로버트가 캐럴라인에게 청혼을 하는 그 순간에 대륙봉쇄령의 폐지를 알리는 종소리가 요크셔에 울려 퍼진다. 그리고 다시 우연히도 스페인에서 웰링턴의 승리를 알리는 종소리가 울려 퍼지는 순간 두 사람의 결혼식이 거행된다. 러다이트의 공격 대상이었던 곳이 결혼의 장소가 된 것이다. "오늘밤 브라이필드는 환히 밝혀졌다. 오늘 필드헤드의 주민들은 함께 식사를 한다. 할로우의 공장의 노동자를 역시 비슷한 목적으로 모일 것이다"(606). 존슨은 "소설의 갈등, 영국의 국가 역사와

요크셔의 지역사, 공적인 것과 사적인 것, 중간 계급과 노동 계급의 갈등"(127)
이 동시에 해결되었다고 지적하는데, 이 해결에서 중요한 것은 러다이트의 분
노가 포섭된 것이다. 결혼피로연과 노동 계급의 식사가 연결되고 사회 전체가
하나의 축제의 장이 되고, 축제의 장이라는 특수한 공간 속에서 러다이트의 위
협은 완전히 제거되고 순간적으로 사회 통합이 이루어진다. 브론테는 적대적
인 관계로 분할되지 않고 유기적이고 상보적인 부분들로 이루어진 사회에 대
한 하나의 비전을 보여준다.

4. 환상의 실패와 상징질서의 결여

지젝에 의하면 이데올로기는 현실을 은폐하거나 왜곡시키는 것이 아니라,
실재(the Real)[2]라는 외상을 회피하기 위한 하나의 방식으로써 현실을 상상적
으로 구축하는 궁극적 환상이다(Zizek & Daly: 2004, 10). 외상은 사회적 장이
적대적인 관계가 가로지르는 비일관적인 장이라는 데서 비롯되며 이데올로기
적 환상은 이러한 사실을 회피하기 위한 것이다. 브론테가 러다이트 운동에 대
한 이데올로기적 환상을 통해 회피하려는 것도 사회 통합의 불가능성이라는
외상이다. 그것은 조화로운 사회는 존재한 적이 없고, 근원적으로 불가능하다
는 외상을 감추려는 시도이다. 이데올로기적 환상은 대타자의 공백을 메우는

---

2) 실재는 1953년 이후 후기 라캉에서 중요해진 개념으로 라캉은 상징계나 상상계에 포괄되지
않는 그러나 그 못지않게 중요한 차원이다. 실재는 현실과는 다른 것으로 "의미화의 차원인
상징계나 상상계에 속하지 않는다. 정확하게 상징계와 상상계의 질서를 거부하며 그런 질
서 속에 통합될 수 없는 것이다. 실재는 영원한 결핍의 차원이며 모든 상징적-상상적 구성
은 이런 근본적인 결여에 대한 대응일 뿐이다"(Zizek & Daly: 2004, 7). 실재는 의미화 될 수
없는 미결정성을 지니며 따라서 상징적 질서 안에 포괄되지 않는다. 실재는 미결정성으로
인해 상징적 질서로 포괄되지 않는 무엇인가가 있다는 불안의 대상이 된다.

시나리오로서 기능한다. 브론테 역시 러다이트들의 욕망을 비합리적인 광기로 고정시키고 그 지도자만 "없었다면 사회적 조화가 가능했을 텐데…"라는 이데올로기적 환상을 통해 사회적 조화가 원래 불가능하고 대타자에 공백이 있다는 사실을 외면한다.

화자는 마지막 장면에서 통합의 비전을 제시하는 동시에 그 비전에 거리를 둠으로써 다시 한 번 통합의 비전을 확인하고자 한다. 지젝에 의하면 이데올로기의 또 다른 측면은 "사회 통합의 이상을 유지하면서 동시에 거리를 두려고 하는 것이다"(Zizek & Daly: 2004, 74). 몇 년 후에 본 할로우는 원경으로 제시된다.

> 나는 로버트 무어의 예언이 적어도 부분적으로는 실현되었다고 생각한다. 그 후 어느 날 녹음이 짙고 인적이 드물고 황무지인 적이 있었다고 전해지는 그 골짜기를 지나다가, 유리창이 달린 거대한 석조건물과 벽돌건물 속에 공장주의 백일몽이 구현된 것을 보았다. 공장에서 나온 재로 새까맣게 된 고속도로, 작은집과 그에 딸린 화단도 보였다. 나는 거기서 거대한 바벨탑처럼 야심만만한 공장과 굴뚝을 보았다. (607)

브론테는 무어의 비전에 초점을 맞추되 너무 가까이 가지는 않음으로써 무어의 비전에 설득력을 부여하려고 한다. 그러나 브론테가 구사한 여러 장치에도 불구하고 독자에게 남는 것은 조화와 통합의 비전이 아니다. 러다이트라는 상징적 기표가 지시하는 불안이 캐럴라인과 무어의 사랑이 완성되면서 함께 사라지리라는 환상을 제시하려고 노력했음에도 불구하고, 브론테는 이 마지막 장면에서 의도하지 않게 그 환상이 실패했음을 인정한다. "녹음이 짙고 인적이 드물고 황무지인 적이 있었다고 전해지는"에서 느껴지는 소멸과 쓸쓸함이

이 마지막 장면의 주된 분위기이며 그리고 소설을 채웠던 목소리들 대신 조용한 "바벨탑처럼 야심만만한 굴뚝"과 "공장주의 백일몽"이 강조됨으로써 조화로운 사회의 환상은 사라져버린다. 결국 모든 갈등이 해결된 후 남은 것은 사회적 조화가 아니라 단 한 사람의 꿈의 실현이었음을 시인하는 것으로 소설은 끝난다.

이 작품이 귀족과 공장주의 계급 연대를 축하하기 위한 것이라는 이글튼의 주장은 사실이다. 그러나 본 논문은 이러한 계급 연대가 어떤 식으로 노동계급의 불만을 포획하는지에 초점을 맞추었다. 러다이트 운동은 표면상 사라져 버렸다. 그러나 그것은 여전히 숨은 힘으로 텍스트 전체를 불안하게 한다. 그것은 캐럴라인의 짝사랑의 이면에 도사리고 있었고, 사회 전체가 어우러지는 축제에 의문을 제기하는 힘이다. 그리고 최종적으로 러다이트 운동을 포획한 궁극적 환상을 보여주려는 여러 시도에도 불구하고 브론테 스스로가 더 이상 조화로운 사회의 이상을 지탱하지 못한다. 이것은 브론테가 설득력 있게 이데올로기적 환상을 형상화하는데 실패했음을 의미한다. 그러나 이러한 실패를 통해 작가는 실재와의 대면에 다가가고 있다. 마지막 장면의 공허함은 역설적으로 사회적 조화가 불가능하다는 근원적인 결여를 드러낸다.

● 인용문헌

Allott, Miriam ed. *The Brontë: The Critical Heritage*. London and Boston: Routledge and Kegan Paul, 1974.

Brontë, Charlotte. *Shirley(1849)*. London: Penguin Books, 2006.

Childers Josdph W. *Novel Possibilities: Fiction and the Formation of Early Victorian Culture*. Philadelphia: U of Pennsylvania P, 1995.

Eagleton, Terry. *Myths of Power: A Marxist Interpretation of the Brontë.* London and Bassingstoke: Macmillan, 1975.

Heather Glen ed. *The Cambridge Companion to The Brontës.* Cambridge UK: Cambridge UP, 2002.

Johnson Patricia E. *Hidden Hands: Working-Class Women and Victorian Social-Problem Fiction.* Athens: Ohio UP, 2001.

Thompson, E. P. *The Making of the English Working Class.* New York: Oxford UP, 1961.

Wise, T. J. and Symington, J. A. eds. *The Brontës: Their Lives, Friendships, and Correspondence*, 4 vols. Oxford: Shakespeare Head Press, 1932.

Žižek, Slavoj. *The Sublime Object of Ideology.* London, New York: Verso, 1989.

Žižek, Slavoj & Glyn Daly. *Conversations with Žižek.* Cambridge, UK: Polity, 2004.

http://www.spartacus.schoolnet.co.uk /PRluddites.htm

3

법적 보호와 남성적 정체성의 구성: 『흰 옷을 입은 여인』

1. 들어가는 말

『흰 옷을 입은 여인』은 1860년 출간과 동시에 당대의 베스트셀러가 되었을 뿐 아니라 연극으로 상연되기도 했다. 1870년 가을 8월 레스터(Leicester) 왕립 극장에서 3막 극으로 상연되었으며 1871년 10월에는 런던의 올림픽 극장에서 4막 극으로 상연되어 대대적인 성공을 거두었다. 또한 이 작품은 1860년에 시작하여 10년 동안 영국을 휩쓴 선정소설의 효시이기도 했다. 콜린스(Wilkie Collins)에 이어 브래든(Mary Elizabeth Braddon), 우드(Mrs. Henry Wood), 리드(Charles Read)가 선정소설가로 활약했으며 이들이 다룬 주요주제는 중혼, 뒤바뀐 정체성, 살인이었다. 콜린스를 포함한 이들 선정소설가 들의 담론은 기혼여성재산법의 제정이라는 제도적인 변화를 가져오는데 큰 영향을 미쳤다. 아내를 남편의 보호 대상으로 규정한 법의 불합리성이 선정 소설에서 극단적인 형태로 다루어져 기혼여성 재산법의 개혁에 대한 심정적인 공감을 불러일으켰다. 기혼 여성 재산법을 둘러싼 논의가 선정소설의 영향으로 인해 지나치게 개혁 쪽으로 기우는 것을 염려하는 목소리가 나올 정도였다. 웨스트베리 경(Sir. Westbury)은 기혼여성 재산법이 "선정소설에서 튀어나온 것처럼 보인다. 선정소설은 지나친 상황을 즐겨 다루며 그것을 법의 개정까지 끌고 가려 한다"고 당대의 선정소설을 비난했다(Holcombe 174).

기혼여성 재산법 제정 이전에 법적 보호의 원칙은 단지 결혼에서 뿐 아니라 당대 사회에서 남녀의 위상과 존재를 결정하는 원칙이기도 했다. 결혼과 동시에 여성은 더 이상 법적인 존재로 존재하지 않으며 따라서 자신의 재산을 소유할 수도, 계약을 할 수도, 소송을 하거나 소송을 당할 수도, 남편의 허락 없이 남편을 떠날 수도 없다. 콜린스는 『흰 옷을 입은 여인』에서 아내의 존재가 남편에 의해 포괄되는 법적 보호를 주제로 다루고 있으며 이것은 단지 결혼 후 아내의 문제가 아니라 "여성의 정체성 상실이라는 이슈를 다루는 환유적 패턴"(Ledwon 1)으로 다루어지고 있다. 이 작품에 나타난 여성의 정체성 문제에 대해서는 페미니스트 비평가들의 높은 평가가 있었으며, 최근 들어 여주인공의 지나친 수동성이나 여성을 이상적 인물, 지적인 인물, 성적인 인물 등으로 분열시킨 점을 비판하는 연구도 있다.[1] 그리고 법적 보호(legal coverture)가 주요 주제로 관심을 끌면서 여성 인물의 정체성 뒤에 숨어 있는 남자 주인공의 사회적인 상승이 주요 이슈로 부각되고 있다.[2] 이런 연구들은 이 소설을 문화적 맥락 속에서 읽어낸 점이나 선정성 아래 감추어져 있는 중간 계급 남성의 문제를 다룬 점에서 일면 진전이기도 하다. 그러나 이 비평들은 법적 보

---

1) 초기에는 빅토리아 시대의 남녀 불평등 문제를 폭로하려는 것으로 보는 아우어르바흐(Nina Auerbach), 브레이크만(Richard Braickman), 로노프(Sue Lonoff)의 연구가 있었으나 최근 들어 도너이(Mary Donaghy), 페들러(Valerie Pedlar), 번스타인(Stephen Bernstein)의 비판적인 연구가 있다.
2) 어블로우(Rachel Ablow)와 레드원(Lenora Ledwon)의 연구가 법적 보호나 그 아래 감추어진 중간 계급 남성의 상승 욕구를 다루고 있다.

호에 대한 비판하거나 남자 주인공의 사회적 상승문제에만 초점을 맞추고 있으며 남성적 정체성의 문제에 심도 있게 접근하지 못하고 있다.

　법적 보호의 원칙은 남녀의 이원적 구조에 기초한 당대 사회의 상징적 질서를 집약하고 있다. 빅토리아조 사회는 "양성 간의 이원적 대립의 모델이 ... 전 제도와 관습의 체계를 지배하고 있었다"(Poovey 11). 위계를 가정하고 있는 이러한 이원적 구조가 안정되고 통합된 완벽한 사회를 가능하게 했으며, 지젝(Zizek)의 표현을 빌면 상징계3)의 안정성을 담보하는 원칙이기도 하다. 따라서 법적 보호를 둘러싼 논란과 해결은 상징계의 빈틈이 드러나는 계기인 동시에 견고한 남성적 정체성에 대해 의문이 제기되는 과정이기도 하다. 이 작품의 핵심 역시 이러한 남성적 정체성의 흔들림에 대한 고민이다. 콜린스 이후 1860년대의 여성작가들의 선정 소설에서 여성의 정체성 문제가 핵심인 반면 이 작품에서는 법적 보호로 대표되는 상징계의 복원을 위해서 어떤 남성적 정체성을 가져야 하나가 관심의 초점이다. 이 논문은 빅토리아조의 법적 보호와 남성의 위치를 검토하고, 『흰 옷을 입은 여인』에 나타난 법적 보호의 정당성을 재확인하는 과정 및 그 가운데 드러나는 남성적 정체성의 구성에 대해 살펴본 후 이를 평가하고자한다.

---

3) 지젝은 라깡의 상징계 개념을 받아들이고 있다. 에반스(Dylan Evans)는 라깡의 상징계에 대해 다음과 같이 정의를 내린다. 1953년 라깡이 '상징적'이라는 용어를 명사로 사용하게 되면서 상징계라는 하나의 범주가 되었다. 1) 상징적 영역에서 구성 요소들은 어떤 실제적 존재가 아니고 서로의 차이에 의해서만 구성된다. 2) 상징계를 라깡은 대타자로 간주하며 근본적으로 타자성의 영역이다. 무의식 역시 대타자의 담론이며 상징계에 속한다. 3) 라깡에 의하면 분석자가 피분석자의 주관적인 위치에 변화시키는 정신분석은 상징계에서만 가능하다. 이는 주체성을 결정하는 것이 상징계이기 때문이다(201-3).

2. 법적 보호와 『흰 옷을 입은 여인』

법적 보호의 원칙은 남/녀 이원적 구조와 그 구조 안의 남녀의 존재의 위치를 극명하게 보여준다. 영국의 보통법에 따르면 결혼과 동시에 아내는 존재 자체가 남편의 존재 속에 포괄되며 남편의 보호 대상이 된다. "결혼에 의해 여성은 법적 존재, 나아가 존재 자체가 보류되거나 혹은 적어도 남편의 존재에 통합된다. 여성은 남편의 보호 아래서 모든 일을 수행한다. 그러므로 우리의 법에서는 보호받는 여성이라고 불린다. ... 여성은 그녀의 남편, 그녀의 가장, 혹은 주인의 보호와 영향 아래 있다. 결혼 중 여성의 조건은 법적 보호(coverture)라고 불린다"(Ledwon 4). 남편은 아내의 법적 정체성을 "보호"하는데 이때 기저의 깔린 가정은 아내와 남편은 하나이며 바로 그 하나는 남편이라는 것이다. 따라서 남편은 남편으로부터 분리된 법적 존재가 아닌 아내와 계약을 맺을 수 없다. 그것은 곧 자기 자신과 계약하는 것이 되기 때문이다. 이 부부 일체의 원칙은 기혼 여성의 권리와 의무를 제한한다. 힘과 재산권은 모두 남편이 소유하게 될 뿐 아니라 나아가 아내 자체가 남편의 재산이 된다. 또한 아내는 부동산에서 오는 어떤 소득에 대해서도 권한이 없으며 결혼 생활 중 번 임금과 소득 역시 남편에게 귀속된다. 자신의 이름으로 소송을 할 수도 소송을 당할 수도 없으며, 계약서에 서명을 할 수도 유언장을 만들 수도 없다. 남편은 부인을 "육체적으로 교정할 (즉 그녀를 때릴)" 권리가 있으며, 양육에 대해 절대적 권한이 있고 도망간 아내를 강제로 돌아오게 할 수도 있다(Shanley 8-9). 여성의 법적 보호의 포기를 의미하는 기혼 여성 재산법이 의회에 상정되었을 때 이에 대한 반발은 대단했다. 웨스트베리 경은 그 법안의 통과로 "1000년 이상 이 나라에서 지배적으로 이어 온 가정의 규칙이 완전히 전복"(Holcombe 174) 될 것이라고 했다. 재산권을 기혼 여성에게 확대하는 것이 왜 그렇게 위험하게 여겨졌는가? 그 답은 이러한 법적 변화가 법적 보호가 대표하는 상징적 질서를 위협하기 때문이다.

『흰 옷을 입은 여인』은 우선 상징계가 완벽하지 않음을 보여준다. 법적 보호가 가정하는 상징계의 틈이 드러나는 것은 엄격한 여성 종속이 가져오는 비인간적인 상황에서이다. 원래 법적 보호는 부부 사이의 공감을 당연시 하고 어떠한 문제적인 상황도 생기지 않으리라는 가정에서 출발한다. 법적 보호의 원칙을 지키려는 입장에서는 다른 사람을 모방하여 자아를 형성하는 여성의 타고난 성향 때문에 부부 사이의 공감이 가능하다고 생각한다. 루이스(Sarah Lewis)는 "현재, 여성은 … 거대한 사회라는 기계를 통제하는 힘"을 지니고 있고 그 힘은 여성들이 "불평하는 대상인 바로 그 배제"에서 비롯된다고 했다. 올리펀트(Margaret Oliphant) 역시 여성이 법적 보호의 대상이기 때문에 부부 사이의 공감이 생긴다고 주장했다. 진정한 정신적 합일에 기초한 결혼이 드문 것은 사실이나, 오히려 법적 보호로 인해 아내와 남편은 어쩔 수 없이 목적과 이해관계를 공유하게 된다고 했다(Ablow 167-8). 하지만 실제 현실은 이러한 상징적 질서와 일치하지 않는다. 즉 부부 사이의 공감을 당연시하는 것이 상징적 질서의 축을 이루는데 반해 실제로는 부부 사이의 공감이 전혀 없는 결혼이 존재한다. 이것이 바로 틈이며 선정소설은 그 틈의 극단적인 모습을 보여준다. 『흰 옷을 입은 여인』에서는 글라이드 경(Sir Glyde)과 로라(Laura)의 경우는 이러한 극단적인 경우의 한 예이다. 로라는 이미 부모가 정해 놓은 결혼이기 때문에 글라이드 경과 결혼하기로 결정하고 재정적으로 궁핍한 글라이드 경 역시 그녀의 재산을 노리고 결혼할 뿐, 부부 사이의 공감은 전혀 없다. 이들의 경우 결혼 결정에서 이미 부부 간의 합일이 불가능할뿐더러 글라이드 경이 신탁 중인 로라의 돈마저 차지하려고 하면서 법적 보호의 원칙이 대표하는 상징계의 빈틈이 극적으로 드러난다. 결혼과 동시에 로라의 재산이 남편에게 귀속되는 것이 사실이지만 당장 남편이 손댈 수 있는 재산은 신탁 중인 돈 뿐이다. 신탁된 돈을 찾기 위해서 로라의 서명은 필수적이지만 그녀는 서명을 거절한다. 글라이드 경은 로라를 통제하지 못하고 언어적으로 그리고 육체적으로 학대하며 마침내 그녀를 감금한다. 이것은 후에 그녀가 정신병원에 감금되는 것의 복선이며 글라이드 경의 저택인 블랙워터(Blackwater)가 감옥 같다는 매리언(Marian)인상을 확인해준다(Pedlar 86-7). 글라이드 경이 물리적인 방법으로 아내의 재산을 빼앗는 데 실패하자 그의 이탈리아인 친구인 포스코 공작(Count Fosco)이 나서서 흰 옷을 입은 여인인 앤(Anne)의 죽음을 로라의 죽음으로 가장한 후 로라를 앤으로 만들어 정신병원에 감금한다. 로라는 결혼 후 법적 보호가 함축하는 존재 말살에서 나아가 사회적으로는 더 이상 존재하지 않는 무덤 속의 인물이 되어버린다.

법적 보호의 원칙이 당대 상징적 질서의 중요한 축이라고 할 때, 법적보호가 죽음으로 이어지는 것은 이 상징적 질서가 완벽하지 않음을 보여준다. 그러나 이 작품에서 글라이드 경과의 결혼에 대한 비판은 상징적 질서 자체에 대한 의문으로 확대되지는 않는다. 오히려 콜린스는 어떤 식으로든 상징계의 틈을 메우고 은폐하려고 한다. 이 작품에서는 로라와 글라이드 경의 결혼 실패가 법적 보호나 그로 대표되는 상징적 질서의 불완전함을 드러내는 징후가 아니라 글라이드 경 개인의 일탈을 보여주는 예로 제시된다. 반면 월터(Walter)와 로라의 결혼은 부부 사이의 공감을 완벽하게 구현한 이상적인 결혼으로 제시된다. 월터가 로라의 무덤 옆에서 로라를 본 순간 그녀를 완벽하게 확신하는 데서 이들의 공감이 드러난다. "그녀가 처음 얼굴을 드러냈을 때 앤 캐서릭과 닮은 것에 놀라 어떤 의심도 하지 않았냐고? 자신의 죽음이 기록되어 있는 묘

비명 옆에서 그녀가 베일을 걷었을 때 조금도 의심이 들지 않았다"(421). 이때 월터가 그녀를 로라라고 확인해 주는 것은 아주 중요하다. 아무도 알아보지 못할 때 그가 알아보았다는 것 자체가 그 둘 사이의 공감이 얼마나 완벽한가를 보여주는 징표이다. 이 공감은 나아가 "그들 사이의 사회적, 경제적 차이를 무의미하게 만들고 이들의 결혼을 정당화"(Ablow 164) 해준다. 그는 로라를 구하기 위해서 결혼이 불가피하다고 주장한다. "우리의 현재 위치에서 로라에 대해 사회가 인정할 만한 권한이 없소. 법적으로 공작에게 저항하고 그녀를 보호할 만한 권한이 없소. 그래서 아주 불리한 입장에 있소. 로라의 안전을 위해 강력하게 공작과 맞서 싸우려면, 나의 아내를 위해 싸우는 것이 되어야 하오"(573). 사실 일단 결혼만 하면 월터는 단지 아내를 위해 싸우는데 그치지 않고, 그런 일을 할 수 있는 유일한 사람이 된다. 법적 보호의 원칙 아래서 로라는 결혼과 동시에 재산 소유, 계약, 소송, 그리고 남편이 떠날 능력을 잃게 되며 이것은 글라이드 경과 결혼했을 때와 마찬가지이다. 다만 두 사람의 관계가 공감에 기반하고 있으므로 이런 상태가 문제가 되지 않는다는 것이 이 소설의 메시지이다. 첫 번째 남편인 글라이드 경과의 폭력적이며 대립적 관계와는 달리, 로라는 이 두 번째 남편과는 목적, 관심사, 걱정거리를 공유하는 것으로 묘사된다. 콜린스는 "나쁜 남편을 만나면 법적 보호가 나쁘지만, 좋은 남편을 만나면 좋은 것이라고 주장하는 것처럼 보인다"(Ledwon 19). 나아가 두 사람 사이에 어떤 종류의 갈등도 없기 때문에 법적 보호의 원칙은 정상(norm)으로 재확인되고 글라이드 경이 정상으로부터 일탈한 한 예가 된다.

그러나 로라와 월터가 보이는 완벽한 공감은 상호적인 합일이라기보다는 한 사람의 감정만 투사된 것으로 드러난다. 정신병원에서 나온 이후의 로라는 말할 것도 없고 처음 두 사람이 만났을 때부터 로라는 개체성(individuality)이 결여된 인물로 제시된다. 월터는 로라를 이중의 틀을 통해 제시함으로써 이런 인상을 강화시킨다. 그는 로라를 처음 만난 순간의 인상을 기억해낸 다음 다시 그 기억을 그림으로 표현한다. "스케치북의 종이에다 장난을 치고 있는 가벼운 예쁜 옷을 입은 아름답고 섬세한 소녀였다. 그림을 그리다말고 진실하고 순진한 푸른 눈으로 올려다보았다"로 기억된 로라를 그린 그림은 "흐릿하고," "기계적"이며(50), 잘 그리려고 하면 할수록 실제 여성은 사라지고, 추상화되고 일반화된 여성만 남는다. 공백으로 기억된 로라의 첫 인상은 두 사람의 결혼시점에서는 더욱 강화된다. 정신 병원에서 나온 후 로라는 자신이 누구이고 무슨 일이 일어났는지 거의 기억하지 못하며 자신이 무엇을 원하는지도 모른다. 여성의 개체성 문제에 한정하여 생각하면 로라는 글라이드 경과의 관계에서 보다 더 완벽하게 개체성을 잃은 상태이다. 월터에 따르면 로라는 "여성들이 보이는 그 고귀한 자기 망각, 너무나 많은 것을 주면서도 거의 아무것도 요구하지 않는 자질, 자신을 잊고 나만을 생각하는 면"(558)을 보인다. 그녀는 "그의 영광의 반영으로서만 존재한다"(Lanbauer 224). 월터는 정신과 의사처럼 친절하지만 그녀를 어린 아이 다루듯이 대한다. 그녀는 "오, 아니, 아니, 나를 어린아이 취급하지 마세요!"(489)라고 순간적으로 저항하기는 하지만 그녀에게 말할 때 그는 일관되게 아이에게 말하는 것처럼 단문을 써가며 조심스럽게 말을 건다. 완벽한 부부의 공감이라는 외연은 완벽하게 한 사람의 의지로만 채워지고 진정한 상호이해에 기초를 둔 관계는 구체적으로 형상화되지 않는다. 특히 모든 것이 월터에 의해 연출된 마지막 장면에서 로라는 "여성이 가부장제 사회에 속박된 극단적인 예"(Pedlar 80)를 보인다. 그녀의 존재는 여전히 리머리지의 소작인들 앞에서 월터에 의해 증명되어야 한다. "나는 로라를 감싸 안았다. 그리고 모든 사람이 볼 수 있도록 그녀를 들어 올렸다. '모두 같은 의견입니까?' 나는 그들 쪽으로 몇 발자국 다가가며 물었다. 나의 아내를 가리키면서"(635). 그녀의 인생에서 그렇게도 중요한 이 장면 전체를 통틀어서 그녀는 단 한마디도 하지 않는다. 그녀는 마을 사람들의 축하와 월터의 염려의 대상으로서만 존재한다.

콜린스는 로라의 개체성 말살 자체에 대해서는 문제의식이 없다. 이 소설의 긴장은 나쁜 법적 보호에서 좋은 법적 보호로 가는 것이며 그를 통해 궁극적으로 법적 보호의 원칙과 그것이 대표하는 상징계를 옹호하는 것이다. 법적 보호를 둘러싼 당대의 논쟁에는 이를 옹호하는 입장만 있었던 것은 아니다. 진보적 입장에서는 진정한 공감이란 법적 보호 자체가 없어져야 가능하다는 주장도 있었다. 윌리엄 톰슨(William Thompson)은 법적 보호 때문에 오히려 아내와 남편 사이의 진정한 공감이 없어진다고 했다. 아내와 남편이 "관점과 취향이 다를 경우 행복의 수단이나 행동의 주도권이 한 쪽의 즐거움에 따라 결정된다면, 매력은 사라지고 이해관계의 일치도 사라질 것이다"(Ablow 169). 1854년 린튼(Eliza Lynn Linton) 역시 법적 보호가 여성에게 심리적・정서적으로 도움이 된다는 주장이 기혼 여성의 현실적인 불리함을 흐리게 만들 뿐이라고 비판했다. 그녀가 보기에 기존의 법아래서 결혼은 "여성의 삶 전체를 남성의 삶 속에 흡수하고 여성의 권리, 개체성, 법적 존재를 완벽하게 말살하고 법적으로 남성만 인정하는 것"이다. 법이 말하는 부부 일체는 '법의 허구'일 뿐이다 (Ablow 169). 그러나 법적 보호의 남용에 대한 비판으로 시작된 콜린스의 소설은 이런 진보적인 입장으로 나아가지 못하고 법적 보호가 대표하는 상징적 질서가 정당함을 재확인하는 것으로 끝난다. 『흰 옷을 입은 여인』은 상징계가 완벽하지 않음을 보여주지만 동시에 상징계의 빈틈이 메워질 수 있고 통합된 사회가 가능하다는 이데올로기적 환상을 제시한다.

3. 남성적 정체성의 구성

　콜린스의 소설은 처음부터 이원적인 젠더 구조에 의존한다. 서문에서 콜린스는 "이것은 여성의 인내심이 견딜 수 있는 것과 남성의 결의가 성취할 수 있는 것에 관한 이야기"(5) 라고 한다. 남성은 결의 및 성취와 여성은 인내심과 연관되는 것이 기본적인 인식 틀이며 이는 당대 사회의 상징적 질서의 근간이기도하다. 앞에서 살펴보았듯이 이 소설의 플롯은 이러한 상징적 질서에 대한 위협과 복원에 초점을 두고 있으며 기존의 연구는 이러한 플롯의 산물인 주인공의 계급 상승에 초점을 맞추고 있다. 테일러(Taylor)는 "소설의 긴장은 하층 중간 계급의 미술선생에서 리머리지(Limmeridge)의 상속자이자 정체되어 있는 병적인 팔리(Farlie) 가문에 생기를 불어넣은 사람"(56)으로 등장하는 것을 지적하고 에이블로우 역시 "그들이 인정한 것은 중급 남성의 계급 상승의 환상"(172)이며 주인공이 "아내와의 공감에 기반한 관계를 통해 다른 사람들을 설득하여 계급 위치를 개선했다"(159)라고 한다. 그러나 이 작품의 실제 이야기는 랭랜드(Langland)의 지적대로 "외관상 안정된 정체성이 위협받고 있음을 재현한"(236)것이다. 계급적인 지형에서 본다면 이 소설이 중간계급 출신의 주인공이 귀족과 연대하는 것으로 끝나는 것은 사실이지만 남성적 정체성의 구축은 계급상승으로 설명되는 것보다 훨씬 더 복잡한 양상을 보인다.

　월터의 남성적 정체성의 구축은 불안정에서 안정으로 나가는 궤도를 보인다. 한 축은 남성/여성의 경계를 확고하게 하는 것이고 또 한 축은 전체 사회 안에서 다른 남성들과의 차이를 통해 바람직한 남성적 정체성을 구성해나가는 것이다. 남성 주체로서 그에게 요구되는 것은 이원적인 젠더 구조에서 요구되는 남성적 정체성이지만 처음 등장할 때 그는 그렇지 못하다. 지젝(Zizek)식으로 말하자면 주체는 상징계의 호명에 따라 상징계의 상호주관적인 망 안에 주어진 자리에 배치되지만 상징계의 호명과 응답이 늘 일치하지는 않는다. 오히려 주체는 모든 형태의 주체화(알튀세의 호명)에 대한 결여와 과잉의 차원이다 (Zizek & Daly 4). 빅토리아 사회에서 월터에게 호명된 남성적 정체성은 서문에서 말하는 "결의에 찬" 남성이다. 그러나 그는 계급적 위치나 심리적인 상태로 볼 때 오히려 여성적으로 분류될 수도 있는 입장이다. 월터의 직업인 미술선생은 가정교사의 남성 판으로 무성적인 존재가 되길 요구받는다. 그는 "아름답고 매혹적인 여성들 속에 받아들여지지만 무해한 애완동물처럼 받아들여지는 것에 대해"(89) 분개한다. 이처럼 상징계의 호명과 주체의 응답이 일치하지 않는 것은 상징계 자체에 결여와 빈틈이 있기 때문이다(이윤성 334). 이때 상징계 안에 포괄될 수 없는 것은 실재(the Real)[4]로 남는다. 실재는 재현할 수 있거나 규정할 수 있는 것은 아니지만 그렇다고 없는 것도 아니며, 종종 상징계 속으로 틈입한다. 흰 옷을 입은 여인인 앤(Anne)은 상징계가 억압하거나 주변으로 밀어낸 실재의 극적인 복귀를 뜻한다. 앤과 만난 순간 월터는 자신의 정체성이 흔들리는 것을 경험한다. 그는 "여성에게서 감염된 남성의 과민함"(Miller 152)을 느낀다. 앤이 갇혀 있던 정신병동에서 도망쳐 나와서 "갑자기 살짝" 월터의 어깨에 손을 얹었을 때 "그의 몸에 있는 모든 피가 … 멈추었다"(20) 앤의 몸짓은 곧 월터의 과민한 반응을 불러일으킨다. 월터는 이런 반응을 물리치려고 애쓰면서 "지팡이의 손잡이"를 꼭 잡는다. 마치 그녀의 손길이 난폭하게 대응해야할 침해인 것처럼 반응하는데 이때 그가 재확인 하려는 것은 그의 남성적 정체성이다. 그러나 그는 "그 여인의 외로움과 무력함에 마음이 약해져서"

---

4) 실재는 의미화의 차원인 상상적·상징적 질서에 속하지 않고 그에 통합될 수 없으며 정확하게 상징적 질서를 부인하는 것이다. 실재는 영원히 결여의 차원으로 남고 모든 상상적·상징적 구성은 이런 기본적인 결여에 대한 역사적 답으로 존재한다. 실재는 정의상 직접적으로 재현될 수 없는 반면, 그럼에도 불구하고 공포-과잉의 수사적인 체현으로 암시될 수는 있다(Zizek & Daly 6-7).

앤을 도와 준 후 자신이 남자답지 못한 짓을 했다고 후회한다. "그녀를 도와서 도피하게 해주려는 자연스러운 충동이 판단, 조심성, 세속적인 기지를 이겼다. 더 늙고 현명하고 냉정한 사람이었으면 이런 이상한 긴급 상황에서 오히려 자연스러운 충동을 이겼을 텐데"(22)라고 말한다. 밀러는 칼 울리히(Karl Ulrich)의 은유를 빌어 와서 월터가 느끼는 선정적인 감각을 통해 독자가 '남성의 몸에 갇힌 여성의 숨결'을 느끼게 된다고 하면서 이것은 19세기 남성 동성애의 고전적 정석이라고 한다(155). 그러나 월터의 감정은 동성애적 감정이라기보다는 남성적 정체성에 대한 불안이 극단적으로 나타난 것으로 볼 수 있다.

그의 정체성 혼란은 현실 세계의 혼란으로 이어진다. 갑자기 그동안 익숙하던 주변 세계가 그에게 기괴(uncanny)하게 여겨진다. "내가 월터 하트라이트인가? 이 길이 잘 아는 별일 없는 거리인가? 일요일에 사람들이 거니는 거리인가?"(23) 어머니 집으로 가는 황량하지만 익숙한 길은 갑자기 이해할 수 없는 장소가 되어버린다. 이것은 익숙한 것의 가장자리에 있던 실재가 현실세계로 틈입한 것을 보여준다. 지젝은 실재의 틈입의 대표적인 예로 스콧(Scott)의 영화 『외계인』(Alien)의 괴물을 들고 있는데, 이 괴물은 문자 그대로 현실을 자신의 피로 용해시킨다(Zizek 1989, 78-9). 여기서도 아늑한, 알 수 있는, 길들여진 익숙함은 모두 흔들리고 겉으로 안정된 것처럼 보이던 현실세계가 불안정해진다. 콜린스 소설의 이상한, 일탈적인, 미친 인물들은 "끊임없이 돌아와서 자신들을 배제한 경계에 도전"(Taylor 51)하는데, 이 흐려진 경계는 상징계가 지정해준 주체의 위치가 자의적일 뿐 아니라 상징계 자체가 불완전함을 반증한다.

법적 보호가 요구하는 남성적 주체가 되기 위해 월터의 흔들린 남성성은 어떤 식으로든 견고해져야한다. 월터는 상징계가 호명한 위치를 채우지 못하고 젠더의 미끄러짐을 경험하게 한 자신의 민감성―여성으로 분류될 수 있는

-을 통제해야 한다. 월터가 중미의 온두라스(Honduras)로 간 것이 이에 필요한 훈련의 역할을 한다.

> 나는 스스로 강요한 유배로부터 희망하고 기도하고 믿었던 대로 변화되어 돌아왔다. 나는 새로운 삶 속에서 다시 본성을 단련했다. 극단적인 위험으로 찬 엄격한 학교에서 의지가 강해지고, 마음이 결의에 차고, 정신이 자립적으로 되는 것을 배웠다. 나는 나 자신의 미래를 피하기 위해서 나갔었다. 미래를 직면하기 위해서 남자답게 돌아온 것 이었다. (415)

그의 변화는 상징적 질서에서 지정된 자리를 제대로 채우지 못하는 주체에 대해 대타자 쪽의 질문에 대한 해답의 모색이라고 할 수 있다. 대타자는 "네가 원하는 것이 무엇이냐?"고 묻는다. 이때 대타자는 마치 주체가 이 질문에 대한 답을 지니고 있는 것처럼 묻는다. 그런데 주체는 이 질문에 대답할 수가 없다. 주체는 자신이 왜 상징계의 바로 그 자리를 차지하고 있는지 모르기 때문이다. 주체는 자신의 욕망을 말하는 것이 아니라 대타자의 욕망을 답으로 제시한다. 그리고 그 답이 환상, 이데올로기적 환상이다. 주체는 이 환상이 무엇을 어떻게 욕망할지를 가르쳐주는 대로 자신이 욕망한다고 느끼며 그를 통해 "대타자 안에 있는 결핍을 은폐한다"(Zizek 1989, 118). 남성 주체는 자신의 흔들림을 부인하고 대타자의 호명대로 여성과 자신의 차이를 다시금 강조한다. 위 인용문의 "남자답게"는 "남자"라는 기의의 미끄러짐을 부인하고 남성적 정체성을 고정시키는 노력이다.

여성과의 차이를 규정한 후 월터는 상징계 안의 다른 기표인 남성들과의 차이를 통해서 자신의 남성적 정체성을 견고하게 고정시키려고 한다. 로라의 정체성을 복원하는 긴 싸움은 사실 월터 자신의 정체성을 찾는 여정이기도 하다. 그는 자신의 정체성을 우선 로라의 남편으로 규정한 후 그에 적합한 정체성을 모색한다. 로라에게 적합한 남성이 되는 것이 그의 남성적 정체성을 규정하는 고정점5)이 된다. 그는 자신을 글라이드 경과의 차이, 이어서 포스코 공작과의 차이에 의해 규정지으려고 한다. 이때 이 두 사람의 공통점은 귀족이며 동시에 급진적 정치와 연관이 있다는 것이다. 따라서 월터는 자신은 귀족 계급 및 급진 정치 모두와 거리가 있음을 확인한다. 월터는 우선 글라이드 경과 자신의 싸움을 통해 차이를 고정시키려고 한다. "투쟁은 인제 나와 퍼시벌 글라이드 경 사이의 힘겨루기로 좁혀졌다"(464)고 한다. 힘겨루기는 비밀을 밝히는 것으로 모아지고 그는 글라이드 경이 사생아이며 따라서 귀족이 아니라는 것을 증명한다. "이것이 비밀이고 이것은 내 것이다! 내가 한 마디만 하면 집이고, 땅이고, 작위고 영원히 그에게서 사라진다─내가 한 마디만 하면 그는 이름 없는, 돈 한 푼 없는, 친구 하나 없는 버림받은 자가 되어 세상에 내몰리게 된다"(521). 그러나 그는 글라이드 경이 귀족이 아니었음을 밝히는데 만족하지 않는다. 그는 "오염된 것으로 인식된 귀족들에 대해 거리를 두면서"(Bernstein 296), 당대 귀족 계급의 남성성 자체를 문제 삼는다. 글라이드 경 집안의 소름 끼치는 초상화를 보면 옛날 조상들부터 기괴할 뿐 아니라, 특히 글라이드 경의 아버지는 필릭스 글라이드(Felix Glyde)라는 이름과는 달리 태어날 때부터 기형이었던 것으로 되어 있다. 그는 단지 신체적으로 기형일 뿐 아니라 급진적 정치와 연관된 인물이다. 이때 콜린스는 그의 정치적 급진성을 기형 때문인 것으로 그 의미를 축소시킨다. 글라이드 경 부자가 보여주는 귀족의 남성성은 기형

---

5) 양운덕. "지젝은 기표들을 잠정적으로 고정시켜서 의미작용을 가능하게 하는 그런 고정점이 필요하다고 본다. 떼었다 붙였다 할 수 있는 소파의 등받이를 잠정적으로 소파에 고정시킬 수 있는 것처럼 의미를 일시적으로나마 고정시킬 수 없다면 의미는 끝없이 방황할 것이다."

과 불법으로 특징지어지는데 반해 월터는 이들과 차이가 나며 동시에 이들보다 우수함을 입증하려고 한다.

그러나 상징계가 요구하는 남성적 정체성은 그가 포스코 공작의 음모를 완전히 밝혀낼 때까지 완결되지 않는다. 월터는 "우리 중 한 사람이 이 상황의 주인이 되어야 한다"(593)고 한다. 그러나 "그 마지막 순간에 나는 그의 정신과 함께 생각했고, 그의 손가락과 함께 느꼈다"(601)고 하듯이 실제로 월터는 아내를 대하는 데 있어 공작과 유사한 면이 있다. 그는 로라의 그림을 팔았다고 그녀를 속이며 자신이 번 돈에서 조금 떼어준다. 그녀와 결혼하고 리머리지(Limmeridge)에 정착한 후에도 그는 "형편없고, 희미하고 아무 가치도 없는 그림들"(490)을 숨겨놓는다. 이것은 거의 그가 차지한 행운의 인질이며, 공작이 자기 아내를 훈련시키는 비밀 수단과 비슷한 역할을 한다(Pedlar87-8). 공작은 당대에 정신병원에서 사용되던 도덕적 제어(moral management)를 적용하여 전에는 제멋대로이던 아내를 모범적인 정신병 환자의 상태로 만든다. 월터 역시 병원에서 나온 로라에게 도덕적 제어를 행사한다. 그러나 그와 공작의 유사성은 은폐되고 그가 귀족보다 우월한 "결의에 찬" 남성이고 따라서 조화로운 가정을 이룰 수 있다는 환상이 제시된다. 이데올로기적 환상은 대타자 안에 열려 있는 빈 곳을 채우고 그 비정합성을 가린다. 즉 대타자가 상징화할 수 없는 어떤 것-실재-을 안고 있다는 사실을 은폐하는 것이다(Zizek 1989, 123-4).

이처럼 월터는 일견 상징계가 요구하는 남성적 정체성을 획득한 것처럼 보이지만 그러한 남성적 정체성의 이면에는 여전히 불안이 도사리고 있다. 글라이드 경의 비밀을 캐는 여행 중에 부딪친 풍경을 고딕적 어조로 묘사하는데 이 풍경에는 월터 자신이 남성적 정체성에 대해 느끼는 불안이 투사되어 있다.

아라비아 사막의 거친 모래나 팔레스타인의 폐허의 황량한 모습 중에 영국 시골 도시가 최초의 형성 단계 그리고 국가와 재산의 이행단계에 있을 때처럼 보기 역겨운 것이나 마음을 우울하게 하는 것이 있을까? 나는 깨끗하나 황량하고, 단정하나 추하고, 입을 꼭 다문 채 마비되어 있는 웰밍검의 거리를 지나치며 이렇게 자문했다. ... 보이는 모든 사람, 지나치는 모든 사물이 입을 모아 대답하는 것 같았다. 아라비아 사막은 문명화된 황량함을 모르고 ─ 팔레스타인의 폐허에서는 현대의 우울함을 느낄 수 없다고! (493)

이 장면에 대해 월터가 자신의 "권력 상승이라는 숨겨진 서술을 풍경에 전이" (Cvetkovich 42)한 것으로 보는 견해도 있으나 단순히 권력 상승에 따른 불안이라기보다는 월터가 당대 영국 사회가 요구하는 견고한 남성적 정체성을 획득한다고 하더라도 남게 될 불안이 투사된 것으로 볼 수 있다. 그는 영국의 시골 풍경을 보고 "역겹고," "우울해지는데," "아라비아 사막"과 "팔레스타인의 폐허"보다 더 그렇다는 것이다. 이때의 아라비아와 팔레스타인은 그의 남성적 정체성 정립의 장이 되었던 중미의 온두라스를 연상시킨다. 그는 온두라스의 경험으로 자신이 상징계가 호명한 남성적 정체성을 찾았다고 주장하지만 "문명화된 황량함"과 "현대의 우울함"은 여전히 해결되지 않은 채 남아 있다. 글라이드 경과 공작의 비밀을 밝혀내고 리머리지 상속녀의 남편이 된 후에도 이러한 불안은 그의 정체성 속에 남아있으리라는 것을 이 풍경은 암시하고 있다.

　　헬러(Heller)의 말대로 이 소설의 최종적인 파라독스는 아직도 남성적 정체성이 불안정한 것이다. 남성적 정체성의 혼란으로 시작한 소설은 여전히 남성적 정체성의 혼란으로 끝난다(139). 월터는 글라이드 경과 포스코 공작을 이기고 그들보다 우월하다고 주장하지만 그의 "결의가 성취한 것"은 여전히 임시적인 위치다. 영지의 상속자는 월터라기보다 로라이며 미래의 상속자는 그들의 아들이다. 매리언이 월터의 아들을 '리머리지의 상속자'라고 하자 그는 그 의미를 제대로 이해하지 못하고 잠시 말을 멈춘다. 이어지는 마지막 말은 후반부 서술의 주도권을 장악하고 있던 월터의 말로는 애매하다. "그렇게 그녀가 말했다. 이 말을 끝으로 내가 쓸 말은 다 썼다. 내 손의 펜이 떨린다. 수 개월에 걸친 긴 행복한 노동은 끝났다. 매리언은 우리 인생의 착한 천사였다-우리 이 야기의 마무리를 매리언에게 맡기자"(643). 펜이 '은유적 페니스'라면 월터의 손에서 펜이 떨렸다는 것은 그가 여지껏 힘겹게 쌓아올린 남성적 정체성이 흔들림을 상징한다. "이야기의 마무리를 매리언에게 맡기자"라는 그의 말이 그녀가 앞에서 한 말을 뜻하든 아니면 그녀가 더 말하기를 바란다는 뜻이든 남성의 강력함을 말해온 이 소설은 공백으로 끝이 난다(Heller 141). 월터는 자신의 내면에 있는 여성적인 면을 부인하고 다른 남성과의 차이를 통해 남성적 정체성을 거듭 확인했음에도 불구하고 그의 남성적 정체성은 여전히 임시적이며 흔들린다.

4. 남성적 정체성과 불안

이 소설의 표면 구조는 법적 보호가 대표하는 상징계 즉 대타자의 흔들림과 복원이다. 법적 보호의 원칙은 남녀의 이원적 구조에 의해 규정되는 당대 상징적 질서의 축도이다. 법적 보호의 원칙을 포기하는 1870년 기혼여성재산법이 상정되었을 때 사회 질서가 붕괴되리라는 이유를 들며 격렬히 반대했던 것도 이런 이유에서이다. 이 소설에서 다루어진 학대, 감금, 살인 등 법적 보호의 원칙이 극도로 남용된 상황의 극화는 콜린스 이후 여성작가들의 선정 소설에 주요 모티프를 제공하기도 했을 뿐 아니라 법적 보호의 원칙 자체를 비판하는 것으로 나아갈 수 있게 했다. 그러나 이 소설에서는 나쁜 법적 보호를 좋은 법적 보호로 대체하는 것으로 결말이 나고 법적 보호의 원칙 및 그것이 대표하는 상징적 질서는 옹호된다. 실제 사회에는 항상 통합될 수 없는 사회적 적대가 있지만, 이데올로기적 환상은 유기적 조화를 이룬 완벽한 사회가 가능하다고 주장한다.

남/녀의 불안한 경계에서 출발한 주인공이 상징계가 호명하는 남성적 정체성을 획득한다는 것이 이 소설의 플롯이다. 지젝의 지적대로 주체성의 한 측면은 영원히 존재하는 해체와 부정에 대항하여 상징적 통합성을 부여하려는 노력(Zizek 1999, 38-41)이라면, 주인공은 자신이 귀족과 급진 세력 양자를 부인하는 가운데 견고한 남성적 정체성을 획득했음을 주장한다. 그러나 그의 견고한 남성적 정체성에는 여전히 불안이 남아 있다. 로라의 정체성을 찾아주기 위한 월터의 싸움은 앤을 무덤으로 돌려내는 싸움이기도 하다. 지젝은 "죽은 자는 왜 귀환하는가?"라는 물음에 대해 그들이 제대로 매장되지 않았기 때문이라고 한다. 죽은 자의 귀환은 상징화 과정의 교란을 지시하는 기호인 것이다(지젝 1995, 56). 앤의 계속적인 등장과 그녀의 비밀은 상징계 속에 포괄될 수 없는 실재의 존재를 드러내는, 즉 견고한 남성적 정체성이 불가능함을 표시하는 기호이다. 대타자가 호명하는 남성적 주체가 되었다는 월터의 주장에도 불구하고, 월터에게 앤은 영원히 사라진 것이 아니고 단지 억압된 것일 뿐이다. "내 삶에 계속 출몰하듯이 이 책의 페이지들에 계속 출몰하던 유령 같은 존재는 꿰뚫을 수 없는 어둠 속으로 사라졌다"(569)는 그의 주장에도 불구하고 책의 표지에는 『흰 옷을 입은 여인』이라는 제목이 있다. 흰 옷을 입은 여인은 플롯 상으로는 기능적인 역할을 하는 데 그치지만 그녀의 등장이 드러낸 실재는 주인공의 남성적 정체성을 영원히 불안하게 한다.

• 인용문헌

이윤성. 「지젝의 포스트모던 이데올로기론 혹은 판타지와 유령을 가로지르기」. 『안과 밖』 17 호 (2004): 326-51.

지젝, 슬라보예. 『삐딱하게 보기: 대중문화를 통한 라캉의 이해』. 김소연 & 유재희 옮김. 서울: 시각과 언어, 1995.

양운덕. 「정신분석학적 사회이론: 사회적 환상이여, 타자의 결핍을 메워라!」 http://emerge.joins. com/200204/2004-16-1.asp.

Ablow, Rachel. "Good Vibrations: The Sensationalization of Masculinity in *The Woman in White*." *Novel* 27 (2003): 158-180.

Auerbach, Nina. *Woman and the Demon: The Life of a Victorian Myth*. Cambridge: Harvard UP, 1982.

Barickman, Richard, Susan Macdonald, and Myra Stark. *Corrupt Relations: Dickins, Thackery, Trollope, Collins, and the Victorian Sexual System*. New York: Columbia U, 1982.

Bernstein, Stephen. "Reading Blackwater Park: Gothicism, Narrative, and Ideology in *The Woman in White*." *Studies in the Novel* 25 (1993): 291-305.

Collins, Wilkie. *The Woman in White*. Oxford: Oxford UP, 1996.

Cvetkovich, Ann. "Ghostlier Determinations: The Economy of Sensation and *The Woman in White*." *Novel* 23 (1989): 24-45.

Donaghy, Mary and Perkins, Pamela. "A Man's Resolution: Narrative Strategies in Wilkie Collins' *The Woman in White*." *Studies in the Novel* 22 (1990): 392-402.

Evans, Dylan. *An Introductory Dictionary of Lacanian Psychoanalysis*. London: Routledge, 1996.

Heller, Tamar. *Dead Secrets: Wilkie Collins and The Female Gothic*. New Haven & London; Yale UP, 1992.

Holcombe, Lee. *Wives and Property: Reform of the Married Women's Property Law in Nineteenth Century England*. Toronto: U of Toronto P, 1983.

Langbauer, Laurie. "Women in White, Men in Feminism." *The Yale Journal of Criticism: Interpretation in the Humanities* 2 (1989): 219-44.

Langland, Elizabeth. *Nobody's Angels: Middle-Class Women and Domestic Ideology in Victorian Culture*. Ithaca and London: Cornell U P, 1990.

Ledwon, Lenora. "Veiled Women, the Law of Coverture, and Wilkie Collins's *The Woman in White*." *Victorian Literature and Culture* 22 (1994): 1-23.

Lonoff, Sue. *Collins and His Victorian Readers*. New York: AMS Press, 1982.

Miller, D.A. *The Novel and the Police*. Berkeley: U of California P, 1988.

Pedlar, Valerie. "Drawing a Blank: The Construction of Identity in *The Woman in White*." Ed. Dennis Walder. *The Nineteenth Century Novel*. London: Routledge, 2001, pp. 69-94.

Poovey, Mary. *Uneven Development: the Ideolgical Work of Gender in Mid-Victorian England*. Chicago: U of Chicago P, 1988.

Shanely, Mary Lyndon. "'One Must Ride Behind': Married Women's Rights and the Divorce Act of 1857." *Victorian Studies* 25 (1982): 355-76.

Taylor, Jenny Bourne. "Psychology and Sensation: The Narrative of Moral Management in *The Woman in White*." *Critical Survey* 2 (1990): 49-56.

Wills, Adele. "Witness and Truth: Juridical Narrative and Dialogism in Wilkie Collins' *The Woman in White* and *The Moonstone*." *Legal Fictions* 32 (1997): 91-98.

Zizek, Slavoj. *The Sublime Object of Ideology*. London: Verso, 1989.

_____. *The Ticklish Subject*. London: Verso, 1999.

Zizek, Slavoj & Daly, Glyn. *Conversation with Zizek*. Cambridge, UK: Polity, 2004.

II

제국과 영국소설

4
제국주의와 『제인 에어』

1. 들어가는 말

"독자여, 저는 그와 결혼했습니다"라는 제인(Jane)의 말은 주변에서 중심으로, 역 가족에서 합법적 가족으로의 『제인 에어』의 움직임을 보여준다. 이러한 움직임에 대하여 스피박(Spivak)은 도전적인 새로운 해석을 제기하였으며 이러한 문제제기는 이후의 풍성한 논의를 가능하게 하였다. 서술적 에너지의 견지에서 어떻게 역 가족에서 합법적 가족으로 제인이 옮아갔는가 라는 물음에 대하여 스피박은 제국주의의 원리라고 답한다(239). 독립적이고 자율적인 여성을 창조하기 위해 텍스트 이면에 도사리고 있는 버사(Bertha)라는 인물, 즉 인간과 동물의 중간적인 존재인 다른 인종의 여성 인물을 간단히 제거하는 것이 제국주의 원리라는 것이다. 그러나 버사는 단순히 제인의 주체성을 위해 제거될 타자에 지나지 않는가? 제인과 버사 사이에는 차이 뿐 아니라 공유되는 부분이 있을 뿐더러, 제인의 개인주의적 주체 역시 단순히 버사를 제거하는 것만으로 확립되는 것은 아니다.

실제로 제국주의는 이 작품의 음화적 텍스트인 버사의 이야기, 자신의 소명을 인도의 선교사업으로 두는 세인트 존(St. John), 제인이 나중에 얻게 되는 유산 등을 통해 이 작품 곳곳에 스며있으며 제국주의가 보이는 양상은 스피박의 정의대로 단순히 "사회적 임무로서 문명화"로만 볼 수는 없다. 오히려 미치(Michie)의 분석대로 제국주의의 속성을 바바(Bahbah)가 말하는 "문명화"라는 사명과 "난폭한 정복"이라는 양면성을 지닌 것으로 분석할 때 좀 더 작품의 실감에 가까워진다.

본 논문은 정복과 문명화라는 제국주의의 양면이 이 작품 속에 어떻게 나타나고 있는지는 살펴본 후, 여주인공인 제인이 식민주의와 어떠한 연관을 맺고 있는가에 초점을 맞추어 『제인 에어』를 분석하고자 한다. 제국주의 양면을 분석하기 위해서 식민지의 농장주와 결혼한 로체스터(Rochester)와 선교사로 인도로 가는 세인트 존의 심리적 태도가 분석의 대상이 될 것이다. 제인과 버사의 관계는 단일하게 적대적인 것만으로는 볼 수 없으며 기존의 페미니스트 비평에서 밝혔듯이 버사에게는 분명히 제인의 어두운 분신인 면이 있다. 본 논문은 버사를 포함한 식민지 여성에 대한 제인의 양면적인 태도에 관심을 두며 나아가 제인 자신이 내보이는 지배 욕망을 검토해보고자 한다. 19세기 영국의 여성이 남성처럼 식민지 지배에 직접 참여하는 것은 아니지만 지배 욕망이 남성에게만 제한되어 나타나는 것은 아니기 때문이다.

2. 정복과 문명화

미치(Michie)는 문명화와 난폭한 정복이라는 제국주의의 양면이 문명화를 대표하는 제인과 정복을 대표하는 로체스터로 분열되어 나타난다고 본다(596). 그러나 이 작품에서 제인과 로체스터보다는 오히려 로체스터와 세인트 존에게 제국주의의 양면이 좀 더 극명하게 나타난다. 로체스터에게 식민지는 무엇인가? 장남이 아니므로 유산 상속에서 제외된 로체스터에게 식민지는 일차적으로 부를 제공하는 대상, 곧 기회의 땅이며 따라서 매력적인 존재이다. 로체스터 자신도 처음에는 자신이 버사에게 매력을 느꼈던 것을 인정한다. "그녀 주위의 모든 사람들이 그녀를 우러러보고 날 시기하는 것 같았소. 나는 현혹되었고 자극을 받았소. 감각적으로 흥분했소. 그리고 무지하고 처음인데다 경험이 없어 그녀를 사랑한다고 생각했소"(Bronte 332). 처음에 버사는 부와 감각적인 즐거움 모두를 제공할 수 있는 존재, 즉 욕망의 만족을 가능하게 하는 식민지를 상징한다.

정복의 대상으로서 식민지는 이처럼 한편으로는 매력적이지만 다른 한편으로 두려운 존재이고 이러한 양면성이 버사에게 투사되어 있다. 로체스터에게 버사는 부를 제공하는 매력적인 존재이지만 또한 혐오스러운 대상이기도 하다. 그가 버사를 버리는 것은 곧 식민지에서의 혐오스러운 면을 떨쳐내 버리는 것이다. 버사를 스피박은 "원주민 주체"로 보고 있지만, 농장주의 딸인 버사는 오히려 식민지 지배 계급의 일원이다. 크레올(Creole)이란 범주는 유럽인과 그 자손에게만 적용되는 말로 이들은 식민지의 부와 권력을 지닌 지배 계급이다. 버사 역시 식민지의 부를 소유하고 있으며 백인인 영국인과 결혼할 수 있는 위치에 있다는 것이 중요하다(183). 버사가 서인도 제도의 지배 계급인 것은 더욱 복합적인 의미를 갖는다. 로체스터가 직접적으로 식민지에서 원주민들을 착취하여 부를 획득한 것은 아니지만 버사와 결혼하여 얻은 부 속에는 이미 그러한 착취가 응집되어 있는 것이다. 로체스터는 식민지의 부는 차지하되 그 중 착취가 내포하고 있는 혐오스러운 면을 제거하고 싶은 것이다.

이를 위해 로체스터는 그녀와 자신 사이에 차이를 설정해야 할 필요가 생기는데 버사의 광기가 그 실마리를 제공한다. 버사의 광기는 쇠락하는 서인도 제도 지배 계급의 전형적인 특징으로 제시되어 있다. 광기 때문에 버사가 타락한 것이 아니라 서인도 제도의 식민지 지배 계급의 도덕적 타락이 광기의 원인으로 제시되어 있다. 버사는 부와 권력에도 불구하고 인종적 혼합의 가능성 때문에 순결한 영국인과는 분리된 도덕적으로 타락한 인물이며 건강한 영국인과 다른 광인이다. 버사는 다른 인종 즉 "타자"로 규정되는데서 그치지 않고 나아가 다른 종, 즉 인간과 동물의 중간적 존재로 묘사된다. "그것이 처음에는 짐승인지 사람인지 알 수 없었다. 그것은 네 발로 기는 것처럼 보였다. 그것은 이름을 알 수 없는 야생 동물처럼 덤벼들며 으르렁거렸다. 하지만 옷을 걸치고 있었고 숱이 많은 진한 회색 머리카락이 짐승의 갈기처럼 뒤엉킨채 흘러내려 얼굴을 가리고 있었다."(321) 도날드슨(Donaldson)의 분석에 따르면 제인이 브로클허스트(Brocklhurst)를 볼 때 올려다보는 관점을 취하기 때문에 브로클허스트의 남성적 주체의 힘이 강조된다고 하는데(24), 버사의 묘사에는 그 역이 성립된다. 즉 내려다보는 관점에서 버사가 묘사됨으로써 주체로서의 버사의 힘은 사라져 버린다.

버사가 짐승에 가까운 것과 마찬가지로 로체스터에게 자마이카는 지옥이다. 버사의 인간적 면모에 대한 구체적인 관찰이 없듯이 자마이카 역시 구체성이 결여된 막연히 혐오스러운 존재이다.

어느 날 밤 나는 그녀의 비명에 잠이 깨었소. ... 무더운 서인도 제도의 밤이었소.
"'이런 삶은," 나는 마침내 말했소, "지옥이다. 대기는 이 모양이고 끝없는 구덩이에서 비명이 들려오고! 난 여기서 벗어날 권리가 있어. ...
'유럽에서 부는 바람이 대양 위를 불어와서 열린 창문으로 몰아쳤소. 폭풍이 불어오고 비가 내리고 천둥 번개가 치자 대기는 다시 깨끗해졌소. ...
　'싱싱해진 잎 사이로 유럽에서 불어온 달콤한 미풍이 속삭이고 있었소.
그리고 대서양은 영광스러운 자유를 외치고 있었소. ...
　"'가라,'" 희망이 말했소. "가서 다시 유럽에 살아라. ..." (335)

　로체스터의 심리적 갈등은 원주민과 지배자의 문제라기보다는 지배자 자신이
갖는 양면적 욕구 즉 식민지의 부에 대한 욕망과 자신의 오염된 행위에 대한
혐오감에서 비롯된다. 즉 버사에게 투사하고 폐기해버린 식민지의 혐오스러움
은 식민지 자체의 객관적인 모습이라기보다는 로체스터의 죄의식과 두려움의
투사이고 이처럼 심리적 투사이기 때문에 구체성이 없는 막연한 지옥으로 표
현된다.
　자마이카를 떠난 로체스터는 억압적 자마이카와 순결한 영국 사이의 대립
을 강조한다. "지옥"같은 자마이카에 상응하는 인물이 버사라면 영국의 "달콤
한 미풍"에 상응하는 인물은 제인이다. 버사의 존재가 밝혀진 후 로체스터는
"이 맑은 눈과 저쪽의 붉게 충혈된 눈알을, 이 얼굴과 저 가면을, 이 모습과 저
덩어리를 비교해보시오."(322)라고 하는 데 신체적 특징을 기준으로 두 여성의
차이가 부각된다. 제인에게는 인간적 특징 즉 얼굴, 모습, 깨끗한 눈이 부여된
반면 버사는 인간이라고 할 수 없을 정도로 눈알, 가면, 덩어리 등의 특징이
부여된다. 이와 같은 크레올 상투형은 영국 혈통을 부패한 서인도 제도의 혈통
에서 분리시키는 역할을 한다. 순결은 영국의 국민 문화와 동일시되고 순결한
제인은 진정한 영국 여성으로 새로운 국가적 자부심을 대표한다. 그럼에도 불
구하고 다락방에 있는 버사라는 존재는 서인도 제도에서의 영국 제국주의가
착취해 온 부의 오염된 부분을 떨쳐버릴 수 없음을 보여준다. 로체스터의 화려
한 저택에는 "주인이 쫓아내지도 억누르지도 못하나" "육신으로 살아 있는"

죄가 숨겨져 있는 것이다. 로체스터는 집을 청소하라고 명령한다. "그렇게 닦고, 그렇게 쓸어대고, 그렇게 색칠한 부분을 긁어내고, 카페트를 두들기고, 그렇게 그림을 내렸다가 달고 그렇게 거울을 반짝거리게 닦고, 그렇게 침실에 불을 피우고, 그렇게 침대 시트를 통풍시켰다. 이전에도 이후에도 그런 청소는 보지 못했다"(205) 그럼에도 불구하고 쏜필드는 여전히 "귀신 들린 집"이다. 로체스터가 그 집을 완벽하게 청소하기 위해서 끄집어 내어야하는 것은 바로 미친 아내이지만 그녀를 다락방에 가두어 둘 뿐 완전히 제거할 수는 없기 때문이다. 이때 제국주의에 대한 반대는 영국 제국주의에 의해 직접 피해를 본 서인도 제도의 흑인들의 안녕을 위한 것이 아니다. 오히려 메이어의 지적대로 검은 피부를 지닌 사람들의 토착 사회와 접촉을 통해 영국인들이 오염되느냐 하는 것이(81) 이 작품의 주요 관심사이다.

『제인 에어』가 쓰인 것은 1846년인데, 서인도제도에서 노예제가 폐지된 것은 8년 전인 1838년의 일이다. 19세기 중반에 영국인들은 노예 폐지에 대해 자부심이 대단했고 유럽의 양심을 자임하면서 유럽의 다른 나라들에 노예 폐지를 강권하는 입장이었다. 로체스터가 떨쳐버리고 싶어 하는 기억은 영국의 수치스러운 국가적 기억이기도 했다. 이제 영국의 식민지 경영은 노예제를 포기하고 동양의 인도로 돌려졌고, 정복이 아니라 문명화라는 임무가 중요한 이슈가 되었다. 스피박의 지적대로 존에게 인도라는 식민지는 이교도를 인간화시켜야한다는 "범주적 당위의 대상이다"(241). 존은 인종적 우월성을 대표한다. 인종의 층위에 대해 당대에 영향력 있던 화이트(Charles White)의 설명에 따르면 "원숭이의 얼굴선은 수평선과 42°, 오랑우탄은 58°, 검둥이는 70°, 중국인은 75°, 유럽인은 80이나 90° 이고 로마화가들은 95°각도 좋아하고, 그리스 조각은 100°"이다(Meyer 89). 존의 얼굴은 "그리스인의 얼굴과 같았다. 윤곽이 뚜렷하고, 고전적인 곧은 코에, 아테네인 같은 입과 턱"(371)을 지니고 있는 그는 백인 중에서도 최고의 위치에 있는 것이다. 이러한 인종 분류 체계에 따르면 인도인은 태생적으로 열등할 수밖에 없는 것이다.

세인트 존에게는 인도인이 열등한 존재이듯이, 인도 역시 무지와 편견에 가득 찬 땅이다. 그는 그곳의 "무지와 편견에 찬 신념을 베어내는"(477) 일이 자신에게 맡겨진 것으로 생각하며 인류의 더 큰 선을 위해 자신을 희생하기로 결심한다. "인종을 개선하는 영광스러운 일을 야망으로 삼는 것—무지의 영역에 지식을—전쟁 대신 평화를—구속 대신 자유를—미신 대신 종교를—지옥에 대한 두려움 대신 천국의 희망을 가져다주는 사람들 사이에 끼이는 희망"(400)을 지니고 인도에 가기로 결심한다.

그러나 이러한 추상적인 목표의 구체적인 모습이 어떠할지는 제인과 그의 관계에서 유추할 수 있다. 제인에게 청혼을 하며 그는 다음과 같이 말한다.

'당신 마음은 무어라고 하오?' 존이 물었다.
  '아무 말도 안 하는데요—아무 말도 안 하는데요.' 나는 충격을 받고 전율을 느끼며 말했다.
  '그러면 내가 대신해서 말해야겠군,' 깊은 가차 없는 목소리가 계속 말했다.
  '제인, 나와 함께 인도로 갑시다. 나의 내조자이자 동료로 갑시다.' (427)

존의 "대신 말해야 겠다"는 말은 그가 제인과 나아가 인도인들에게 "강압적인 중재"(윌리엄즈 242) 역할을 하리라는 뜻이다. 그는 인도인들을 이해하기 위해서가 아니라 단지 신의 목소리를 더 잘 전달하기 위해서 인도어를 배운다. 존의 강제적 중개는 선교에 숨겨져 있는 제국주의의 핵심을 보여준다. 그러나 존의 문명화의 임무에서는 로체스터에게서 엿보이는 양면적 감정은 찾아볼 수가 없다. 로체스터에게 식민지는 막연한 혐오의 대상으로서 구체성이 결여되어 있지만, 여기서 인도는 편견과 무지의 땅으로 극도로 추상화되어 더욱 획일적인 단일한 존재로 제시된다.

3. 정복과 문명화의 임무

제국주의에 대한 브론테의 비판은 로체스터와 제인, 세인트 존과 제인의 관계를 통하여 이루어진다. 남성=식민지 지배자, 여성=식민지인의 은유는 여성의 억압을 분석하기 위해서 페미니즘에서 종종 사용해왔던 은유이다. 예를 들면 로우보섬(Rowbotham)은 "저개발 국가의 식민지화와 자본주의 내의 여성 억압사이에는 유사성이 있다"(Donaldson 5)고 지적한다. 그러나 이 작품에서 식민지의 억압은 단지 은유의 차원에 머무르는 것만은 아니다. 식민주의에 일부 참여한 로체스터와 문명화의 임무를 띤 세인트존이 비판의 대상이 되고 따라서 은유를 넘어선 제국주의 자체에 대한 검토가 이루어진다.

로체스터는 버사와 대조를 이루는 순수한 영국 여인으로 제인을 설정하면서도 제인을 대할 때 버사에게 보인 태도를 반복한다. 버사는 제인이 개인주의적 주체를 확립하기 위해 없애는 장애물만은 아니다. 오히려 그녀는 제인이 로체스터와의 관계에서 느끼는 억압감을 성공적으로 드러내는 분신이다. 우선 로체스터가 집시로 변장을 하고 제인의 마음을 들여다보는 것은 그가 그녀를 사랑하기는 하지만 무엇인가를 숨기면서 조종하고 있음을 뜻한다. 그가 숨기고 있는 것은 물론 버사의 존재이지만, 버사와 마찬가지로 그녀 역시 "열등한 사람"으로 규정짓기 때문에 이러한 속임수를 쓸 수 있는 것이다.

제인은 스스로 그 까닭을 모르면서 자신의 현재의 행복을 "백일몽"으로 표현하고 다가오는 결혼에 대해 점차 불안을 느낀다. "약혼의 달도 다 지나가고 마지막 몇 시간을 헤아릴 때가 되었다. 다가오는 그날, 결혼식 날을 연기할 수 없었다"(303)고 하는데서 알 수 있듯이, 그녀에게 결혼은 피하고 싶은 일이 된다. 신부로서 자신의 모습에서 느끼는 소외감은 "잠옷인지 수의인지 구분할 수 없는"(311) 웨딩드레스를 입은 버사의 모습으로 객관화되며 마침내 버사가 웨딩베일을 찢는 장면에 이르면 제인은 버사와 동일시된다. 나아가 버사는 어떤 의미에서는 제인의 종속의 상징인 쏜필드(Thornfield)를 대신 태워줄 뿐만 아니라 로체스터를 불구로 만듦으로써 제인의 숨겨진 적대감을 표현해준다. 버사가 제인의 어두운 분신이라는 페미니스트 비평가들의 평가를 받아들일 때 버사를 단순히 장애물로 보는 스피박보다 더욱 풍부하게 제인의 억압을 이해할 수 있게 된다.

버사라는 상징적 분신을 통해서 뿐 아니라 의식적인 차원에서 제인은 로체스터와 자신의 관계를 노예와 주인의 관계로 느낀다. 이러한 관계에 대한 제인의 태도는 이중적이다. 하나는 그러한 억압을 내면화하는 것이고 또 하나는 억압을 의식하고 그에 반항하는 것이다. "내 주인의 올리브빛의 얼굴은 … 보통 말하는 식으로 잘 생긴 것은 아니었다. 그러나 내게는 아름다운 얼굴 이상이었다. 흥미를 불러일으키는 얼굴, 나를 완전히 지배하는 영향력, 즉 나의 감정을 나의 통제에서 벗어나 그의 통제 아래 나의 감정을 구속시키는 얼굴이었다"(204) 여기서 로체스터는 제인의 감정을 "지배하고" "구속하는" 것으로 묘사되어 있다. 이처럼 지배와 구속을 당연히 받아들이며 식민지 지배자의 가치에 동화되는 가운데 위엄을 느끼는 것은 식민지인에게서 보이는 양상이기도 하다. 하지만 다른 한편 제인은 동양 군주인 남성의 역할의 상대역인 여성의 역할 즉 첩의 위치로 자리매김 되는 것에 분노한다. "그는 미소를 지었다. 그의 미소가 회교도 군주가 기분 좋은 행복한 순간에 그의 황금과 보석으로 치장한 노예에게 던지는 미소와 같다는 생각이 들었다"(297). 로체스터가 그녀의 가치를 "터키 회교 군주의 후궁 모두를 합친 것"에 비유하는 것에 이르면, 제인의 의심은 확인된다. 이러한 로체스터의 지배가 가능해지는 것은 제인의 성적・계급적 차이 때문이다. 제인의 결혼은 사회적 지위의 차이로 볼 때 당대 영국 사회의 규범을 너머서는 것이다. 페어팩스(Fairfax) 부인의 말 즉 "그와 같은 상황의 신사는 흔히 자기 집 가정교사와 결혼하지 않는다"(296)는 것은 객관적인 사실이기도 하다. 따라서 계급 간의 경계를 너머선 결혼에서 여성이 받는 억압은 가중되리라는 것은 쉽게 짐작할 수 있다. 제인이 느끼는 성적・계급적 억압은 물론 식민지인들이 느끼는 억압과 같을 수는 없다. 그러나 이러한 비유가 가능한 것은 당대의 영국의 제국주의 지배가 당대 삶의 중요한 작동원리이기 때문이다.

『제인 에어』는 전편에 걸쳐 제인의 사회적 지위와 노예제 사이에 유사성이 탐구되고 있으며, 로체스터와 제인의 관계에서 노예제의 비유는 정점을 이룬다. 비록 제인이 사촌인 존 리드(Reed)에게 "넌 노예주, 로마 황제 같아!"(43)라고 할 때, 주인/노예의 관계를 로마의 노예제에 비유했지만, 반역하는 노예라는 생각은 로마보다는 당대의 상황과 관련되어 있다. 1808년과 1831년 사이에 자마이카, 바바도스(Barbados), 드미라라(Demerara)에서 노예 반란이 있었으며 브론테의 소설은 명확하게 노예 폐지론자의 도덕적 언어에 기대고 있다. 노예 첩의 이미지는 브론테만의 독특한 것은 아니었다. 전 세기의 유명한 페미니스트인 울스톤크래프트(Mary Wollstonecraft) 역시 여성의 억압을 묘사하기 위해 첩의 이미지를 사용한바 있으며 당대의 프랑스 문학, 예를 들자면 몽테스키

외의 작품 등에 반항적인 노예 첩의 이미지가 나타나기도 한다. 이처럼 제인의 수사적인 차용이 이미 당대의 노예제 폐지에 맞닿아 있을뿐더러, 로체스터의 지배에 대한 비판은 곧 식민주의자의 지배적 태도에 대한 비판과 통한다. 터어키의 첩과 제인의 동일시는 억압의 공유와 억압의 속성을 드러내는 데 효과적이다.

그러나 제인은 반항하는 노예와 자신을 동일시하기도 하지만 동시에 노예 첩과 자신을 구분한다. 이 때의 기준은 자유로운 주체냐 아니냐이다. 1824년 소책자 『인간의 권리(페인의 저서 아님) 그러나 서인도 제도에서 인간의 권리』 (*The Rights of Man(Not Paines) But the Rights of Man, in the West Indies*)를 쓴 사람은 노예는 반란을 일으킬 수는 있으나 자신의 행동의 의미를 의식하지는 못한다고 주장했다. 즉 노예들은 자유를 얻는데 적극적이지만 자신들의 행동에 도덕적 책임을 진다는 의미에서 보면 "자유로운 주체"가 아니라는 것이다. 흑인들은 자유 못지않게 정확한 도덕률을 결핍하고 있는데 흑인 노예와는 달리 제인은 독립적 의지 지닌 "자유로운 개인"으로 행동한다(Sharpe 41). 즉 그녀는 노예첩처럼 순종하거나 혹은 반항하는데 그치지 않고 "선교사로 나가 노예로 잡혀있는 그들에게-특히 당신의 노예 첩들에게-자유를 설교할 준비를 하겠다"(297-8)며 주체성이 없는 노예 첩과 자신을 차별화 한 후 선교사를 자임한다. 제인은 노예 첩과 자신을 동일시하는 가운데 동양의 노예에 공감하고 로체스터의 지배에 저항하지만, 노예 첩과 자신을 구분하고 나아가 선교사 역할을 자임함으로써 로체스터와 다른 의미의 문명화를 임무로 여기는 제국주의의 가정을 공유하게 된다.

존과 제인의 관계에서 제인은 로체스터와의 관계에서 마찬가지로 억압을 내면화하며 동시에 저항한다. 이때 존은 로체스터와는 달리 제인에 대해서나 인도인에 대해서나 계몽하고 지도하려고 한다. 제인은 처음부터 그에게 심한 신체적 열등감을 느낀다. 이것은 다른 인종에 비해 앵글로 색슨의 신체적인 우월성을 강조하던 당대의 담론에 비추어 본다면, 제인과 식민지 피지배자 사이의 연결고리로 작용한다. 제인은 자신에 대해 "못생겼다"고 한 세인트 존의 평가에 대해 "그가 내 윤곽이 뚜렷하지 못한 것에 놀란 것도 당연하다. 그의 모습이 그다지도 조화로우니까"(371)라며 자신의 신체적 열등감을 받아들인다. 그는 "파란 눈"에 경멸을 담고 인도인들을 문명화하러 떠나듯이(Meyer 89), 제인의 의지와 관계없이 그녀의 사명을 해석한다. "그대는 가정적인 사랑이나 가사의 기쁨보다 더 높은 곳을 지향하리라고 믿소. ... 평범한 가정적인 즐거움에 도취해 있는 그대의 균형 잃은 열정을 식히도록 하시오. ... 그대의 성실과 열의를 그에 걸맞은 대의를 위해 남겨 놓으시오. 상투적인 일시적인 것들에 열의를 낭비하지 마시오"(416-7). 이에 대해 제인은 절대적 복종의 유혹을 느낀다. "세인트 존에 대한 깊은 존경심이 솟았다. 그 존경심은 오랫동안 피해오던 곳으로 나 자신을 단숨에 밀어 넣을 정도로 강한 것이었다. 이제 그와 그만 싸우고 싶어졌다. 즉 그의 의지의 격류에 밀려서 그의 존재의 심연에 빠져들고 나 자신의 의지를 버리고 싶었다"(443). 이처럼 제인이 주체로서의 자신을 완전히 포기하는 것은 식민지인이 억압을 완전히 내면화하여 자신을 대상으로만 규정하는 것과 통한다.

　　그러나 식민지 피지배자의 일면이 억압에 대한 반항이듯이 제인 역시 존의 지배에 반항한다. 그의 욕구를 만족시키기 위해서 그녀는 자신의 주체성을 완전히 부인해야한다. "나로서는 매일 그를 좀 더 기쁘게 해주고 싶었다. 그러나 그러면 그럴수록 내 본성의 절반을 버리고, 내 능력의 절반을 억누르고, 내 원래 취향을 억지로 버린 후, 전혀 적성에 맞지 않는 일을 강제로 추구해야했다"(424). 그의 욕구에 맞추어 변화하는 것은 그녀에게 육체적으로 변화하는 것과 마찬가지로 불가능한 일이다. "그것은 내 울퉁불퉁한 얼굴을 바꿔 고전적이고 정확한 모습이 되거나, 내 변화하는 초록색 눈에 그의 눈의 바닷빛 색과, 엄숙한 광채를 주는 것"(371)과 같다. 제인은 우선 존과 자신을 완전히 동일시하는 것이 불가능하다는 것을 깨닫는다. 제인에게나, 인도인에게나 자신의 주체를 완전히 버리는 일은 원한다하더라도 불가능한 일인 것이다. 그녀는 절대적 복종에 대한 유혹을 극적으로 반전시켜 죽음을 요구하는 그의 억압에 저항한다. "당신과 결혼하면 절 죽이실 거예요. 지금도 죽이고 있어요."(438)라고 했던 이전의 깨달음이 옳았음을 확인하는 것이다.

존이 제인에게 청혼할 때의 조건은 "인도 여성들 사이에서 자신의 내조자"(429)로 함께 일하자는 것이었다. 이때 제인이 거부하는 것은 유럽의 지식과 인간으로서의 지위를 인도 여성에게 주입하자는 제국주의적 기획이 아니라 존의 아내가 되는 것이다. 그가 그녀에게 부여하는 역할은 선교사의 역할이 아니라 "거의 자살에 다름없는 일"(364)이며 제인이 "캘커타에서 산채 구워지는 것"에 대해 이야기할 때 숨겨진 텍스트는 남편과 함께 화장된 힌두 여인의 순사에 대한 식민지적 담론이다. 힌두 여인의 순사의 이미지는 이미 로체스터가 남자와 함께 죽기를 약속하는 사랑의 노래를 할 때 언급된 바 있다. 로체스터와 존이 식민지의 양면 즉 정복과 문명화를 나타내지만 이들의 공통점은 식민지인의 주체성을 완전히 말살하고 절대적인 수동성을 요구하는 것이다. 이 두 사람은 제인에게 순사하는 힌두 여성의 절대적 수동성과 복종을 원한다. 마니(Lati Mani)는 힌두 여성들이 순사의 마지막 순간에 뛰어내리기도 하고 중간에 마음을 바꾸기도 하므로 페미니스트적으로 읽기 위해서는 여성의 주체성이 변화하고, 모순되고, 비일관적일 수 있다는 것을 인정해야한다고 한다. 그러나 식민주의적 설명에 따르면 순사하는 장면은 활인화(tableau vivant)로 묘사된다(Sharpe 51) 이 두 사람이 제인에게 바라는 것은 바로 이러한 활인화 속의 여성이 보이는 절대적 헌신과 복종이다.

제인은 순사하는 여성과 자신을 구분한다. 그녀는 로체스터의 사랑 노래에 대해 "나는 나의 때가 되었을 때 죽을 권리가 있어요. 하지만 그때를 기다려야지 순사를 하려고 서두르지는 않겠어요."(240)라고 대답했으며 존의 요청 "캘커타에서 산채 구워지는 것"을 거부한다. 제인의 입장은 오히려 순사를 지켜보는 유럽인의 입장에 가깝다. 마니가 검토한 인도의 공식 문서에 따르면 친척은 잔인하고 냉혹하며 군중은 야만적이고 유혈을 좋아하며 미망인은 반항하지 않는 희생자이다. 이것을 지켜보는 제국주의자인 유럽인만이 도덕적인 주체가 되어 미망인의 곤경을 동정하며 따라서 잔인하고 무감각한 군중보다 도덕적으로 우월한 인물이 된다. 그의 눈에는 힌두 여성이 구원되어야할 희생자로 비친다. 그러나 이때의 동정이 식민지 지배자와 피지배자의 동일시를 의미하지는 않는다. 오히려 식민지의 피지배자와 구분되는 영국인의 도덕적 우월성을 확인해 준다.

인도의 공식문서에서 엿보이는 유럽인의 정서구조가 『제인 에어』에도 반복되어 나타난다. 제인은 하렘 여성을 구원하는 선교사가 되겠다고 했듯이, 여기서도 힌두 여인을 희생자로서 동정하면서 선교사가 되겠다고 한다. 세인트 존의 아내로서가 아니고 "자유롭게 간다면, 기꺼이 인도에 가겠어요."(430)라고 하는데서 알 수 있듯이 그녀는 존과 마찬가지로 인도인을 문명화하는 것에 매력을 느낀다. 식민지 국민을 문명화 사회로 끌어들이기 위해서는 원주민은 우선 야만인으로 "만들어져야"만 한다. '인도에서의 영국의 임무'이라는 1840년대 헌터(W. W Hunter)의 강연을 보면 영국의 문명화 임무보다 인도인들의 잔인성과 유혈성을 묘사하는데 역점을 두고 있다. "인도의 신세대들은 미신적인 테러에서 해방되었다. 그들은 잔인한 관례들을 포기하게 되었다. 그들은 조상들의 유혈 의식을 증오하고 경멸하는 법을 배웠다. 순사, 여아살해, 자해, 인간 제물 등과 같은 예전의 종속의 흔적을." 헌터는 영국의 지배로 인한 물질적인 부 보다 이처럼 무지에서 벗어난 것이 더 찬란한 업적이며 어둠 속을 걷던 사람이 빛을 본 것으로 제국주의의 임무를 미화한다(Sharpe 50). 제인이 인도에서 선교사로서 하는 일은 바로 이처럼 미화된 문명화라는 사명이다. 제인은 모튼에서 농부의 딸들에게 "(점잖음)의 씨앗을 싹트게 하는"(385)것과 마찬가지로, 인도 여성들에게 문명화된 중간 계급의 유럽식 규범을 주입하려고 하는 것이다(Azim 181). 즉 이러한 교육을 통해 유럽의 이미지에 맞춘 새로운 인도 여성 주체를 형성하고자 하는 것이다.

제인은 로체스터 및 존과의 관계를 통해 식민주의자의 억압적인 면모를 구체적으로 드러낸다. 그녀는 식민지 여성과의 동일시를 통해 자신이 여성으로서 겪는 억압을 식민지의 피지배자가 겪는 억압과 연결시킨다. 이처럼 제국주의자의 심리 분석을 통해 브론테는 제국주의의 핵심 원리에 대한 비판에 이르고 있으며 식민지 여성과의 연대 가능성까지 내비치고 있다. 그러나 제인에게는 억압의 공유뿐 아니라 이들과의 차이에 대한 의식 또한 분명하다. 그녀는 수동적인 식민지 여성과 자신을 구분할 뿐 아니라, 더 나아가 선교사의 역할에 매료되는 모습을 보임으로써 이 소설의 남성들과 마찬가지로 제인 역시 제국주의적 욕망의 일단을 내보인다. 스피박은 개인주의적 주체의 형성에서 버사가 제외된 것을 문제 삼았지만, 제인은 더욱 적극적으로 남성 인물들과 식민지 개척의 열망을 공유하고 있다.

4. 제국주의적 기획과 여성

　스피박은 이 작품의 마지막을 여주인공이 안정된 가정에 정착하는 것, 즉 자율적인 주체로 주변을 벗어나 중심에 자리 잡게 되는 것을 강조한다. 그러나 제인이 마지막으로 정착하는 음습한 펀딘(Ferndean)은 오히려 사회에서 고립된 곳이며 사회의 주변부이다. 불구인 로체스터와 버사의 자살을 생각하면 독자는 제인이 말하는 자신의 완벽한 행복을 수긍하기 힘들다. 도날드슨의 지적대로 버사의 죽음은 봉합할 수도 제거할 수도 없는 가시적인 상처(31)로 텍스트의 완결성을 훼손하고 있다.

　버사는 죽었고 펀딘은 식민지에서 멀리 떨어져 있지만, 식민지와 제인의 연관은 끊기지 않는다. 그녀와 로체스터의 평등한 관계를 가능케 한 아저씨의 유산은 식민지에서 나온 것이다. 더욱이 버사의 오빠 메이슨의 대리인 역할을 한 제인의 아저씨인 존은 서아프리카 해안 마드리아(Maderia)에 있었고 메이슨이 영국에서 귀향할 때 이곳을 들러 가는 것은 영국 노예제 무역의 삼각형 진로를 보여준다. 이것은 제인의 부가 노예무역과 연관되어 있음을 암시하며 버사가 없어진 후에도 순결한 영국이란 불가능함을 보여준다. 영국 사회에서 고립된 펀딘조차도 식민지와 긴밀하게 연계되어 있으며 그 유산에서 자유롭지 못하다.

　이 작품의 결말이 제인의 이야기가 아니고 존의 이야기인 것에 대해 스피박은 초기 페미니스트의 시나리오와 제국주의적 기획과의 거리를 지적하고, 윌리엄즈는 가정적 행복과 식민지의 죽음을 대조시켜 제인의 행복을 강조하고자 하는 의도로 본다(244). 그러나 이러한 결말은 오히려 영국의 가정이 궁극적으로 식민지 개척담론에 의해서 의미를 부여받는 것을 보여주고 있다. 제인 자신은 식민지 지배에 직접 가담할 수 없고 가정이라는 제한된 사회적 타협의 공간에 있기는 하지만 그녀의 지배 욕망은 존에게 전이되어 실현되며 동시에 좌절된 것이다. 제인에게는 가정조차 식민지적 공간을 재구성하는 것이 될 때 의미를 지닌다. 로체스터는 "야만적으로" 되었고 돌아온 제인은 자신의 일을 인간화시키는 일로 규정한다. "누군가 당신을 다시 인간화할 시간이 되었어요"(461)

『제인 에어』의 성취는 제국주의가 영국의 일상적 삶에 얼마나 스며 있나를 보여준 것이다. 버사는 서인도 제도의 식민지 지배가 지닌 잔인성과 죄의식 모두를 보여주는 성공적 상징이다. 또한 이 작품에는 식민지 지배의 양면인 정복과 문명화의 기저에 깔린 심리적 태도가 남성 인물들 속에 생생하게 재현되었을 뿐더러 식민주의자의 억압적인 태도에 대한 날카로운 비판 역시 곳곳에서 발견된다. 여주인공은 제국주의자인 남성들을 매개로 식민지인이 느끼는 억압을 공유하며 그것은 제국주의 비판의 중요한 근거를 마련해준다. 그러나 이러한 공유에도 불구하고 제인에게는 문명화에 참여하고자하는 은밀한 욕망이 잠재해 있다. 개인주의적 여성 주체의 문제는 스피박의 주장처럼 "원주민 여성"을 제외하는 단순한 문제가 아니고 오히려 제인이 제국주의의 문명화 임무에 강한 매력을 느끼는데 있다. 이 작품에서 버사를 제거한 것보다 더 중요하게 짚고 넘어가야 할 문제는 제국주의 비판에도 불구하고 스며있는 현실화되지 않은 여성의 제국주의적 지배 욕망이다.

● 인용문헌

Azim, Firdous. *The Colonial Rise of the Novel*. New York: Routledge, 1993.

Bronte, Charlotte. *Jane Eyre*. Harmondsworth: Penguin, 1966.

Donaldson, Laura E. *Decolonizing Feminisms: Race, Gender & Empire Building*. Chapel Hill : U of North

Carolina P, 1992.

Kucich, John. "Jane Eyre and Imperialism." Eds. Diane Long Hoeveler and Beth Lau. *Approaches to Teaching Bronte's Jane Eyre*. New York: M L A, 1993.

Meyer, Susan. *Imperialism at Home: Race and Victorian Women's Fiction*. Ithaca: Cornell UP, 1996.

Michie, Elsie. "White Chimpanzees and Oriental Despots: Racial Stereotyping and Edward Rochester." Ed. Beth Newman. *Jane Eyre*. New York: St. Maritin's P, 1996, 584-98.

Sharpe, Jenny. *Allegories of Empire: The Figure of the Woman in the Colonial Text*. Minneapolis: U of Minnesota P, 1993.

Spivak, Gayatri Chakravorty. "Three Women's Texts and a Critique of Imperialism." Ed. Fred Bottig. *Frankenstein*. London: Macmillan, 1995.

Williams, Carolyn. "Closing the Book: The Intertextual End of Jane Eyre." Ed. Heather Glen. *Jane Eyre*. New York: St. Matin's P, 1997, 227-50.

5

타자성에 대한 불안:
『문스톤』

1. 들어가는 말

19세기 소설에는 제국과 식민지 문제가 모든 곳에 스며 있으며 동시에 어디에도 뚜렷이 나타나 있지 않다. 즉 제국주의는 소설 곳곳에 스며 있지만 인물이나 작가에 의해 너무나 당연한 것으로 받아들여져서 결국 존재하지 않는 것처럼 되어버린다. 이에 반해 『문스톤』(*The Moonstone*)은 식민지의 양면성, 즉 부의 원천이기도 하지만 위협적인 존재로서 두려움을 불러일으키는 인도라는 문제를 전면에 내세우고 있다. 리드(John Reed)의 지적대로 제국주의의 난폭함과 약탈에 대한 비판(288)이 이 작품의 한 층위를 이루는 것은 사실이나, 이 작품의 더 중요한 주제는 타자성이 촉발하는 불안이다.

이 작품에 나타난 타자성에 대한 불안을 드러내는 한 방법은 이 작품을 숨겨진 텍스트인 1857년 인도 반란과 연관 지어 읽는 것이다. 물론 정치·경제적인 이유가 있지만 인도 반란을 촉발시킨 직접적인 이유는 종교적인 것이었다. 세포이(인도 군인)들은 영국인으로부터 기름이 칠해진 총을 배급받은 후 발포

하라는 명령을 들었다. 문제는 이 기름이었다. 인도인들은 이 기름이 신성한 소기름이고 따라서 이런 총을 발사하는 일을 신성모독이라고 생각했다. 세포이들은 영국인들이 신성모독을 강요하고 있다고 확신하고 봉기하였다. 인도인들의 분노, 봉기, 영국인의 무자비한 진압으로 이어진 인도반란은 타자성에 대한 인식과 불안을 증폭시키는 계기가 되었다. 식민지의 타자는 식민지 지배자의 규정과 끝없이 어긋나는 존재로 인식되었다. 폭력적인 반항이라는 예측할 수 없는 타자의 행동 앞에서 식민지 지배자가 느끼는 불안은 스스로 통제할 수 없을 정도로 확대되고 왜곡되었다.

『문스톤』은 인도 반란이 제기한 타자성의 문제에 대한 독창적인 탐색, 즉 동시대인이 느끼던 타자성에 대한 불안의 재현이며 대응이기도 하다. 본 논문은 숨겨진 텍스트로서 이 작품을 지배하고 있는 인도반란에 대한 당대의 관점과 역사적 의미를 살펴본 후, 제국의 핵심을 역공한 타자가 어떠한 방식으로 재현되고 있으며 그 재현 아래 숨겨진 불안은 무엇인지 탐색하고자 한다. 끝으로 이러한 타자의 도전 앞에서 식민지 지배 주체는 어떻게 권위를 재정의 하는지 살펴보고 그 의미를 평가하겠다.

2. 숨겨진 텍스트로서의 인도 반란

식민지 지배자들의 생각과는 달리 식민지인들은 지배자들의 생각을 그대로 모방하지 않는다. 영국인에게는 단순히 기름칠해진 총이 인도인에게는 전혀 다른 의미로 받아들여진다. 바바(BhaBha)에 따르면, 벵갈에서는 성경이 아주 다르게 받아들여졌기 때문에 제국은 권력을 행사하지 못하게 되었다는 것이다. 인도에서 성경은 성경으로서 읽히지 않고 휴지나 포장지로 사용되었다.

영국에서는 성경이 인도인들 사이에 배포되어서 개종되었다는 소식을 듣기를 원하지만 전혀 다른 결과를 낳는다는 것이다. 인도인들은 '그것(성경)이 우리에게 주어진 신의 선물이라고 믿는다면, 그것이 어떻게 유럽인의 책일 수 있겠는가?'라며 성경에 주어진 신의 대리인으로서 절대적인 권위를 부인한다 (BhaBha 1994, 103). 이것이 유럽인들이 이해할 수 없는 식민지인의 타자성이다. 지배자가 식민지인에게 가져온 모든 문화는 식민지 문화에 입각하여 다시 태어나고 새롭게 해석된다. 이 재해석 과정에서 식민지 담론의 권위에 균열이 생겨난다.

인도 반란은 영국인들로서는 이해 할 수 없는 이러한 타자성이 극단적인 형태로 폭발한 사건이다. 인도 반란은 인도 지배에 있어 헤게모니 단계에서 일어난 사건이어서 영국인들은 더욱 이해할 수 없었다. 얀 모하메드(Jan Mohamed)에 따르면 인도 지배는 원주민의 자원을 약탈하여 점유하는 지배적 단계와 문명화를 수행하는 헤게모니 단계로 구분되는데(David 18), 인도 지배가 헤게모니 단계로 넘어가는 기점이 된 것은 1833년 토마스 마콜리(Thomas Macaulay)의 의회 연설이었다. 마콜리는 인도를 단지 부의 원천으로만 볼 것이 아니라 인도의 문명화를 사회적 임무로 삼아야한다고 천명했다. 마콜리는 "영원한 제국"을 이루기 위해서는 지배적 단계의 "수치와 죄"를 인정하고 청산해야 한다고 주장했다(David 29-31). 그 이전 단계에서는 사무직이나 군인이나 모두 준비가 부족했고 따라서 독재적인 분위기였으나 1833년 이후 공무원은 경쟁을 통해서 충원되었으며, 지배의 원칙도 무력에서 규율로 바뀌었다. 헤게모니 단계에서는 이타적인 수혜자로서의 지식을 전파하고 야만을 없애는 것이 영국의 사회적 임무가 되었다. 따라서 합의에 바탕하여 헤게모니를 장악하기 위해서는 존 헌캐슬(John Herncastle) 같은 인물이 대표하는 지배적 단계의 약탈성은 제거되어야 했다. 그러나 인도인은 순순히 문명화되는 것을 거부하고 오히려 문명을 왜곡하고 - 영국의 입장에서 볼 때는 - 전혀 예기치 못한 방식으로 해석하는데 이것이 영국을 당황케 하는 불가사의한 타자성이었다.

인도 반란을 진압한 후에 자행한 영국 측의 보복 역시 극단적이었다. 재판을 거치지 않은 채 인도인들을 사형에 처했고, 도시를 약탈했으며, 민간인들을 대량 학살했다. 영국인의 이러한 폭압적인 진압은 이전의 지배적 단계로의 회귀라기보다는 문명화의 임무의 기본 전제를 드러낸다. 스피박(Spivak)은 원주민 '주체'가 테러리즘의 대상이라고 한다. 칸트의 정언적 명령에 따르면 "인간만이 그리고 이성적 존재만이 그 자체로 목적"인데, 이 섬세한 철학적 논리가 희화화되어 제국주의의 프로젝트를 정당화하는 논리, "목적으로 취급하기 위해서는 우선 이교도를 인간으로 만들어라"가 된다는 것이다. 이러한 논리에 따르면 인도인들은 인간이 아니며, 따라서 이들에 대한 폭력은 정당화된다(241). 인도 반란에 대한 무력 진압은 원주민에 대한 인식적 폭력이 무력적 폭력으로 전화되는 것을 보여준다.

인도 반란에 대한 영국 대중의 지배적인 정서는 적대감이었다. 1857년 12월과 1858년 6월 사이에 『귀에 익은 말들』(Household Words)에 인도에 관한 글이 22개나 등장했다. 그 중 하나에서 디킨스(Dickens)는 이렇게 말했다. "내가 인도의 대장이라면, 첫 번째로 하고 싶은 일은 ... 인도인들에게 인도어로 신의 허락을 받고 내가 이 일을 하러왔다고 선언하는 것이다. 최근의 잔학 행위라는 오점을 지닌 그 종족을 절멸시키겠다고 선언하는 것이다. ... 인류에서 그 종족의 흔적을 없애고 지구상에서 완전히 파멸시켜 버리겠다"(Nayder 216).

동시대인들이 이렇게 직접적이고 노골적인 반감을 보인데 반해, 콜린스의 『문스톤』은 타자성에 대한 불안을 더욱 심층적으로 탐색하고 있다. 『문스톤』

에서 인도 반란은 1799년 세링가파탐 함락에 전위되어 있다. 세링가파탐의 함락은 티푸(Tipu) 회교군주가 동인도회사 영토를 재탈환하기 위해 1792년 공격했으나 실패했음에도 불구하고 1799년 재공격으로 생긴 사건이다. 당시 총독이던 웰즐리(Richard Colley Wellesley)는 티푸의 수도인 세링가파탐까지 진격하여 1개월가량 공격한 후 티푸 회교군주를 살해했고, 이로써 동인도회사는 티푸를 완전히 장악하게 되었다. 인도 반란을 세링가파탐에 전치시킴으로써 콜린스는 헤게모니 단계에 아직 남아있는 지배적 단계의 잔재를 명확히 하고 있다. 작품의 주축을 이루는 구성은 문스톤이라는 다이아몬드를 둘러싼 약탈과 그것의 복원에 맞추어져 있는데 이때 약탈의 주체는 영국인이고, 따라서 다이아몬드를 되찾는 인도인의 행위는 정당한 것이 된다. 인도인에게는 도덕성이 영국인에게는 부도덕성이 부여되는 것이다.

그렇다고 해서 이 작품이 제국주의에 대한 전면적인 비판은 아니다. 좀 더 자세히 살펴보면 세링가파탐 함락에서 다이아몬드를 훔친 약탈자인 헌캐슬은 인종차별주의자인 베터브리지(Betterbridge)의 눈에도 악당으로 보일 정도의 인물로 제국의 약탈적 면모를 대표한다. 헌캐슬은 가족과 의절한 상태에 있고 왜 가족이 그와 의절했는지 설명하는 가운데 그의 만행이 전면에 부각된다. 나아가 헌캐슬은 식민지 지배의 도덕적 타락뿐 아니라 정치적 알레고리로도 기능하는데, 그의 별명인 "명예로운 존"은 동인도 회사의 별명이기도 하다. 따라서 헌캐슬의 약탈은 곧 동인도 회사가 보인 부실 경영, 사기, 권력 남용을 뜻하기도 한다. 제국의 지배가 공고해지기 위해서는 제국 자체가 아니라 인도 반란의 원인이 된 제국의 타락된 면모가 처벌되어야 한다. 따라서 머콜리의 의회 연설에서처럼 인도의 지배 자체가 문제가 아니라 영국인이 인도 반란의 진압 과정에서 보인 만행, 즉 지배적 단계의 잔재가 문제가 되며, 『문스톤』의 구성은 그

잔재를 청산하는 과정이다. 이 작품이 제국주의 비판이라는 리드의 지적은 일면 타당하다. 그러나 그것은 헤게모니 단계에서 그 전 단계의 약탈을 비판하는 것이지 제국주의 자체를 전면적으로 비판한 것은 아니다. 헤게모니 단계에서 타자를 서구의 기준에 맞추어 문명화하려할 때 타자성에 대한 불안은 더욱 가중되고, 그러한 불안의 재현이 이 작품인 것이다.

3. 타자성에 대한 불안

식민지의 타자를 재현할 때, 지배자들은 일차적으로 유럽적 자아와의 차이를 극단적으로 밀어붙인다. 식민지의 타자가 사악, 야만, 방탕을 뜻한다면 유럽적 자아는 선량함과 예의바름으로 정의된다. 그러나 이처럼 엄격하게 식민지인과 경계를 유지해야한다는 사실 자체가 식민지 지배자가 느끼는 불안의 원천이 된다. 모든 가치는 식민지인과 접촉하자마자 유독해지고 병이 든다. 식민지인은 육체적 불결, 정신적 부패, 광기 등을 전염시키는 위험한 존재로 생각되며 따라서 지배자는 늘 전염의 가능성에 대해 위협을 느끼고 불안에 사로잡힌다. "질병에서 건강으로서의 문명화 과정뿐 아니라 불가피하게 건강에서 질병으로라는 역전 과정도 가능한 것이다"(네그리 190). 이러한 전염은 식민지 영토 내에만 제한되는 것이 아니고, 인도에서 영국으로까지 전염되는 것이다. 그러나 확대되는 전염이 바로 『문스톤』의 주제이다. 영국이 인도인을 문명화하겠다는 프로젝트를 내세우며 인도를 공격했다면 인도의 가치는 여러 통로로 영국에 스며든다. 즉 역공이 이루어진다. 영국 문화 및 사회 속에 이국적인 보석, 인도에서 만든 캐비넷, 인도산 숄, 장신구 등의 물건으로 인도의 흔적이 남을 뿐 아니라 마침내 세 명의 인도 승려가 영국에 나타나기까지 한다.

그러나 11명의 화자가 등장하는 이 작품에서 인도인들 자신은 전혀 화자로 등장하지 않는다. 이들은 "텍스트의 주변부에 목소리 없는 존재"(Heller 251)로 남는다. 이들이 작품의 구성에 있어서는 주도적인 추진력인데 반해서 아이러니컬하게도 침묵하는 하위 주체인 것이다. "하위 주체는 말할 수 있는가?"라는 글에서 스피박은 말할 수 없다고 대답한다. 하위 주체는 식민지 지배자의 역사 기록에서 발견되는 주체 효과 혹은 각인 일뿐이라는 것이다. 스피박은 순사를 예로 들어 영국인은 순사하는 여성을 비인간적인 고문의 희생자로 파악하는 반면 인도의 토착 엘리트는 인도 여성이 순결, 힘, 사랑을 구현한다고 본다(97). 순사를 둘러싸고 지배자의 두 목소리만 있을 뿐, 정작 하위 주체인 여성의 목소리는 찾아 볼 수 없는데, 이 때 침묵 자체에 주목해야한다는 것이 스피박의 주장이다. 이러한 지적은 이 작품에도 적용된다. 인도인들은 다성적인 목소리로 규정되는 대상일 뿐, 그들 자신은 침묵할 뿐이다. 이 침묵은 그들에게 주체성이 없음을 뜻하지만, 어떻게 해석해도 적절하게 정의되지 않는 존재가 주는 불안이 작품 전체를 불안정하게 만든다.

타자성에 대한 불안이 왜곡되고 확대되어 나타나는 것은 작품의 앞부분을 주도해 가는 제1화자인 베터브리지(Betterbridge)의 관점이다. 그는 베린다(Verinda) 저택의 집사로 『로빈슨 크루소』(*Robinson Crusoe*)를 성경처럼 신봉한 인물이다. 그는 우울할 때나 충고가 필요할 때 『로빈슨 크루소』를 찾아보는 인물로, 이 책을 6권이나 다 닳도록 읽어서 생일날 여주인이 일곱 번째 『로빈슨 크루소』를 선물로 줄 정도이다. 베터리지는 물론 주인은 아니지만 로빈슨 크루소와 자신을 동일시한다. 노예가 주인의 공간에, 억압받는 자가 억압자의 공간에 들어오듯이 베터브리지는 주인과 자신을 동일시한다. 그의 관점에서 볼 때 이 저택 자체는 아무런 문제가 없는데 인도인들이 제국의 핵심으로 침범해 들어와 가정 질서 나아가 국내 질서를 어지럽히는 것이다. "여기 우리 조용한 영국 저택이 악마 같은 인도 다이아몬드에 점령당했다—그에 이어 살아있는 악당들이 죽은 자들 대신 복수해 주기 위해 쫓아오고 있다. ... 도대체 누가 그런 이야기를 들어보았을까—19세기에, 글쎄. 진보의 시대에, 영국 경찰의 축복을 즐기는 나라에서?"(46) 그에게는 인도인들은 "살아있는 악당"으로 우선 안정된 시골 저택을 불안하게 하는 요인이다. 이때 맥락이 "진보의 시대", "영국의 경찰" 등으로 확대됨으로써 어지럽혀지는 것은 단지 시골 저택이 아니라 식민지 모국인 영국 자체가 되어버린다. 이렇게 두려움이 증폭되는 것은 타자성에 대한 불안 때문인데, 베터브리지에게는 불안이 분노로 표현된다. 그가 타자와 맺을 수 있는 관계는 적대적인 관계, 공격과 역공의 관계뿐이다. 타자의 침범 앞에서 식민지 주체는 일차적으로 타자와 대극적인 자아상을 강화시키려고 한다. 그러나 베터브리지가 『로빈슨 크루소』에 의존해서 불안을 해결하려고 해도 그러한 해결은 이 소설의 여러 화자들이 보여주는 "다양한 비전들에 의해 방해받고 좌절될 수밖에 없다"(Hennelly 37).

이러한 타자성에 대한 불안에서 벗어나려는 전략 중 하나는 낯선 것을 친숙한 것으로 전환시키는 것이다. 즉 이 인도 승려들이 이미 영국에 살고 있는 다른 인도인들과 비밀스러운 공모관계에 있다고 설정하는 것이다. "같은 종교를 가진, 이 큰 도시의 다양한 욕구 중 일부를 만족시키는 일을 하고 있소."(289) 이때 "일부"는 영국에서 아편을 암매하는 인도인들을 지시한다. 이처럼 식민지인의 문화적 타자성을 영국내의 범죄 집단과 연결시킬 때 인도인의 열등함이 부각된다. "음지의 영국인"과 연관됨으로써 알 수 없는 차이는 유사성 즉 영국의 열등한 부분으로 축소된다. 따라서 타자는 영국인의 "열등한 분신"(Crooks 221)으로 고정된다. 이러한 시도는 타자의 이질적인 측면 "고양이 같은 인내심"과 "호랑이 같은 사나움"을 고정된 열등한 정체성과 연관시켜 타자가 주는 불안을 감소시키려는 하나의 전략이다. 그러나 아편은 단지 "음지의 영국인"에게만 영향을 미치는 것이 아니다. 그것은 어느새 주인공인 블레이크 (Blake)에게까지 스며 있다. 이것은 문화적 타자성을 열등한 것으로 고정시키려는 시도에 균열이 생겼음을 뜻한다. "시원찮은 조직"이라는 폄하에도 불구하고, 아편은 거대 도시인 런던을 넘어 시골 저택의 구석구석까지 스며들어 있는 돌이킬 수 없는 존재이다.

인도인을 영국인의 "열등한 분신"으로 보는 관점과는 반대로, 머스웨이트 (Murthwaite)같은 동양주의자는 인도인들의 도덕적 숭고성을 강조한다. "그들은 성지 순례자로서 인도의 사원을 향해 출발했다. 그들은 헤어진 날로부터 죽는 날까지 결코 방랑을 멈추지 않을 것이다." 인도인들은 문스톤을 찾기 위해서 카스트를 희생하는 도덕적인 인물로 묘사된다. 정반대 방식이기는 하나 이것 역시 불가해한 타자성을 고정시키려는 시도이다. 에필로그의 "고양되고 서정적인"(Nayder 220) 묘사를 통해 세 명의 인도승려는 살인자라기보다는 순교자로 형상화된다.

> 뒤돌아 언덕을 내려다보았다. 자연과 인간이 결합된 가장 장엄한 광경이 펼쳐졌다. 언덕 아래 쪽 경사는 경계를 흐리며 목초지로 녹아들었다. 그곳에서는 세 개의 강이 만나고 있었다. 한쪽에서는 구불구불한 강이 우아하게 흐르고 있었다. 때로는 강이 보이고 때로는 나무에 가려지기도 했다. 다른 쪽에는 잔잔한 바다가 밤의 고요 속에 잠들어 있었다. 이 사랑스러운 장면에 수만 명의 사람들이 모여 있었다. 모두 흰 옷을 입고 있었다. 그들은 경사진 언덕을 뒤덮고 목초지를 뒤덮고 있었으며 근처의 구불구불한 강둑에 늘어서 있었다. 수많은 군중 속에서 활활 타는 붉은 불꽃과 횃불들이 가끔 솟구쳤고, 그 빛이 이 순례자들을 비치고 있었다. 모두에게 찬란

하게 쏟아지는 동양의 달빛을 상상해라―그러면 내가 언덕의 정상에서 어떤 광경을 보았는지 알 수 있을 것이다. (471)

이때 단순한 풍경이 도덕적인 숭고함으로 전환되는 것은 인간이 있기 때문이다. "수만의 사람들"은 풍경에 활기를 불어 넣는다. 그러나 인도 승려에 대한 이상화는 점차 수십만의 군중에 대한 이상화로 확대된다. "영국인의 시선 앞에서 개인적 이력은 소멸되고 수만 명의 스펙타클은 비인간화의 표상이 된다"(Duncan 317). 이들의 도덕적인 숭고함은 던칸의 지적대로 비인간화될 뿐 아니라 진보의 역사와 별개인 순환의 역사 속에 갇혀 박제가 된다. 이들이 되돌려놓은 문스톤은 "거기 신의 앞이마에 그 노란 다이아몬드가 빛나고 있었다. 한때는 그 빛이 영국 여성의 가슴에서 내게로 비추인 적이 있었다."(472)로 표현되어 있다. 마지막 문스톤의 모습을 담은 이 구문 안에는 두개의 의미 체계가 포함되어 있다. 문스톤은 이제 "문명화의 임무"를 지시하는 유럽인의 진보의 역사에서 분리되어 영원히 반복되는 순환의 역사 속에 자리잡게 된 것이다. 인도의 문화 체계는 진보의 역사와 별개의 것으로 "유럽적 담론의 대상인 동양화된 동양"(네그리 178), 또 하나의 고정된 상투형이다.

타자성을 고정시키려는 여러 시도에도 불구하고 고정될 수도, 이해될 수도 없는 공백으로 남는 것은 이들의 침묵이다. 이들의 행위에 대한 설명에도 불구하고 생략되어 있는 것은 인도 승려들의 주체성이다. 행동의 주도성과 인물의 공허함 사이의 간극은 무엇을 의미하는가? 그 간극은 침묵하는 주체의 타자성이 어떻게 해도 고정될 수 없음을 강력하게 역설한다.

4. 식민지 지배주체의 분열

바바에 따르면 개인은 민족주의적 교육의 '대상'이며 동시에 국가를 의미화하는 과정에 있는 주체이기도 하다. "이 반복적이고 재생산적인 과정을 통해서 국가는 회복되고 의미를 갖게 된다. 서술을 통한 국가 생산에 있어 교육 대상이 갖는 연속적이며 축적적인 시간성과 수행 주체의 반복적이며, 순환적인 전략사이에 균열이 있다."(BhaBha 1990, 297) 이 작품에서 식민지 지배 주체의 전형으로 제시된 블레이크는 제국의 확립을 위한 교육의 대상이며 동시에 국가의 의미를 형성해가는 수행 주체이기도 하다.

수행 주체로서 식민지 지배 주체는 식민지 타자가 모방하는 텍스트에 대항해 끊임없이 자아를 재규정해야 한다. 주인공인 블레이크는 동양을 떠돌아다니며 동양의 영향을 섭취했는데, 이때 동양은 이질적인 타자로 외부에 있는 것이 아니라 식민지 지배자의 자아에 개입해 들어온다. 이때 매개 역할을 하는 것이 아편이다. 아편은 인도에서 재배되어 제국을 통하여 전 세계에 수출되었으며 중국시장 개방을 놓고 영국은 중국과 치명적인 전쟁을 일으키기도 했다. 아편은 근대 제국주의의 표상으로 전 지구적으로 침투하여 인류를 오염시켰다. 모든 곳에 스며들어 모든 것을 전복시키는 액체인 아편으로 인해 식민지인뿐 아니라 식민지 지배 주체의 자아 역시 분열된다. 블레이크는 가족 문서의 편집자이며 독자가 가장 신뢰하는 인물, 즉 "결백한 인물들"을 가려내어 "의심"(21)을 없애주고 "사실의 기록"을 제공해주는 인물이다. 그러나 수사 결과 바로 블레이크가 도둑임이 밝혀지며, 이 수치스러운 순간이 이 소설의 "범례적 오점"(GoGwilt 73)이 된다.

나는 그 표시를 보았고 읽었다.

내 자신의 이름이었다.

내 나이트 가운임을 말해주는 친숙한 글자들이 있었다. 그 글자들에서 눈을 떼고 위를 쳐다보았다. 해가 떠 있었다. 해안에는 물이 반짝이고 있었다. 늙은 베터브리지가 점점 더 다가오고 있었다. 나는 다시 그 글자들을 보았다. 내 이름이었다. 분명했다―내 이름이었다. (314)

블레이크가 다이아몬드를 훔친 것은 아편에 취한 상태에서 행한 일이다. 그렇다고 하더라도 "행위"에 제한해서 본다면, 블레이크는 고드프리나 헌캐슬과 같이 도둑질을 한 것이고 그의 자아의 일부는 고드프리, 나아가 헌캐슬과 연관된다.

식민지인은 이처럼 모국의 저택에 침범할 뿐 아니라 아편을 매개로 식민지 지배주체의 무의식을 점령한다. "콜린스는 의도적으로 독자의 주의를 아편에 돌리지만"(Pykett 24), 오히려 타자성의 표지인 아편이 블레이크를 지배하는 것이 부각된다. 바람직한 수행 주체가 되기 위해서 블레이크는 자신의 무의식을 분리한 후 배제해야 한다. 즉 그는 자신의 일부를 부인하는 순환적 전략을 통해 바람직한 수행 주체가 되는 것이다. 이것은 식민지 지배 주체가 타자성을 억압하거나 배제해야함을 뜻한다. 표면적으로 이상적인 지배 주체의 심층에는 억압과 배제가 지시하는 불안이 자리 잡고 있다. 이처럼 타자성이 개입해 들어온 부분은 늘 불안한 울림으로 남고, 바람직한 수행 주체가 되기 위해서는 끊임없이 혼란된 정체성을 재규정해야 한다.

1883년 스릴리(John Sleeely) 경은 식민지인 인도와 가까워지면서 영국 자체가 변화하는데 대하여 걱정하였는데(Milligan 82), 콜린스는 이러한 불안을 예견하고 있다. 인도 반란 직후 영국인 대다수가 인도를 적대시하며 분노에 차

있을 때, 콜린스는 타자성이 불러일으킨 불안을 전면에 부각시켜서 다루고 있다. 그 가운데 그는 헤게모니 단계에 있는 제국의 핵심적인 문제를 제기하고 있다.

5. 배제된 타자성

하위 주체는 침묵한다. 그러나 『문스톤』의 타자는 단순히 침묵하는 것이 아니라 침묵하는 가운데 식민지의 틀에 끊임없이 간섭하며 주체를 불안하게 만든다. 타자는 내가 가지고 있는 틀에 개입해오며 혹은 이미 개입해 있으나 나의 질서에 어긋나는 존재이다. 하지만 이러한 불안은 타자를 받아들임으로써만 극복될 수 있는 것이다. "데리다(Derrida)에 따르면 유보 없이 타자를 환대함으로써만, 상호적인 쌍무 계약이 아니라 비대칭성이 특징인 무조건 환대함으로써만 타자를 수용할 수 있다. 이렇게 타자를 수용할 때 진정한 열림이 가능해진다"(문성원 135). 그러나 이 작품에서처럼 자아와 어긋나는 존재인 타자를 배제하려고만 할 때 자아는 분열될 수밖에 없다.

바바에게는 타자성이 자아에 스며든 상태인 잡종성이 해방의 출발점이 된다. 이 작품에서 잡종성을 대표하는 사람은 제닝스(Jennings)이다. 새로운 공동체를 창조해낼 수 있는 잡종적인 인물인 제닝스는 외모 자체가 모순 덩어리이다. 늙기도 하고 젊기도 하며, 집시같은 혈색과 흰머리와 검은 머리가 섞여 있다. 그는 스스로도 "식민지 중의 하나에서 태어났다. 아버지는 영국인이고 하지만 어머니는 …"(371)라고 고백한다. 특히 기이한 그의 검은 머리와 흰머리의 결합에서는 자연색인 "검은 색이 흰색에 의해 식민화 되어있다"(Milligan 74). 그러나 그 역시 "세상과 화해하고 싶다는 말로 스스로 자신의 전복적 에너지를 순응적인 것으로 만들"(Heller 260) 뿐 아니라 결국 병들어 죽고 만다. 이때 병은 타자성과 동일시되며, 암묵적인 가정은 타자성이 영국 사회에 스며들 경우 영국 사회 전체가 병들리라는 것이다. "전염은 지속적이고 현존하는 위험이며 문명화 임무의 어두운 이면"(네그리 190)인 것이다. 유럽인인 블레이크는 아편에 집중된 타자성을 능동적 주체성과 분리함으로써 순수한 영국성을 지키려고 하는 반면, 제닝스는 죽음을 통해 영국 사회에서 완벽하게 배제되어 버린다.

타자성은 불안의 근원이지만 동시에 진정한 열림의 계기가 될 수도 있다. 그러나 이 작품에서 타자성을 상징하는 문스톤은 공간적으로 영국에서 먼 인도로 옮겨질 뿐 아니라, 유럽의 진보의 역사와 구분되는 순환의 역사 속에 갇히는 것으로 끝난다. 하지만 순환의 역사 속에 가두어 놓는다 해도 타자성은 언젠가 다시 영국 국내로 잠입해 들어 올 수 있는 잠재적인 힘을 지니고 있다. 타자성은 단지 영국의 질서를 교란시키는 외부적인 힘일 뿐 아니라 식민지 지배 주체의 내면에 개입하여 지배 주체의 정체성을 뒤흔들었으며, 언제든지 다시 나타날 수 있다. 1857년 인도 반란 후 불안한 시기에 구상된 이 작품은 "억압받은 식민지인에 대한 공감을 보이는 것도 아니지만, 그렇다고 제국주의적 식민지 지배 주체의 입장을 미화하는 것도 아니다"(Duncan 300). 영국의 국내 질서는 회복되었으나 위태롭다. 식민지 지배 주체의 분열과 그 아래 숨겨진 불안은 배제된 타자성이 여전히 위협으로 남아있음을 역설한다.

● 인용문헌

안토니오 네그리 & 마이클 하트 『제국』. 윤수종역. 서울: 이학사, 2001.
문성원. 『배제의 배제와 환대』. 서울: 동녘, 2000.

Bhabha, Homi K. "DissemiNation: Time, Narrative, and the Margins of the Modern Nation." *Nation and Narration*. Ed. Homi K. Bhabha. London: Routledge, 1990. 291-322.

_____. "Signs Taken for Wonders: Questions of Ambivalence and Authority under a Tree Outside Delhi, May 1817." *Location of Culture*. London & New York: 1994, 102-21.

Collins, Wilkie. *The Moonstone*. Harmondsworth: Penguin Books, 1966.

Crooks, Robert. "Reopening the Mysteries." *Literature Interpretation Theory* 4 (1993): 215-28.

David, Deidre. *Rule Britania: Women, Empire and Victorian Writing*. Ithaca: Cornell UP, 1995.

Duncan, Ian. "*The Moonstone*, the Victorian Novel and Imperialist Panic," *Modern Language Quarterly* 55 (1994): 297-319.

GoGwilt, Christopher. *The Fiction of Geopolitics*. Stanford: Stanford UP, 2000.

Heller, Tamar. "Blank Spaces: Ideological Tensions and the Detective Work of *the Moonstone*," Ed. Lyn Pykett. *Wilkie Collins*. New York: St. Martin's P, 1998, 244-70.

Milligan, Barry. *Pleasures and Pains: Opium and the Orient in Nineteenth-Century British Culture*. Charlottesville: UP of Virginia, 1995.

Nayder, Lilian. "Robinson Crusoe and Friday in Victorian Britain." *Dickens Studies Aannul* 21 (1992): 213-31.

Hennelly, JR., Mark M. "Detecting Collins' Diamond: From Serpenstone to Moonstone," *Nineteenth Century Fiction* 38 (1984): 25-47.

Pykett, Lyn. *Wilkie Collins*. New York: St. Martin's P, 1998.

Reed, John R. "English Imperialism and the Unacknowledged Crime of *The Moonstone*," *Clio* 2 (1973): 281-90.

Roy, Ashish. "The Fabulous Imperialist Semiotic of Wilkie Collins's *The Moonstone*." *New Literary History* 24 (1993): 657-81.

Spivak, Gayatri Chakravorty. "Three Women's Text and a Critique of Imperialism," Ed. Fred Bottig. *Frankenstein*. London: Macmillan, 1995. 235-60.

_____. "Can the Subaltern Speak?" Eds. Patrick Williams and Laura Chrisman. *Colonial Discourse and Post-Colonial Theory*. Hemel Hempstead: Harvester Wheatsheaf, 1993, 66-111.

6

버지니아 울프:
여성적 정체성과 제국

1. 울프와 페미니스트 논쟁

울프(Virginia Woolf)는 20세기의 대표적인 여성작가이자 모더니스트로 꼽혀왔다. 그러나 여성적 정체성에 대한 관심이 울프 비평의 중심 과제가 된 것은 80년대 들어서이다. 여성적 정체성 문제는 쇼월터(Showalter)가 울프의 『자신 만의 방』(*A Room of One's Own*, 1929)을 연상시키는 『그들만의 문학』(*A Literature of Their Own*)이라는 페미니즘 연구서에서 울프가 양성성으로 도피한다고 문제를 제기하면서 논쟁이 시작되었고 이를 토릴 모이(Toril Moi)가 반박함으로써 울프 비평의 핵심 논쟁이 되었다. 쇼월터는 울프가 여성적 정체성과 여성적 경험을 회피하여 양성성으로 도피했으며 그 결과 "점차 원할 때조차도 일상적으로 경험하는 사실과 위기를 다룰 수 없게 되었다"(263-4)라고 지적했다. 이에 대해 토릴 모이는 울프가 부인하는 것은 여성적 자아가 아니라 통합된 획일적인 정체성일 뿐이며, 이 통합된 정체성이야말로 비판의 대상이 되어야하는(7-8) 자아라고 반박했다. 모이에 따르면 울프는 크리스테바(Kriesteva)가 말하는 여성적 자아가 지닌 "무의식적인 힘의 간헐적 폭발"을 보여줌으로써 상징적 질서를 파괴할 뿐 아니라, 고정된 여성적 정체성을 파괴한다는 것이다 (11-13). 이처럼 모이는 여성적 정체성을 새롭게 정의함으로써 쇼왈터에 의해 폄하되었던 울프의 페미니스트적인 면모를 부각시켰다.

이러한 논쟁을 거치면서 울프의 페미니스트적인 면모가 더욱 섬세하게 밝혀졌고, 90년대 들어 후기 식민주의 문제와 울프를 연관시킴으로써 여성적 정체성의 새로운 면모가 드러나고 있다. 윈스튼(Winston)은 『등대로』(To the Lighthouse)를 분석할 때 역사적 인식과 정치적 불안이 존재하지만 이러한 두려움은 표현되지 않고 가장된 형태로 숨겨져 있다가 어느 순간 돌출된다고 파악한다. 그렇다고 해서 울프가 제국주의에 대해 비판적인 것만은 아니고 제국주의 이데올로기를 반복하는 면과 제국주의 이데올로기의 합법성에 의문을 제기하는 저항적인 목소리 양자가 모두 담겨있다고 본다. 최근 들어 필립스(Philips)는 울프의 모든 작품을 제국주의와 연관하여 연구하고 있는데 울프가 병렬과 은유를 통하여 제국의 문제를 드러내고 있다고 지적한다. 그는 울프에게 있어 제국은 핵심적인 주제이기는 하지만 식민지 지배에 초점이 맞추어져 있으며, 식민주의에 대한 비판에도 불구하고 식민지인에 대해 시혜적임을 지적하고 있다.

본 논문은 울프의 대표작인 『댈러웨이 부인』(Mrs. Dalloway)과 『등대로』(To the Lighthouse)에 나타난 여성적 정체성에 초점을 맞추고자 한다. 그러나 여성적 정체성은 시대를 초월한 고정된 개념이 아니고 여성이 위치한 구체적인 사회적·역사적 맥락과 불가분의 관계에 있다. 울프의 여성적 정체성에 대한 고민은 제국주의적 팽창이 일단락되었으나 아직도 1차 대전 이전의 제국주의 이데올로기에 집착하고 있는 모순된 요구에 사로잡혀 있는 사회를 반영하고, 또 역으로 울프의 담론이 제국주의를 둘러싼 사회적 담론에 영향을 미치기도 한다. 윈스튼과 필립스는 울프 소설에 숨겨진 제국주의와 연관된 사회적·역사적 맥락을 밝히고 있다. 이러한 이해에 기반을 두되, 제국의 문제가 여성적 정체성과 어떻게 얽혀 있는가가 본 논문의 관심사이다. 울프의 대표작인 이 두 작품은 여주인공인 클라리사(Clarissa)와 램지 부인(Mrs. Ramsay)의 하루를 시간적 배경으로 하여 정체성을 둘러싼 그들의 개인적인 고민에 초점이 맞추어져 있지만, 여성적 정체성은 남성이 지배하는 질서에 대한 의문으로, 나아가 그러한 질서의 핵심인 제국주의에 대한 의문으로 확대된다.

2. 『댈러웨이 부인』

『댈러웨이 부인』의 구조는 산만하고 단절적이다. 주요 구성은 셉티머스(Septimus)와 댈러웨이 부인 즉 클라리사(Clarissa)의 이야기로 양분되어 있으며 이 양분된 이야기는 클라리사의 의식 속에서 통합된다. 클라리사의 이야기는 제임스 조이스의 『율리시즈』(Ulysses)의 여성판이라고 할 만큼 여주인공의 하루를 다루고 있다. 52살 된 클라리사가 30년 전의 결혼 선택이 옳았나에 대해 고민하는 것이 표면적인 구성의 축을 이룬다. 이를 위해 울프는 클라리사의 어린 시절을 의도적으로 삭제하고 30년 전의 하루에 기억을 집중시킨다(Abel 30-1). 그러나 실제로 이것은 표면적인 구성에 그치고 더 심층적인 수준에서는 클라리사의 여성적 정체성이 핵심적인 문제로 자리 잡고 있다. 결혼 외의 선택이 없는 여성으로서 그녀는 피터(Peter)나 리처드(Richard) 중 한 사람을 선택해야 했다. 그녀가 피터를 거절한 것의 의미를 탐구하는 가운데 피터가 대표하는 남성성에 대한 비판이 이루어진다. 또한 리처드와의 결혼이 안정과 보호를 제공했지만 그렇다고 클라리사에게 만족스러운 것은 아니다. 그녀는 자아의 분열과 해체를 경험하는데 그것은 셉티머스의 광기와 교차되면서 그 의미가 더 확대된다.

클라리사의 현재의 삶은 페미니스트적 관점에서 볼 때 양가적이다. 그녀는 자신의 삶에 대한 불안에도 불구하고 리처드의 아내로서 계급적인 위치에 알맞는 역할, "완벽한 여주인"의 역할을 해낸다. 도운(Doan)은 클라리사가 하루 동안 걸었던 곳을 그대로 따라가 보았을 때, 그녀의 삶의 계급적인 지형이 뚜렷이 드러난다고 한다. 클라리사는 웨스터민스터(Westminster)를 지나 버드케이지 워크(Birdcage Walk)로 성 제임스 공원(St. James Park)을 지나 본드 가(Bond Street)에 도착한다. 그녀가 들르는 꽃 가게나 그녀가 늘 가는 찻집은 그녀의 계급적 지형을 보여준다. 그녀의 지나친 파티 준비에 대해 남편인 리처드까지 유치하고 어리석다고 하고 피터는 "속물"이라고 하지만 클라리사 본인은 파티에서 구원을 발견한다. 그녀는 "두 사람 다 아주 틀렸다"고 하면서 의무감이나 강요 때문이 아니라 우연히 생각난 사람들을 불러 모으는 것이라고 설명하면서, 인간 상호간의 연속성을 환유적으로 표현한다(마하피 774).

> 아, 정말 이상하다. 여기 사우스 켄싱턴(South Kensington)에 누군가가 있었지, 그리고 윗동네인 베이즈워터(Bayswater)에도. 또 그러니까 메이페어(Mayfair)에도 누군가가 있었지. 그리고 그녀는 계속 그들의 존재를 느꼈다. 그리고 얼마나 쓸쓸한가, 이 얼마나 유감인가. 그리고 그녀는 그들이 같이 모일 수 있다면 얼마나 좋을까 하는 생각을 했고, 그래서 그렇게 했다. 그것은 봉헌이었다. 연결하고 창조하기 위한 봉헌이었다. 그러나 누구를 위한 것이었을까? (122)

그러나 "완벽한 여주인"(62) 만으로는 클라리사의 정체성이 완전히 규정되지 않는다. 그녀는 자아의 일면을 억압해야만 상징적 질서에 편입된다(Minow-Pinkney 71). "이 몸은 모든 기능을 갖추고 있지만 아무것도 아닌 것처럼 보였다—아무것도 아닌 것처럼. 그녀는 자신이 안 보인다는 이상한 느낌에 사로잡혔다. 아무도 자신을 보지 못하고 알지 못한다는 느낌. 이제 결혼을 할 수도 아이를 가질 수도 없다. 단지 다른 사람들과 함께 본드 가를 올라가는 이 놀라운 아니 차라리 엄숙한 행진을 하는 수밖에 없다. 이게 바로 댈러웨이 부인이다. 더 이상 클라리사가 아니다. 리처드 댈러웨이 부인일 뿐이다"(11).

클라리사는 이처럼 남성 지배 사회가 요구하는 역할을 수행하며 그에 순응하고 통합되려고 한다. 그러나 이러한 억압으로 그녀의 자아는 분열되고 해체되어 자신이 소리, 색채, 형태가 되어버리는 느낌에 사로잡힌다. 그녀는 자신의 흩어진 부분을 일부러 모아야만 클라리사 댈러웨이라는 사회적 정체성을 구성할 수 있다. "자신의 전체를 한 곳에 모으면 (거울을 바라보면서) … 그것이 그녀 자신이었다. 창과 같이 날카롭고, 명확한 자신. 그것은 애써서 자신이 되려고 흩어진 부분을 끌어 모았을 때 나타나는 자신이었다"(37). 이러한 해체가 극도에 이르면 셉티머스의 상태와 통하게 된다. 클라리사가 셉티머스 (Septimus)에게 공감했을 때 "중요한 것은 클라리사가 셉티머스의 자살을 어떻게 해석해냈느냐가 아니라 해석해냈다는 사실 자체, 즉 두 인물 사이의 관계가 형성되었다는 사실 자체이다"(Minow-Pinkney79). 처음 셉티머스의 죽음에 대한 소식을 들었을 때, 클라리사는 순간적으로 파티를 망친다고 생각했으나 짜증은 곧 자신이 "흉해지고 부패와 거짓말과 지껄임 속에서 사라져갔다"(184)는 자각으로 변한다. 더 나아가 셉티머스의 죽음은 곧 "그녀의 재난—그녀의 불명예" (185)가 되어버린다. 이러한 동일시는 클라리사의 분열되고 해체된 자아의 의미를 더욱 확대된 맥락에서 해석할 수 있는 실마리를 제공한다.

셉티머스는 당대 영국 사회의 요구에 적응하지 못한 사례이며 동시에, 역설적으로, 사회의 요구를 극단적으로 수행한데서 비롯된 것이다. 그는 군인으로 1차 대전에 참전했는데 이것은 제국주의 질서가 요구하는 공격적인 남성성을 목숨을 내놓고 실천으로 옮긴 것이다. 폭탄을 맞은 후 셉티머스는 완전히 의사소통 능력을 상실한다. 그는 혼자 중얼거리며 존재하지 않는 목소리에 대해 말하고 새들이 그리스어를 말한다고 한다. 그는 완전히 미친 상태가 되어 기표와 기의, 단어와 사물을 혼동한다.

> 셉티머스 워렌 스미스는 거실의 소파 위에 누워 있었다. 금물결이 살아 있는 생물처럼 놀라울 정도로 섬세하게 장미 위에, 벽지 위에서 빛나다가 사라지는 것을 지켜보았다. 바깥에는 나뭇잎이 심해에 드리운 그물처럼 공기 중에 늘어져 있었다. 방안에서 물소리가 났다. 물결을 뚫고 노래하는 새 소리가 들렸다. 그의 머리 위로 모든 힘이 쏟아져 내렸다. 그는 목욕을 할 때 자신의 손을 보듯이 소파 등받이에 손을 얹었다. 물결 위에 실려서 그는 저 멀리 해변까지 떠내려갔고 멀리서 개들이 짖는 소리를 들었다. 더 이상 두려워 마. 그의 몸속의 심장이 말했다. 더 이상 두려워마. (139)

반복되는 바다 이미지는 "자연의 호흡, 리듬, 흐름으로 이루어진 남성 중심의 상징적 질서 이전의 상태"(Mindow-Pinkney 79)이다. 이러한 바다 이미지는 클라리사가 옷을 수선할 때의 느낌과 유사하며, 클라리사가 셉티머스를 이해하는 순간 그녀는 분열되고 해체된 자신의 자아를 순간적으로 깨닫고 받아들인 것이다.

공격성이 핵심인 대영 제국은 셉티머스를 전쟁터로 내몰았을 뿐 아니라 그를 치료하는 과정에서 그 공격성을 되풀이한다. 윌리엄 브래드쇼(William Bradshaw)는 그를 미치게 한 제국주의 정신의 화신이다. 그는 완벽한 균형감각과 지배 의지를 갖춘 사람으로 제국의 질서가 핵심인 사회의 승리자이다. "윌리엄 경은 단지 자신 뿐 아니라 영국을 번성하게 만들었다. 영국의 광인들을 가두고, 그들에게 불임을 강요하고, 절망을 처벌하고, 부적응자들이 자신과 같은 균형 감각을 공유할 때까지는 그들의 견해를 유포하지 못하게 했다"(100). 영국 사회의 번영과 제국주의적 식민지화 사이의 연관은 그가 숭배하는 또 하나의 여신, 균형의 자매 여신인 '개종'의 경우 더욱 명확하게 드러난다. 이제 그녀는 "인도의 열기와 사막에서, 아프리카의 늪지에서 ... 간단히 말해, 어디서건 ... 사원을 부수고, 우상을 부수고 그 자리에 그녀의 엄숙한 얼굴을 들어서게 하는 일에 종사하고 있다"(100).

브래드쇼가 대표하는 억압적 질서는, 여성의 의지를 억누르는 남성적 이기주의의 또 다른 이름임은 직접적으로는 브래드쇼의 부인인 레이디 브래드쇼에게서 드러난다. "15년전에 그녀는 ... 천천히 그의 의지 속에 그녀의 의지를 가라앉혀 버렸다"(100). 이것은 또한 클라리사를 억압하는 남성 지배 질서의 핵심이기도 하다. 셉티머스가 받는 억압, 광기, 해체는 클라리사의 공감을 매개로 곧 클라리사 자신의 것이 되어 버린다. 클라리사의 회상은 피터를 거절한 날에 집중되어 있는데 피터를 거절한 것 자체가 그가 대표하는 질서에 대한 거부이다. 처음에 피터는 관습적인 리처드와는 반대로 낭만적인 인물로 등장한다. 그와 결혼했다면 "즐거웠을 것"(47)이라고까지 그녀는 생각한다. 그러나 피터에 대해 더 깊이 생각할수록 피터도 대안이 될 수 없음을 깨닫는다. 피터 역시 그녀를 완벽하게 소유하려고 하기 때문이다. 그와는 "모든 것을 공유해야했다. 모든 것이 그의 것이 되어야했다"(8).

클라리사는 피터에 대해 재검토 하는데 이는 그녀가 더 직접적으로 당대 영국 사회의 남성성을 이해하는 과정이기도 하다. 소유욕이라는 면에서 볼 때 피터와 여성의 관계는 그와 식민지와의 관계와 유사하다. 클라리사가 그의 소유욕과 제국주의 질서의 연관 때문에 그를 거부한 것은 아니지만, 그를 거부한 것 자체가 제국주의에 대한 무의식적인 비판이 될 수 있다. 피터는 의식적인 수준에서 영국사회에 대해 비판적이지만 더 심층적으로 분석하면 제국주의 질서의 화신이다. 그는 "의무, 감사, 영국에 대한 사랑을 상징하는" 소년들의 군사 행진을 보면서 "이상하게 증오하는 제국과 그 군대에 대해 감사하다니" (51-2)라고 자문한다. 그는 또한 제국을 증오한다고 하지만 인도인에 대해서는 인간으로 간주하지 않는다.

> 그리고 그가 있었다. 이 행운의 사나이, 그 자신이 있었다. 빅토리아 가의 평면거울 유리에 비친 모습이 있었다. 그 뒤에 인도가 모두 펼쳐졌다. 평야, 산, 콜레라, 아일랜드의 두 배나 되는 그의 구역, 그가 단독으로 내린 결정들─그, 피터 월쉬가 있었다. (48)

이때 "그", "그 자신", "피터"의 반복은 그가 얼마나 유아론적인지 보여준다. 그는 "기계를 다루는데 소질이 있었고, 쟁기를 발명하고, 영국에서 경운기를 주문했다. 그러나 쿨리들은 그것을 사용하지 않았다"(49) 이때 식민지 지배자인 자신은 기술로 대표되는 이성과 합리성을, 인도인은 무지와 비합리성을 뜻하게 된다. 그러나 그는 인도인들이 그의 기계를 사용하지 않는 구체적인 이유를 밝히지 못한다. 따라서 인도인의 어리석음이 드러나는 것이 아니라 오히려 식민지 지배자의 '문명화의 임무'가 허구임이 드러난다.

그가 인도인에게 전수하려는 문명의 특징은 다음과 같다. "칭찬할 만한 집사들, 황갈색 차우 개들 … 이런 종류의 문명이라도 그에게 개인적인 소유물로 소중해 보이는 순간들이 있었다. 영국이 자랑스러운 순간들‧ 집사들이, 황갈색 차우 개들, 안전하게 보호받는 소녀들이 자랑스러운 순간들"(55). 피터가 반복하는 목록 역시 작품 전체의 맥락에서 보면 냉소의 대상이다. "칭찬할만한 집사들"은 영국의 계급제도의 일면을 보여준다면, "황갈색 차우 개들"은 마치 주인이 고결한 도덕을 내세우지만 위선적으로 강압을 감추고 있듯이 원래 투견이었으나 솜같이 부드러운 털 속에 물어뜯는 능력을 감추고 있으며, "소녀들"을 안전하게 보호한다고 하지만 실제로 그는 길거리에서 낯선 여자를 뒤쫓아감으로써 그녀를 공포에 사로잡히게 한다. 특히 1919년 인도 반란을 영국 편에서 여성의 강간에 초점을 맞추어 해석했던 것을 생각하면 식민지 지배의 논리 중 하나가 여성을 보호한다는 것이다. 하지만 이 작은 에피소드에서 그런 논리가 허구임이 드러난다.

『댈러웨이 부인』에서 제국에 대한 비판은 여성을 소유하고 자신의 의지를 강요하려는 남성성에 대한 비판을 통하여 간접적으로 이루어진다. 제국주의 비판에서 보이는 이러한 간접성이 울프의 한계이기도 하다. 셉티머스에게 공감하는 가운데 클라리사의 상상력은 전쟁을 강요하는 사회에 대한 비판으로까지 확대되지만, 아르메니아(Armenia)에 대한 태도를 보면 그녀가 주변 세계에 대해 무관심한 유아적인 상태에 머물러 있음을 알 수 있다. 이 소설의 시점은 영국이 로잔느 조약(Lausanne Treaty)에 서명하기 한 달 전으로 되어 있다. 이 서명은 영국의 배신행위이기도 하다. 아르메니아는 더 이상 조국을 갖지 못하고 아르메니아인은 터키로 이주해야 했다. 당시 아르메니아의 인권에 대한 관심은 이 장면에서 "부재하는 현존"(Peach 104)이기도 하다. 리처드는 로잔느 협약을 협상하는 위원회에 참여하기 위해서 하원에 가는 길이다.

(리처드는) 소파 위에 그녀를 앉히고 장미를 바라보고 있었지만 반쯤은 이미 하원, 그의 아르메니아인, 그의 알바니아인에게로 가 있었다. 그리고

사람들은 '클라리사 댈러웨이는 버릇이 없어'라고 할 것이다. 그녀는 아르메니아인 보다는 그녀의 장미에 더 신경을 썼다. 살던 곳에 쫓겨나고, 불구가 되고, 얼어 죽는 아르메니아인들, 잔학과 부당함의 희생자들 (그녀는 리처드가 이렇게 말하는 것을 여러 번 들었다)—아니, 그녀는 알바니아인들에 대해 아무런 느낌도 들지 않았다. 아니 그게 아르메니아인이었던가? 하지만 그녀는 자신의 장미들을 사랑했다. (120)

남성적 질서에 대한 비판에도 불구하고 클라리사는 "아르메니아 인"에서 "그녀의 장미"로 넘어 가버린다. 그녀는 알바니아와 아르메니아의 차이조차 구분하지 못한다.

클라리사의 문제는 다음 세대인 딸 엘리자베스(Elizabeth)에서 되풀이된다. 엘리자베스에게 결혼은 유일한 선택이 아니다. 그녀는 버스를 타고 런던의 낯선 지역을 지나면서 전율을 느끼고 현재의 자신을 벗어나 무엇이든 될 수 있을 것 같은 기분에 사로잡힌다.

사나운 것—해적—은 앞으로 출발하자 튕겨져 나갔다. 그녀는 균형을 잡기 위해서 난간을 꼭 붙들어야했다. 그것은 해적으로 무모하고 뻔뻔하고 가차 없이 짓눌렀다. ... 그리고 그녀는 사람들이 일하고 있는 느낌이 좋았다. ... 그녀는 챈서리 래인에서 내리면서 웨스트민스터와는 아주 다르구나 하고 생각했다. 아주 진지하고, 아주 분주했다. 간단히 말해 그녀는 직업을 갖고 싶어졌다. 그녀는 의사가 되거나 농부가 될 것이다. 그리고 필요하다면 국회의원이 될 수도 있을 것이다. 이 모든 게 스트랜드 때문이었다. (135-6)

하지만 그녀에게 런던은 광경일 뿐이고, 기회는 환상일 뿐이다. 그녀는 아버지처럼 국회의원이 될 수도 있으리라고 꿈꾸지만 현실 속에서 그녀는 아버지의

'사랑스러운 딸'일 뿐이다.

『댈러웨이 부인』에서 여성적 정체성은 남성 지배적인 질서에 수용되지 않는 일면을 지님으로써 제국주의를 비판하지만 그 비판은 제한적이다. 클라리사의 갈등은 제국주의 사회에 대한 근본적인 물음으로 나가는 대신 그 사회질서 내부에서 순간적으로 포착된 여성적 정체성을 이상화하는 것으로 끝난다. 그리고 이러한 정체성의 문제는 세대를 너머 여성에게 점차 기회가 확대되는 사회변화와 무관하게 초시간적인 의미를 지닌 것으로 제시된다. 엘리자베스는 어머니인 클라리사의 문제를 공유하는 것으로 끝나는데 비해『등대로』에서는 비유적인 딸인 릴리(Lily)를 통해서 램지(Ramsay) 부인이 대표하는 여성적 정체성에 대한 의문이 좀 더 철저하게 탐색된다.

3. 『등대로』

『등대로』(1927)에서 공간은 고정된 장소이며 시간은 자유롭게 흐른다. 소설의 배경은 헤브리디스(Hebrides) 제도에 있는 램지 일가의 집이며 서술의 초점은 램지 가족에 맞추어져 있다. 제 1부는 9월의 어느 하루 저녁에 일어나는 일, 제 3부는 10년 후 9월의 어느 아침의 일을 다룬다. 제 2부는 "시간이 흐르다"는 제 1차 세계대전 중 램지의 집이 거의 폐허로 변해버린 10년간을 간략하게 묘사한다. 제 3부에서는 릴리를 통하여 램지 부인의 궁극적인 의미가 탐색된다.

램지 부인은 상류층의 전형적인 주부이다. 램지 부인은 모성을 대표하는데, 그녀는 단지 어머니일 뿐 아니라 성모, 여왕으로 확대된다. 찰스 탄즐리(Charles Tansley)와 산책 중에 램지 부인이 카마이클(Carmichael)이 결혼만 제대로 했으면 훌륭한 철학자가 되었을 것이라고 하자, 탄즐리는 "남성의 지성"(11)을 인정받은 것에 으쓱해진다. 산책이 끝날 무렵 그에게 그녀는 성모, 여왕, 어머니가 통합된 모습이 된다.

> 그녀가 들어와서 잠시 동안 조용히 서 있었다. … 잠시 동안 푸른 리본을 두른 빅토리아 여왕의 그림에 기대어 꼼짝도 않고 서 있었다. 그리고 갑자기 그는 바로 이것이라고 깨달았다. 바로 이것이었다 — 그녀는 그가 본 중 가장 아름다운 사람이었다.
> 눈에는 별빛이 서려 있고 머리에는 시클라멘과 야생 오랑캐꽃이 드리워져 있었다 — 내가 지금 무슨 말도 안 되는 생각을 하고 있는 거지? 그녀는 쉰이 넘은데다 아이가 여덟이나 되는데. (14)

나아가 뱅크스(Bankes)가 바라보는 램지 부인의 모습에서 강조되는 것은 제국의 의미이다. 그는 그녀를 바라보면 "야만이 길들여지고, 혼란의 지배가 무너진다"(47)라고 하는데 이는 제국의 "문명화의 임무"를 연상시킨다. 19세기에 집안의 천사로서 여성은 사회에 도덕적 영향을 미치는 존재로 여겨졌는데, 이제 사회는 영국을 너머서서 제국 전체를 포괄하게 되는 것이다.

그녀의 영향력이 실현되는 구체적인 장은 가족내지는 이웃에게 미치는 영향이다. 그녀의 삶의 핵심에는 가족이 있고, 그녀의 영향력은 파티와 자선을 통해 동심원적으로 확산된다. 파티를 통해 이상적인 공동체를 만들려고 하는 그녀에게 궁극적 승리는 뱅크스를 끌어들인 것이다. 남성적인 근면 윤리에 의해 파티를 시간 낭비로만 여기는 뱅크스를 파티에 끌어들이고 "오늘 밤에는 내가 이겼어요."(73) 라고 한다. 식탁에서 일을 생각하며 끊임없이 식탁을 툭툭 치던 뱅크스는 막상 식사를 하자 음식을 즐기며 램지 부인에 대한 존경심으로 가득 찬다. 그녀의 모성적 원리가 확산된 또 하나의 형태는 자선이다. 그녀는 모델이 될 만한 목장과 병원을 짓겠다는 계획을 세우다가 무산되지만, 등대지기에게 물건을 모아다주고, 등대지기 아들에게 줄 양말을 짜고, 가난하고 병든 사람을 돌본다. 파티와 자선 외에 그녀의 삶의 또 다른 한 축은 모든 사람은 끊임없이 중매하는 것이다. 그녀는 폴(Paul)과 민타(Minta)의 결혼을 주선하고 릴리에게 뱅크스와의 결혼을 강권한다. 램지 부인은 가부장적인 사회가 요구하는 어머니로서, 여주인으로서의 역할을 완벽하게 해낸다. 클라리사가 남편이나 애인에게 유치하게 군다고 비판받는 반면 램지 부인은 릴리를 제외한 모든 사람의 흠모와 존경의 대상이다.

그러나 클라리사와 마찬가지로 램지 부인 역시 남성 중심의 질서로는 설명되지 않는 자아의 일면을 지니고 있다. 파티에서 돌아와 방으로 돌아왔을 때 "그녀의 마음 한 쪽 구석에서 리듬을 맞추어 밀려드는 것. … 그녀는 이것은 하얗고, 이것은 빨갛다는 것만 알았다. 처음에 그녀는 자신의 말이 무슨 뜻인지 전혀 알지 못했다"(119). 이것은 완벽하게 리듬과 억양과 소리와 색채로만 이루어진 상태이다. "그녀가 자유롭게 느끼는 것은 언어가 사라지고 자신의 자아가 사라질 때"(Spivak 33)이다. 그녀는 자신을 "어둠의 쐐기"로 생각한다. 그녀는 고독의 경험을 움츠림의 느낌으로, "엄숙한 느낌으로, 남들에게는 보이지 않는 어떤 것, 쐐기 모양의 어둠의 핵심, 다시 말해 진정한 자신이 되는 것"(63)으로 묘사한다. 램지 부인은 빛을 바라보면서 자신을 등대의 한 줄기 빛인 세 번째 빛과 동일시한다.

항상 이 시간에 이런 기분으로 사람은 누구나 하나의 사물, 특히 그녀가 본 사물에 애착을 느끼지 않을 수 없다. 그런데 이것, 한결같은 긴 빛줄기는 그녀의 빛이었다. … 그녀는 그녀가 바라본 것-예를 들어, 바로 그 빛-이 되었다. … 그녀는 뜨개질감 너머로 올려다보고 세 번째 빛을 맞이하였는데, 그녀에게 그것은 마치 자신의 눈과 눈이 서로 눈을 맞추는 듯 한 느낌을 주었다. 그 빛줄기는 그녀만이 탐색할 수 있는 방식으로 그녀의 지성과 감정을 탐색하고 있었고 그 거짓, 어떤 거짓이라도 정화시켜 사라지게 하고 있었다. 그녀는 그 빛줄기를 찬미하면서 전혀 자만심에 빠지지 않은 채 자신을 찬미했다. 왜냐하면 그녀는 그 빛처럼 엄격하고, 탐색적이며 아름다웠기 때문이다. (63-4)

연인을 맞으러 가는 신부의 이미저리를 통해 램지부인은 자연의 세계와 일체가 된다. 그녀는 램지씨가 아니라 사물과 결합한다.

램지 부인 자신의 결혼의 실제 모습은 의사소통의 단절로 이루어져있다. 가족을, 나아가 파티를 통해 이웃과 조화를 이루려는 램지 부인의 시도와 늘 R의 세계에 도달하려는 램지의 세계 사이에는 넘을 수 없는 경계선이 그려져 있다. 그녀는 등대로 갈 수 없는 것에 대해 "당신이 옳아요"(124)라고 하지만 그것은 그가 듣고 싶은 대답이지 그녀의 생각은 아니다. 이들에게 진정한 의미의 결합은 있을 수 없다. 이들 사이에 가장 성공적인 의사소통은 스피박의 지적대로 카마이클이 수프를 한 번 더 달라고 했을 때 분노를 공유하는 정도에 그친다(31). 부인 자신도 결혼이 축복이라는 것이 환상이며 "결혼은 즐거움인 만큼이나 의무이고 그 안에 죽음의 씨를 지니고 있다"(100)는 점을 순간적으로 인정하며, 남편의 끊임없는 요구에 "몸 전체가 지쳐 버린다"(39).

램지 부인이 무생물과 일치하는 가운데 자아에 해체되는 느낌을 갖는다면 제 2부 '시간은 흐른다'는 인간의 모든 노력 특히 램지 부인이 대표하는 공감과 모성을 무로 만드는 시간, 즉 자연의 힘을 그리고 있다. 그러나 시간은 단지 자연을 대표하는 것만은 아니다. 자연 속에는 이미 사회적인 의미가 각인되어 있다. 스피박은 2부의 자연이 추상적으로 광기와 전쟁을 뜻한다고 보는 반면

(35), 윈스튼은 2부가 제임슨이 말하는 억압된 정치적인 내용 즉 "제국주의에 대한 불안"(42)이 분출된 것으로 보고 분석한다. 이 작품에서는 풍경이 억압된 정치적 불안의 알레고리가 된다.

> 해변으로 내려가서 바다와 하늘에게 어떤 메시지를 줄지 혹은 어떤 비전을 제시할지 물으려는 사람들은 여느 때처럼 신의 선물의 징표가 있지만 그 가운데 ... 무언가 조화되지 않는 것이 있음을 ... 생각해야만 했다. 잠시 재빛 배의 유령이 조용히 나타났다가 사라졌다. 평온한 바다 표면에는 자주빛 오점이 있었다. 마치 보이지 않지만 무언가가 바다 밑에서 격노하며 피를 흘리는 것 같았다. (133-4)

앤드류 램지(Andrew)의 전사에 대해 언급에 이어지는 이 구절은 1차 대전에 대한 정치적 불안을 담고 있다. 윈스튼에 따르면 독자는 텍스트라는 풍경 속에서 아름답고 흠 없는 표면 아래 숨어 있는 "오점"을 찾도록 권유받는다는 것이다. "배", "오점"은 울프의 텍스트에 숨겨져 있는 것, 1차 대전이라는 사건 자체가 아니라 1차 대전을 불가피하게 만든 제국주의라는 체제 자체를 지시한다고 한다(46-7). "오고, 가는. ... 배"는 가라앉고 그 자리에는 "오점"이 남는다. 가라앉는 것은 배만은 아니고 램지 부인도 사라지고, 그들의 여름 별장도 자연의 힘 앞에 쇠락하며, 등대로 여행을 떠나는 캠의 눈에는 "섬이 너무 작아져서 나뭇잎보다도 작게"(204)되며 소설의 끝에 이르면 섬은 완전히 사라진다. 배와 여름 별장과 섬이 가라앉는 다양한 이미지를 대영제국의 몰락에 대한 불안으로 읽을 수 있다. 1880년대에서 1차 대전에 이르는 시기 동안에 주요 자본주의 국가 사이에 세계 영토분할이 거의 끝났으며, 영국의 우월성은 공격을 받고 있었다. 제국 전반의 쇠퇴가 이 텍스트를 괴롭히는 유령 같은 배에 의미를 더해준다. 가라앉는 배는 1차 대전 동안에 엄청난 생명의 손실뿐 아니라 대영제국의 몰락을 뜻하기도 한다. 이처럼 제2부를 제국주의의 몰락에 대한 알레고리로 읽을 때, 여왕이자 양육자인 어머니로 부각되던 램지 부인의 힘 역시 약화된다.

제 3부는 전적으로 릴리의 입장에서 다시 쓰는 램지 부인의 이야기이다. 릴리는 이미 1부에서도 릴리는 램지 부인을 비판적으로 조명한다. 모이는 릴리가 램지 부인과 램지씨로 양분된 고정된 젠더 정체성을 뛰어넘는 대안적인 여성적 정체성을 창조해낸 것으로 파악한다(13). 그러나 1부와 3부를 비교해보면 1부가 좀 더 분명하게 램지 부인이 대표하는 여성적 정체성을 비판하는 반면 3부는 릴리가 예술가이자 신세대의 여성으로의 정체성을 지키는 동시에 램지 부인을 수용하는 것에 초점이 맞추어져 있다. 1부에서 릴리는 램지 부인을 비판하는데 이에 대해 작가가 공감하고 있다. 이것은 페미니스트적 관점에서 볼 때 『댈러웨이 부인』에 비해 『등대로』가 진전된 것임을 말해준다. 릴리가 볼 때 램지 부인은 남성의 요구에 끝없이 시달리는 희생자이다. "저 남자는 자신이 얻은 것을 돌려주는 법이 없어. 그녀는 생각했다. 그녀의 마음속에서는 분노가 솟아오르고 있었다. 반면 부인이 주어야만 하는 거야. 램지 부인은 줬어. 주고 주고 주다가 그녀는 죽어버렸어"(149).

릴리의 비판은 제국주의가 요구하는 여성적 정체성에 대한 비판이기도 하다. 릴리 자신은 램지 부인이 강요하는 여성적 정체성에 대해 저항하는 주체이다(Winston 57). 그녀는 저항의 수단으로 팔레트, 즉 예술을 택한다. 릴리에게 결혼은 "희석"이고 또 "타락"(62)이다. 램지 부인은 열정적인 선교사처럼 결혼을 강요하지만 릴리는 "개종"하지 않는다. 오히려 그녀는 폴의 결혼이 실패했다는 것을 알고 램지 부인의 선교의 천박함을 폭로한다. 램지 부인 자신은 결혼을 운명처럼 여기고 이야기하지만 이것은 제국의 모성 이데올로기를 반복하는 것이다. 20세기 초에 등장한 강력한 모성 이데올로기에서 모성에 새로운 위엄이 주어졌으며 종족의 어머니가 되는 것이 여성의 운명이자 가장 중요한 의무가 되었다. 램지 부인은 모성이데올로기의 수호를 통해 제국을 지지할 뿐 아니라, 스스로 제국을 통치하는 여왕의 면모를 보인다. 이에 대해 릴리는 "램지부인이 자신이 전혀 이해하지 못하는 사람들의 운명을 전혀 흔들림 없이 다스린다는 생각에 거의 히스테리컬하게 웃었다"(50). 램지부인이 사람들을 끌어모으듯이 대영제국은 다양한 사람들과 복합적인 문화를 결합하고 통제한다. 릴리는 제국의 통치와 제국이 요구하는 모성 양자를 비판한다.

그러나 램지 부인에 대한 비판의 관점을 제공하는 릴리 역시 내면화한 관습적 가치에서 완전히 자유롭지는 않다. 램지 부인은 릴리의 그림에 대해서는 전혀 개의치 않고 "그녀는 결혼해야 해!" 라고 확고하게 생각한다. 식탁에서 릴리가 탄즐리를 챙겨주어야 한다고 램지 부인은 생각한다. "여자는 으레 맞은편에 앉은 남자에게 주의를 기울이며"(91) 남자의 허영심을 만족시켜야한다는 것이 램지 부인의 생각이다. 반면 릴리는 그러한 일을 하는 것이 자신이 구축하고자하는 여성적 정체성을 훼손시키는 것이 아닐까 하고 의심한다(Allie 136). 신세대의 릴리에게는 남성의 욕구를 거부하고 남성에게 종속되는 것을 거부하는 것이 자랑스러운 일이다. 그녀는 결국 탄즐리에게 사교적인 친절을 베푸는 가운데 램지 부인의 엄청난 영향력에 다시 한 번 굴복하고 만다. 그 보다 더 중요한 것은 릴리가 스스로를 "여성이 아니고 까다롭고 성질 못된 메마른 노처녀"(151)로 인식하는 것이다. 그녀 스스로 아직 대안적인 여성성을 찾지 못하고 있다.

3부의 릴리의 그림은 램지 부인을 어떻게 해석하느냐, 결국 자신의 정체성을 어떻게 규정하느냐에 대한 비전을 보여준다. 릴리는 램지 부인을 거부하는 데서 나아가 램지 부인을 자신의 비전의 일부로 통합하고자 한다.

> 갑자기 그녀가 바라보고 있던 창문이 뒤에서 비치는 빛 같은 것 때문에 하얗게 되었다. 마침내 그리고 누군가가 거실로 들어왔다. 누군가가 의자에 앉았다. 제발 그냥 그대로 의자에 앉아 있고 수선스럽게 그녀에게 다가와 말을 걸지 말았으면 하고 기도했다. 다행히도 그 누군가는 여전히 집안에 있었다. 그리고 운 좋게도 이상한 모양의 삼각형의 그림자가 계단 위에 생겼다. 그로 인해 그림의 구도가 약간 바뀌었다. (201)

릴리는 "가운데 선"을 그음으로써 자신의 비전을 성취한다. "이 선은 그녀와 램지 부인 사이의 간격을 메꾸는 것"(Glenny 137)이 된다. 그러나 릴리의 그림은 "초록색과 파란색", "위로 엇갈려 가는 선들"로 되어 있을 뿐 그녀가 포착한 비전이 무엇인지 구체적으로 알 수 없다. 릴리의 비전이 그녀가 고민하던 여성적 정체성 문제에 대한 해답으로 제시된 것은 사실이다. 그러나 모이가 말하듯이 그녀의 비전이 "고정된 남성과 여성이라는 정체성의 파괴성"(13)을 지적하고 그것을 너머서는 대안적 여성성을 제시하는 것은 아니다. 릴리는 램지 부인이 대표하는 고정된 여성적 정체성을 거부하는 것이 아니라 램지 부인을 수용하면서 새로운 정체성을 획득하고자 한다. 바울비는 "램지가 등대로 여행하는 순간에 릴리의 그림이 완성되기는 하지만, 형식적인 절정이라는 느낌을 준다"(68)고 지적한다. 그러나 이 비전이 형식적으로 보이는 이유는 바울비의 지적대로 단지 너무 늦어져서라기보다는 이 비전이 제 2부 '시간은 흐른다'가 제시하는 램지 부인의 여성적 정체성에 대한 근본적인 비판의 수준에 이르지 못한 채 형식적인 수준에서 램지 부인의 여성성을 부정하며 동시에 긍정하는 데 있다.

4. 제국의 억압성과 여성

『댈러웨이 부인』과 『등대로』에서 제국주의에 대한 비판은 두 가지 방향에서 이루어지고 있다. 첫째 울프의 여주인공들은 순응적으로 보이지만 위태로운 정체성 속에서 가부장적인 제국주의적 질서에 대해 간접적으로 비판한다. 이것은 제국주의가 요구하는 여성적 정체성만으로는 여주인공의 자아가 모두 설명되지 않음을 의미하며 제국주의적 질서의 억압성을 드러낸다. 둘째, 제국주의 비판은 다른 인물을 통해서 이루어진다. 『댈러웨이 부인』의 경우 남성성을 극도로 밀고 가다 광인이 된 셉티머스의 예를 통해 남성성이 관철되는 장인 제국주의 질서에 대한 비판을 담고 있으며, 『등대로』에 이르러서는 더욱 직접적으로 제국주의 질서를 유지하는 관습적인 여성적 정체성에 대한 비판적인 시각이 제시된다.

이러한 비판적인 시각에도 불구하고 여성적 정체성은 제국주의 질서에 저항하는 대안적 자아는 아니다. 클라리사는 사회가 요구하는 여성적 정체성과 그것으로 설명되지 않는 고립된 자아의 경계에서 아슬아슬하게 균형을 취하고 있다. 그녀는 셉티머스에게 공감하지만 그것이 제국주의 질서 전체에 대한 비판으로 확대되지는 않는다. 『등대로』에서 릴리의 관점은 램지 부인에 대한 비판으로 유효하기는 하지만, 고정된 남성/여성 정체성을 너머서는 대안으로 보기에는 설득력이 떨어진다.

『댈러웨이 부인』과 『등대로』의 여주인공은 정확하게 제국주의적 질서에 순응하는 것은 아니지만 그렇다고 그러한 질서를 전면적으로 비판하지도 않는다. 이들이 보여주는 여성적 정체성은 저항의 잠재적 가능성은 가지고 있으나 현실의 장에서 구체적인 행동이나 대안적인 비전으로 발전되지 않는다. 여주인공의 문제는 항상 다른 인물에게 투사되지만, 그 인물들에게서 조차 여성적 정체성의 문제는 해결되지 않는다. 셉티머스는 제국주의의 희생자이기는 하지만 그의 비극적 결말은 클라리사의 문제에 대한 답이 아닐뿐더러, 어떤 면에서는 제국주의 질서를 거부해서는 안 된다는 경고가 될 가능성도 있다. 릴리의 비전은 램지 부인에 대한 비판과 수용의 변증법적 통합으로 제시되지만 형식적인 화해로 끝나며 제국주의 질서가 요구하는 여성적 정체성에 대한 관점이 명확하게 제시되지 않는다. 이 작품들 속에서 제국주의에 대한 비판이 여성적 정체성이라는 핵을 둘러싸고 있지만, 이 비판은 릴리의 그림이 보여주는 비전만큼 추상적인 수준에 머물고 있다.

● 인용문헌

비키 마하피. 「버지니아 울프」. 윤화지 옮김. 근대영미소설학회 편역. 『영국소설사』. 서울: 신아사, 2000.

Abel, Elizabeth. *Virginia Woolf and the Fictions of Psychoanalysis*. Chicago: U of Chicago P, 1989.

Bowlby, Rachel. *Feminist Destinations and Further Essays on Virginia Woolf*. Edinburgh: Edinburgh UP, 1997.

Doan, Laura and Brown, Terry. "British Culture." Eds. Eileen Barrett and Patricia Cramer. *Re:Reading Re:Writing Re:Teaching Virginia Woolf: Selected Papers from the Fourth Annual Conference on Virginia Woolf*. New York: Pace UP, 1995. 16-21.

Glenny, Allie. *Ravenous Identity: Eating and Eating Distress in the Life and Work of Virginia Woolf*. New York: St Martin's Press, 2000.

Minow-Pinkney, Makiko. *Virginia Woolf and the Problem of the Subject*. New Brunswick: Rutgers UP, 1987.

Moi, Toril. *Sexual/Textual Politics: Feminist Literary Theory*. London and New York: Routledge, 1985.

Peach, Linden. *Virginia Woolf*. New York: St Martin's Press, 2000.

Phillips. J. Kathy. *Virginia Woolf against Empire*. Knoxville: U of Tennessee P, 1994.

Showalter, Elaine. *A Literature of Their Own*. Princeton: Princeton UP, 1977.

Spivak, Chakravatory Gayatri. *In Other World*. New York: Methuen, 1987.

Winston, Janet. "'Something Out of Harmony': *To the Lighthouse* and the Subject(s) of Empire." *Woolf Annual Studies* 2 (1996): 39-69.

Woolf, Virginia. *Mrs. Dolloway*. London: Harcourt Brace & Co., 1981.

_____. *To the Lighthouse*. London: Harcourt Brace & Co., 1981.

III

미국 문화와 상징폭력

7
제임스와 미국적 자아:
「밝은 모퉁이 집」

1. 들어가는 말

미국과 유럽을 비교한 '국제 주제'는 제임스(James)의 작품 세계를 규정짓는 가장 중요한 주제임은 이미 여러 연구자에 의해 지적된바 있다. 최경도는 국제 주제가 초기 작품의 핵심적 주제일 뿐더러 1900년 이후 『성자의 샘』(*The Sacred Fount*), 『비둘기 날개』(*The Wings of the Dove*), 『대사들』(*The Ambassadors*), 『황금 주발』(*The Goldn Bowl*)등 후기 작품에서 그 내용이 심화되었을 뿐 아니라 새로운 소설기법을 도입된 것으로 평가한다(526). 김명환 역시 제임스가 '국제주제'를 예술에서나 개인적 삶에서 중심적인 과제로서 평생에 걸쳐 씨름했으며 '국제주제'가 그의 절실한 예술적 관심사를 담는 그릇에 불과했던 것이 아니라 바로 그 핵심적인 예술적 관심사 자체였다고 한다(14).

'국제 주제'에서 제임스의 궁극적인 관심은 미국과 유럽의 비교 자체보다 어떻게 자신의 삶 속에 미국을 자리매김할 것인가 였다. 제임스는 미국을 떠나 유럽에서 살고 결국 영국에 귀화했지만 그에게 미국은 영원한 화두였다. 그 자신은 구세계를 선택했다고 선언했음에도 불구하고[1] 마음속에는 늘 그 선택에 대한 후회가 남아 있었다. 뉴욕판 전집을 펴내면서 그 서문에서 미국 체류기간 동안 자신이 유럽에 대해 가진 호감이 부자연스러울 정도로 조숙했음을 깨닫게 되었음을 고백한다.

'국제 주제'를 다룬 제임스 초기의 작품이 미국적 이상주의의 비판에 초점을 맞추고 있다면, 후기 작품들은 좀 더 본격적으로 자신의 내부에 도사리고 있는 미국적 자아의 문제에 천착하고 있다. 제임스가 1904년 쓴 『미국 기행』(*The American Scene*)은 주로 미국에 대한 비판으로 채워져 있지만, 미국이 보이는 활력에 일면 매료되기도 하는 모순을 드러내기도 한다. 이보다 2년 후 쓰인 「밝은 모퉁이 집」('The Jolly Corner')은 여러 차례 편집자들에게 거절당한 후 1908년 12월 허퍼(Madox Huffer)의 게재 수락으로 『잉글리시 리뷰』(*English Review*)에 실린 단편이다. 「밝은 모퉁이 집」의 핵심적인 고민은 주인공이 혹은 제임스가 미국에 있었으면 어떻게 되었을까, 나아가 자신의 내면에 잠재된 미국적 자아를 어떻게 통합할 것인가 하는 문제이다. 이 작품은 화자와 주인공의 관점의 변화 와 목소리 및 언어의 세세한 뉘앙스 등을 통해 제임스가 "소설의 기술"에서 소설 최고의 미덕으로 꼽은 "핍진성 즉 구체성의 공고함"을 거의 완벽하게 구현하고 있으며 특히 주인공의 내면적 회피와 매료 등의 복잡한 심정이 섬세하게 포착되어 있다. 이 심리적 갈등은 혹스(Hocks)가 말하는 어두운 "고립, 고뇌 (그리고) 내면적 여행의 현대판 우화"(81)만은 아니다. 이 작품의 중심에는 개인적이며 동시에 역사적 관심, 즉 미국성을 주인공의 자아에 어떻게 연관시킬 것인가 하는 고민이 있다.

---

1) Leon Edel and Lyall H. Powers eds., *The Complete Notebooks of Henry James*(Oxford: Oxford Up, 1987, p. 214. 1881년 11월 25일자 비망록. 김명환 11에서 재인용.

2. 미국에 대한 양면성

「밝은 모퉁이 집」의 주인공인 브라이든(Brydon Spencer)은 33년을 유럽에서 보낸 후 고향인 뉴욕으로 돌아온다. 이런 면에서 이 작품은 제임스의 「귀향」인 셈이다. 귀향 후 그의 눈에 가장 눈에 띠인 특징은 "빌어먹을 임대가치"(1206)와 "천박한 돈 욕심"(1209)이 지배하는 세상이다. "끔찍하게 여러 단위로 된 번지수가 달린 뉴욕의 집"들은 가로와 세로로 줄을 긋고 숫자를 쓴 장부의 한 페이지와 같고 뉴욕은 도시 전체가 "도매가 판치는 광대한 황야"(1203)이다. 그가 없는 동안 미국은 변화했으며 이제는 톰슨(Thompson)의 지적대로 이윤이 가장 중요한 천박한 물질주의가 지배하는 시대(92)가 된 것이다.

실제로 19세기 말의 미국은 과학적 경영을 강조하는 테일러리즘, 사회적 통제, 제국주의로 특징지어지는 루즈벨트(Theodore Roosebelt)의 통치시기로 현대 자본주의의 모순이 점차 첨예하게 드러나고 있었다. 루즈벨트는 "효율성의 복음"을 설교하면서 해외에서는 열정적으로 약탈적인 제국주의적 침략을 계속하고 국내에서는 "미국성"이라는 용광로에 이민들을 동화시키려고 했다 (Posnock 220). 이러한 경영 중심의 사회에도 잠재성이라는 여백이 있어야한다는 것이 제임스의 생각이었다. 그러나 사업에 강박적인 당대의 미국사회에서 여백은 점점 줄어들고 있었다. 그가 『미국 기행』에서 발견한 사회는 "어떤 희생을 치르고라도 성장하려는 의지"에 찬 "흉측한 형태의 민주주의"(54)였다.

이러한 팽창 일변도의 미국 사회의 문화적 특성은 끊임없는 공개성이다. 이것은 「밝은 모퉁이 집」의 주인공인 브라이든에게는 견딜 수 없는 사생활의 침해이자 미국의 문화의 교양 결핍을 보여주는 것이다.

"모든 일에 대해 사람마다 내 "생각"은 어떠냐고 묻소," 스펜서 브라이든
이 말했다. "나로선 최선을 다해 대답하오―되묻기도 하고, 회피하기도하
고, 얼렁뚱땅 미루기도 하오. 사실 무슨 대답을 하건 묻는 사람에겐 중요
하지 않소" 그는 계속 말했다. "내 생각이라는 중요한 문제에 대해 그렇
게 멍청하게 물을 때 모조리 다 털어놓을 수 있는 것인지 모르겠소. 하지
만 사실 내 '생각'은 여전히 거의 모두 오직 내 자신에 관한거요." (1200-1)

"되묻기도 하고", "피하고," "미루기도 하다" 등의 말을 쓴 것은 의례적인 질문
에 그가 민감하게 반응한다는 뜻이며, "모조리 다 털어놓는다", "멍청하게" 등
은 미국인에 대한 그의 경멸을 표시한다. 하지만 이것이 버네트의 지적대로 주
인공의 자아도취나 과민성(118)을 드러내는 것만은 아니다. 물론 그러한 면이
전혀 없는 것은 아니지만, 이것은 당대 미국 문화의 특징을 이루는 공개성에
대한 제임스 자신의 비판을 함축한 것이기도 하다. 『미국 기행』에서 제임스는
"노골적인 공개성으로 찬 분위기, 즉 조건이자 운명으로서의 공개성" (9)을 지
적하면서 이를 호텔 정신으로 규정짓고 있다. 가장 극단적으로 과장된 형태의
공개성, 개인적 자아가 없어진 미국적 삶을 지칭하는 호텔 정신이 미국 문화
의 핵심이며 이에 대한 비판에 있어서는 제임스와 브라이든은 거의 동일시될
수 있다.

　　이 작품에서 이러한 미국의 공개성에 맞서는 가치는 내면적 성찰이다. 브
라이든에게 "밝은 모퉁이"에 있는 집은 당대 사회의 메마른 현실과 대조를 이
루는 그만의 은밀한 장소이다. 브라이든은 밝은 모퉁이 집에서 나오면서 자신
을 "냉혹한 대로라는 현실 … 이집트 무덤에서 나온 여행자"(1208)로 느끼는데,
이러한 그의 "진정한" 내면적 존재는 미국사회가 강요하는 사회적 자아와 극
명한 대조를 이룬다. "그가 사람들을 대할 때 보이는 몸짓은 과장된 그림자의

움직임에 지나지 않았다. 그림자 연극처럼 의미가 없을수록 그의 몸짓은 더 과장되었다. 그는 하루 종일 마음속으로 아무 생각 없는 수많은 사람들의 머리 너머로 또 다른, 자신을 기다리고 있는 진정한 삶 속으로 자신을 투시했다. 등 뒤로 그의 저택의 문이 닫히는 소리가 들리자마자, 밝은 모퉁이 집에서 그 자신을 위한 삶이 시작되었다(1211-2)."

　　이러한 내면적 삶과 대조적으로 돈과 발전에 대한 관심, 사생활을 무시하는 공개성만으로 이루어진 미국은 결국 "공허한" 존재로 파악된다. 「밝은 모퉁이 집」에서 내려다 본 뉴욕의 풍경은 곧 미국의 핵심을 드러내준다.

　　도시의 삶은 자체가 마술에 걸려 있었다 — 너무나 부자연스럽게, 익히 아는 추한 사물들 위로 공허와 침묵이 덮고 있었다. 그는 그 집들, 볼썽사나운 집들, 희미한 여명 속에서 납빛으로 보이기 시작하는 집들이, 그의 정신적 요구와 이다지 단절되어 있던 적이 있나하고 자문했다. 거대한 공허함, 빽빽하게 들어 찬 정적은 종종 도시의 핵심에서 일종의 무시무시한 가면을 쓰고 있었다. 브라이든은 곧 이 막대한 집합적 부정을 의식하게 되었다. 거의 믿을 수 없을 정도로 이제 곧 새벽이 밝아 올 것이고 자신이 어떤 밤을 보냈는지 증명해 줄 것이다. (1221)

집 자체와 도시 풍경의 공허함은 소설의 세계를 넘어서서 당대 미국의 전형적 풍경이기도 하다. 이는 『미국 기행』에서 그가 "거대한 공허한 점잖음"이라고 말한 것과 통한다. 모든 것이 외면화되어 "가장 큰 호텔, 학교, 공장, 신문사, 이런 필사적 팽창의 절정으로 갑부의 저택"(290-1)으로 이루어진 뉴욕의 핵심에는 바로 이러한 공허함 "막대한 집합적 부정"이 자리 잡고 있다.

　　그러나 미국에 대한 반감과 비판에도 불구하고 브라이든 자신은 이미 공격적으로 팽창하는 이러한 미국의 일부이다. 그가 미국에 온 것은 단지 재산을 둘러보기 위한 것만은 아니다. 그의 재산인 두 집 중 한 집을 이득이 많이 남는 아파트로 개조하기 위한 것이다. 그는 급격한 뉴욕의 성장에서 야수적이고 부패한 흉측한 면모를 보지만 실제로 자신도 그것의 일부를 이루고 있는 것이다. 그의 두 번째 집은 "이미 커다란 아파트로 재건축 중"이다. 이 집은 진보, 이윤, 변화의 요구에 의해 무너지고, 짓이겨지고, 약탈당했으며 "탄환 대신 도금 시대의 극심한 상업성"(Fowler 183) 때문에 고통을 받고 있는 것이다. 그러나 다른 각도에서 보면 도금 시대의 호경기에 뉴욕을 메우던 수많은 대중을 위한 작은 방들로 변할 예정이며 따라서 전쟁 후의 성공과 속물성과 이윤에 맞먹는 건축적 상응물이다. 이 두 번째 집이 "두 블록 서쪽으로" 있는 것은 우연이 아니다. 벨(Bell)의 지적대로 이 집은 경계선에 가까이 있으며, 따라서 제국의 서부 팽창(273)을 상징하기도 한다.

제임스 자신은 실제로 미국의 팽창적 에너지에 대해 끔찍해 하면서도 이끌렸는데, 이 작품에서 브라이든 역시 사업의 활기에 이끌린다. "도금 시대의 추함과 창조적 힘"(Bell 286)이라는 양면성은 브라이든이 신축 중인 집에도 적용될 수 있는 것이다. 미국 문화에 대해 명백하게 드러낸 혐오감에도 불구하고 그는 자신의 잠재력 사업수완을 즐겁게 받아들인다.

> 그래서 전에 없이 마음 한쪽 깊은 구석에서 사업 수완과 건축에 대한 감각이 활발하게 꿈틀거리자 어떻게 해야 좋을지 몰랐다. 주변에서 지금 아주 흔히 보이는 이런 능력이 그의 몸 안에 잠자고 있었다. 그는 은밀히 설레이며 방해받지 않은 채 자신의 "일"을 둘러보며 빈둥대고 있었다. 이 일 전부가, 말하자면, 천박하고 지저분하다는 게 전혀 아무렇지 않았다. 그는 기꺼이 사다리에 올라가고, 마루 위를 걸어보고, 재료들을 만져보고 아는 척했다. 요는 질문을 하고 설명을 요구했으며 실제로 계산을 하기도 하였다. (1202-3)

앨리스(Alice)는 건축설계사와 그의 대화를 듣고서 그가 만일 "계속 고국에 있었으면" 마천루의 설계자가 되었을 것이라고 한다. 이때 "계속 고국에 있었으면"(1204) 이라는 말이 오랫동안 그의 뇌리를 떠나지 않고 의식 속에 울려 퍼지며, 자신에게 재능이 있었는데 허비되었다는 생각은 더욱 강해진다.

이제 자신이 유럽으로 이주하지 않고 미국에 그대로 있었다면 어떻게 되었을까하는 것이 그의 강박적인 관심사가 된다.

> 그것은 허황된 이기주의이며 그녀가 좋다면 병적인 강박관념이라고 할 수 있는 것이다. 어떤 생각을 하던 결국 애초에 그가 뉴욕을 포기하지 않았다면 개인적으로 무슨 일을 했을까, 어떻게 살아와서 결국 어떻게 "되었을까" 하는 생각으로 되돌아온다고 했다. ...
> "그리고 여기에 살았다면, 환경에 의해 강하게 단련되고 날카로워진 그런 류의 사람이 되었을 거요. 내가 그들을 아주 우러러본다는 건 아니오 —그들에게 매력이 있는지, 천박한 돈 욕심너머 그들의 환경 덕분에 매력 있게 보이는 것은 절대 아니오. 문제는 여기 머물러 있었으면 내 자신의 본성이 멋지게 발달할 수 있는, 완벽하게 발달할 수 있는 기회를 놓치지 않았을지 모른다는 거요. 조그맣고 단단한 꽃망울 안에 만개한 꽃이 숨어 있듯이 내 안 깊숙이 어디엔가 낯선 나의 분신이 숨어 있는데, 내가 그렇게 사는 바람에, 즉 내가 그를 그런 기후로 옮겨 심는 바람에 그 분신이 영원히 시들어 버렸다는 생각이 문득 드오." (1208-9)

만개되지 않은 꽃이라는 이미지는 그가 자신의 사업적 재능을 긍정적으로 평가하고 있음을 뜻한다. 더욱이 그가 그 꽃이 "소름끼치고 역겨울 것"(1209)이라고 할 때 앨리스가 그렇지 않다며 그것은 힘이라고 해석해줌으로써 그의 잠재적 능력은 더욱 높이 평가된다.

브라이든의 강박적 관심이 드러내는 내성적 경향에 대하여 "상업 원리에 대해 준비가 되어 있지 않아 내성으로 후퇴한다"(Cramer 20)든가, 혹은 자아에 대한 강박관념 나아가 자신에 대한 관심이 이기주의의 극치(Hutchinson 213)에 이르렀다고 보는 비평가들도 있으나, 이때 중요한 것은 은밀한 내면적 삶이 단순한 개인적 관심사를 둘러싼 심리적 갈등으로 끝나지 않는다는 점이다. 브라이든의 갈등의 핵심은 자신이 미국인으로 당대 미국의 전형적인 삶을 살았으면 어떻게 되었을까이며 궁극적으로 미국 문화에 대한 진지한 탐색이다. 이 작품은 「나사의 회전」의 가정교사의 경우처럼 단순히 억눌린 성을 탐구의 대상으로 삼기보다는 자신의 억눌린 부분의 문화적인 의미, 즉 자아 속에 숨겨져 있는 미국문화에 대한 탐색인 것이다.

3. 자아 속의 타자

브라이든에게 밝은 모퉁이에 있는 집은 성소가 되며 이곳으로의 순례는 자신의 기원에 대한 탐색이 된다. 그는 어린 시절의 자신으로 돌아감으로써, 즉 유럽 망명 이전의 자신으로 돌아감으로써 그 동안 자신의 삶에서 빠진 부분의 실체를 밝히려고 한다. "때로 그는 스물 네 시간 안에 두 번 들른 적도 있었다. 그가 가장 좋아하는 시간은 짧은 가을 석양이 뉘엿뉘엿 질 무렵이었다. 그리고 그때가 가장 희망을 가질 수 있는 시간이었다. 그는 난생 처음 가장 은밀하게 헤매며 기다리고, 머무적대고, 듣고, 어둠침침한 넓은 장소의 분위기를 유심히 관찰하는 것 같았다. 그는 등을 켜지 않은 시간을 더 좋아했으며 매일 깊은 해질녘의 마법을 연장시킬 수 있기를 소망할 뿐이었다."(1225)

그에게 밝은 모퉁이 집은 내면적 삶을 의미하며, 아파트로 개조하고 있는 서쪽에 자리 잡은 두 번째 집이 나타내는 현재의 미국적 삶과는 대조적인 것이다. 실제로 헨리 제임스 자신이 살던 어린 시절의 집은 비인간적인 고층 빌딩으로 바뀌어져 버렸지만, 브라이든의 밝은 모퉁이 집은 그의 어린 시절의 추억을 그대로 간직하고 있다. 그러나 밝은 모퉁이 집에서 기원으로 돌아가 브라이든이 발견하게 되는 것은 어린 시절의 분열되지 않은 자아라기보다는 그 동안의 유럽에서 사는 동안 억압했던 자신 내부에 있던 미국적 자아이다. 밝은 모퉁이 집 자체가 그의 순수했던 시작인 동시에 고국에 머물러 있었다면 갖게 되었을 "그의 몸속에 잠자고 있던 ... 사업 수완과 건축에 대한 감각"(1202)을 뜻한다. 그는 미국적 삶을 부인하지만 그가 밤에 강박적으로 밝은 모퉁이 집을 배회하며 만나려는 것은 바로 자신 속에 숨겨져 있는 미국적 자아이다.

브라이든은 자아 중 억압된 부분을 인지하기는 하지만 그것을 유령인 타자에게 투사하여 외면화시킨다. 그는 이 타자에 나르시즘적으로 매료되어 있다(Przybylowicz 117). "그는 나 자신은 아니오. 전혀 다른 사람이오. 하지만 그를 보고싶소. ... 그리고 볼 수 있소. 보게 될 거요"(1210)라고 한다. 그는 "건물의 뒤쪽"에서 자신의 분신을 만날 수 있으리라고 생각한다. 제임스에게 집은 곧 심리를 상징하는데 위층 방의 창문이 "사람들이 사는 실제 세계와의 연관"(1214)을 가능하게 하는데 반해, 건물 뒤쪽은 두려우나 동시에 즐거운 경험을 제공한다. 즉 이 뒤쪽은 맹수가 살고 있는 밀림으로 보이지만 동시에 어둠을 꿰뚫고 볼 때 무엇에도 비유할 수 없는 흡족함과 전율을 준다. "뒤쪽 방은 여러 개로 나뉘어져 있다. 거기에는 하인용 작은 방들이 여러 개 있고, 구석과 모퉁이, 다락과 통로, 널찍한 뒤 계단이 여러 개의 작은 계단"(1214)으로 되어 있다. 이런 미로는 오랫동안 억압된 영역으로 이르는 복잡한 정신적 미로를 상징한다.

유령에 대한 두려움과 이끌림이라는 대립된 감정의 긴장 끝에 브라이든이 처음 생각해낸 해결책은 유령을 역습하는 것이다.

> 여기서 주인공의 모험은 말하자면 내가 "유령"이라고 부른 것을 역습하는
> 형태를 띤다. 그것이 "유령"이든 무엇이든, 즉 다른 식으로 그것을 오싹하
> 게 할 수 있다면 **그를** 찾아온 유령이든 혹은 헤매는 귀신이든 상관없다.
> 이렇게 역습을 함으로써 그가 **유령**에게서 영향을 받은 것이라기보다는 이
> 유령, 즉 이 존재가 그에게 영향을 받았다는 것을 외면적으로 입증하여 승
> 리를 거둘 것이다. (*The Notebooks of Henry James* 367-8. Esch 595 재인용)

"역습한다"(turning the tables)는 여기서 핵심적인 주제이다. 브라이든은 그의
상황에 대해 수사적으로 의문을 제기하며 자신만만하게 이 일을 해내려고 한
다. "사람들은 충분히, 누구나 다, 유령을 두려워했다. 하지만 전에 누가 역습
을 해 유령의 세계에서 스스로가 헤아릴 수 없이 두려운 존재가 된 적이 있던
가?"(1213) 여기서 판(table)은 체스에서 쓰는 게임 판을 뜻한다. 게임을 할 때,
게임의 참가자들은 판을 완전히 바꿈으로써 각자가 위치가 역전된다. 브라이
든이 느끼는 "승리감"과 "의기 양양"은 자신과 유령의 위치가 역전된 데서 온
다. 사흘 동안 그 집을 비우고 돌아온 브라이든은 새로운 확신에 차서 다시 유
령을 추적한다. "나는 그가 '돌아설' 때까지 그를 뒤쫓았다. 거기서 그래서 저
위에서 저렇게 서 있는 거야—그는 마침내 궁지에 몰려 송곳니를 세운 짐승이
된 거야."(1215) 사냥의 은유에 따르면 유령은 더 이상 도망칠 수 없다는 것을
직감하고 돌아서서 사냥꾼을 마주볼 수밖에 없게 된 것이다. 그는 잠시 "신중
이라는 가치"를 생각하고 유령과 대면하지 않기로 하나 곧 신중은 역설적으로
유령과의 대면을 뜻하게 된다. "신중—그는 이 말을 기꺼이 받아들였다. 그가
무사히 빠져 나올 수 있어 기뻐한 것이 아니라, 더욱 소중하게 그 말이 상황을

구원해 주어서였다. 그가 그 말에 "펄쩍 뛰었다"라고 할 때-얼마나 오래인지
는 모르겠으나 그 끝에-그가 다시 움직여서 바로 문 쪽으로 갔다는 사실과
이 말이 일치한다는 느낌이 들었다."(1219) 여기서 "펄쩍 뛰었다"라는 말은 그
에게 회피의 동작을 암시하는 것이 아니라 다시 움직이는 동작과 연관된다.

　　드디어 브라이든이 대면한 유령은 우선 그와 육체적으로 흡사하다. 그러나
육체적인 유사성에도 불구하고 그가 강조하는 것은 유령과 자신의 차이이다.
"그 얼굴은 낯선 사람의 얼굴이었다. 그 얼굴이 이제 그에게 더욱 가까이 다가
왔다. 어린 시절에 본 마법등에 비추어진 환상적인 이미지가 점점 커지는 것
같았다."(1224) 이처럼 차이를 강조한 후 유령의 환상적 이미지를 강조하는 것
은 브라이든이 자아의 위협적인 면을 타자에게 반영한 후 그를 자신과 분리시
키는 것이다. 이는 그가 자신의 정체성을 유지하기 위한 것이다. 유령은 드디
어 나타났고 그 타자 속에 해독되어야하는 의미가 담겨 있지만 브라이든은 자
신이 원하는 의미만을 해독하는 것이다.

　　브라이든이 타자 속에서 읽는 의미는 자신이 오래 전에 미국을 저버린 것
을 정당화하는 것에 한정된다. 자신의 분신인 이 유령에게 손가락이 둘 없는
것은 "마몬을 경배하는" 호황기의 미국이 요구하는 희생이다(Auchincloss 100).
이 유령의 눈이 없는 것은 폭력적이고 공격적으로 이윤을 추구하는 미국적 삶
의 이면이 도덕적 맹목과 무능임을 상징한다. 이러한 유령의 모습은 제임스의
초기작인 『미국인』의 주인공인 뉴맨(Newman)의 단점이 극단적으로 과장된 모
습이다. 즉 "최고를 추구하지만 최고와 복사품을 구분하지 못하고, 감각의 날
카로움은 전혀 갖지 못한 전혀 계발되지 못한 미국적 자아"(Hoffman 279)가 극
단적으로 과장된 모습인 것이다. 브라이든은 자신이 『여인의 초상』의 이사벨
아처(Isabel Archer)처럼 인지력이 뛰어난 문화인이 되었다고 생각하지만, 실제

로는 자기 안에 눈이 먼 유령으로 상징되는 미국의 부정적인 면이 있는 것이다. 그는 이러한 자신의 일부를 부인할 수도 그렇다고 수용할 수도 없는 딜레마에 빠진다. 그 딜레마를 해결하기 위해 그는 미국적 자아를 유령인 타자에게 모두 투사한 후 그것을 거부하는 것이다. 이러한 거부는 궁극적으로 미국과 단절한 브라이든, 나아가 제임스 자신의 선택을 합리화하는 방책이다. 브라이든은 자신이 유럽이라는 문화적 환경을 선택한 것이 옳았으며, 미국에 남아 사업가가 되었다면 궁극적으로 육체적·정신적 불구가 되었을 것이라고 상상한다. 이 "검은 낯선 사람"(1228)을 거부하는 것은 그의 내면적 열등감을 부인하고 망명자인 현재에 안주하기 위해서이다.

브라이든은 타자를 혐오할 뿐 아니라, 그 거울 이미지가 자신의 정체성을 전유하리라는데 두려움을 느낀다. "충격으로 어지러워진데다 더운 숨결과 그 자신의 삶보다 더 큰 삶에서 솟은 분노, 자신의 분노는 시시한 게 되어버리는 격정 앞에서 뒷걸음 질 치다가, 눈앞이 깜깜해지고 다리가 휘청거렸다. 머리가 빙빙 돌고, 정신이 아물아물해져, 그는 마침내 정신을 잃었다."(1225) 유령과의 만남이 기절로 끝나는 것은 의식적인 차원에서 그가 자신의 내부에 있는 미국적 자아를 정체성 속에 통합할 수 없음을 뜻한다. 그는 유령과 만남의 의미에 대하여 "안다"라는 단어를 여러 번 반복하지만 자신과 타자의 유사성을 부인함으로써, 자신 속에 있는 애매함과 이중성을 읽어내는 대신 다시 동질적인 자아의 모습으로 회귀하고자 한다. 그는 "타자의 텍스트를 읽기를 거부하고 통합된 자아의 개념"(Pryzybylowicz 121)으로 돌아간다.

4. 의사 변증법적 통합

　브라이든은 기절함으로써 스스로는 미국적 자아를 통합하는데 실패하지만 미국적 자아를 자신의 일부로 받아들이고 싶은 욕망 또한 강력하게 남아 있다. 그가 앨리스의 품에서 깨어나는 순간은 유럽 문화와 미국적 자아를 통합하고자하는 브라이든의 소원 성취가 이루어지는 순간이다. 브라이든에게 타자는 역습할 수 있는 존재도 아니고 그렇다고 받아들일 수 있는 존재도 아니지만, 그는 어떤 식으로든 타자와 대면해야 한다. 즉 유령의 의미를 모두 받아들일 경우 자신의 정체성 자체가 위협을 받기 때문에 거부하면서도, 미국적 자아의 매력을 전적으로 부인할 수가 없다. 가이스마(Geismar)가 일찍이 지적한대로 간단히 말해 그는 미국적 삶과 유럽적 삶 모두를 영위하고 싶은 것이다(327). 비록 가난하기는 하지만 앨리스는 "점잖음"이라는 덕목을 잃지 않고 있다는 점에서 유럽적 교양을 갖추고 있으며 동시에 그의 미국적 자아에 대해 유보 없이 긍정적이다. 그녀는 그가 유령을 만나기도 전에 이미 꿈속에서 두 번이나 유령을 만났을 뿐 더러 그 분신을 수용한다. 앨리스에게 유령은 "두려운 존재"가 아니다. 그녀는 오히려 유령을 인정하고 나아가 "동정하기조차 한다." 왜냐하면 그 유령은 "부상을 당했고" 그런 일들이 단순히 일어났기" 때문이다(1229).

　브라이든은 앨리스의 품에서 깨어남으로써 간접적으로 미국적 자아를 받아들이게 된다. 차례로 그는 앨리스를, 앨리스는 유령을 받아들임으로써 결국 그가 유령을 수용하게 되는 것이다. 제임스에게는 어떤 대상에 대한 인식을 공유하는 것이 중요한데, 앨리스와 브라이든은 교묘하게 회피하는 알 수 없는 대상인 유령을 함께 인식한다는 점에서 독특한 유대를 맺게 된다. 또한 단지 인식을 공유하는데서 나아가 브라이든은 앨리스와 결합하기까지 한다. 이는 「밀림의 야수」에서 존 마처(John Marcher)가 메이(May)에 대해 보이는 초연한 태도에 비해서는 일보 진전한 것이다. 그러나 앨리스는 욕망을 지닌 독립된 개인이라기보다는 브라이든의 이야기를 들어주고 그의 모든 것을 수용하는 모성적 인물이다. 그와 그녀의 관계는 타자와 주체의 경계가 흐릿한 전오이디푸스 단계에서 가능한 관계이다. 그가 앨리스의 품에서 깨어나는 것은 표면적으로 남녀 간의 결합이지만, 이 결합은 독립된 두 주체가 맺는 관계라기보다는 상상계에서 타자와 주체가 혼연일체가 되는 상태에 가깝다. 사회화의 기능이 여성에게 넘어갔다는 버네트의 평가(124)에도 불구하고 앨리스는 여전히 미약한 인물이다. 브라이든은 자기에게 몰두할 생각 밖에 없고 앨리스를 원하는 것도 그녀가 통합된 자아상에 이르는 길이 되기 때문이다. 앨리스와의 관계에서 그는 미국적 자아조차 통합하고 싶은 내밀한 소원을 성취하는 것이다.

브라이든은 자아 속의 타자인 미국적 자아를 정면으로 대결하고 통합하는 대신 그 짐을 앨리스에게 넘긴다. 앨리스와 결합함으로써 브라이든 자신은 타자의 끔찍한 면을 거부하면서도 타자를 수용할 수 있게 된다. 하지만 앨리스가 받아들이는 타자는 브라이든의 일부라는 이유만으로 이미 받아들여진 상태이며, 따라서 이 작품의 핵심을 이루는 브라이든의 탐색과 분신과의 정면 대결에서 비롯된 결과는 아니다. 이 작품의 결말은 모순의 해결 없이 모순적인 존재가 모두 받아들여지는 그래서 "밝은" 해결, 의사 변증법적 통합이다.

● 인용문헌

김명환. 『Henry James의 *The Portrait of a Lady*와 *The Bostonians* 연구: 소설 양식의 모색과 미국적 이상주의 탐구』. 서울대학교 박사 논문, 1995.
최경도. 『헨리 제임스의 문학과 배경』. 대구: 영남대 출판부, 1998.

Auchincloss, Louis. *Reading Henry James*. Minneapolis: U of Minnesota P, 1975.

Bell, Millicent. *Meaning in Henry James*. Cambridge: Harvard UP, 1991.

Benert, Annette Larson. "Dialogical Discourse in "The Jolly Corner": The Entrepreneur as Language and Image." *The Henry James Review* 8 (1987): 116-25.

Cramer, Kathryn. "Possession and "The Jolly Corner."" *The New York Review of Science Fiction* 65 (1994): 19-22.

Esch, Deborah. "A Jamesian About-Face: Notes on "The Jolly Corner."" *ELH* 50 (1983): 587-605.

Flesch, William. "Analogy and the Inscrutability of Reference." *The Henry James Review* 18 (1997): 265-72.

Fogel, Daniel Mark. *Henry James and the Structure of the Romantic Imagination*. Baton Rouge: Louisiana State UP, 1981.

Fowler, Virginia C. "The Late Fiction." *A Companion to Henry James*. Ed. Daniel Mark Fogel. Westport, C T: Greenwood, 1993, 179-205.

Geismar, Maxwell. *Henry James and the Jacobites*. Detroit: Gale Research Inc., 1991.

Hocks, Richard A. *Henry James: A Study of the Short Fiction*. Boston: Twayne, 1990.

Hoffman, Frederick J. "Freedom and Conscious Form: Henry James and the American Self." *Vinginia Quarterly Review* 37 (1961): 269-85.

Hutchinson, Stuart. "Henry James: The American City and the Structure of Experience." *The American City: Literary and Cultural Perspectives*. Ed. Graham Clarke. St. Martin's P: New York, 1988, 198-216.

James, Henry. "Jolly Corner." *The American Tradition in Literature* 4th edition. Eds. George Perkins, Sculley Bradley, Richmond Beaty, and E Hudson Long. New York: McGraw-Hill, 1974.

_____. *The American Scene*. Bloomington: Indiana UP, 1969.

Posnock, Ross. "Affirming the Alien: The Pragmatist Pluralism of the American Scene." *Cambridge Companion to Henry James*. Ed. Jonathan Freedman. Cambridge: Cambridge UP, 1998. 224-46.

Przybylowicz, Doan. *Desire and Repression: The Dialectic of Self and Other in the Late Works of Henry James*. University: U of Alabama P, 1986.

Thompson, Terry. "James' "The Jolly Corner."" *The Explicator* 56 (1998): 192-95.

8

상징폭력과 의식고양:
『작은 변화들』

1. 들어가는 말

70년대 미국 여성운동의 핵심 개념은 의식고양이었다. 이들은 '개인적인 것은 정치적인 것이다'라는 새로운 인식 범주를 제시하며 방법적인 전략으로 의식고양을 부각시켰다. 여성들은 3-6명으로 된 소집단에서 자신의 경험을 이야기하는 가운데 자신의 무력함이 개인적인 결함이 아니라 남성 지배를 내면화한 결과라는 새로운 인식을 갖게 되었다. 70년대 의식고양 소설은 이러한 여성운동의 맥락에서 생겨났다. 의식고양 소설을 평가함에 있어 에콜즈(Echoles)를 비롯한 일군의 비평가들은 개인의 심리적 통찰을 너머서서 정치적 문제 제기로 나아갔느냐를 문제로 삼고, 그와 반대로 호지랜드(Hogeland)같은 비평가는 개인의 심리를 통찰한 것 자체를 중요한 기여로 높이 평가한다. 그러나 이처럼 두 비평적 입장은 상반된 것이지만 개인과 구조를 양분한다는 면에서는 공통점을 지니고 있기도 한다. 부르디외의 상징폭력은 이런 양분을 극복할 수 있는 개념이다. 상징폭력은 구조가 반영되며 동시에 구조를 재생산하는 교차

점이다. 상징폭력은 개인이 지배구조의 가치를 자연스러운 것으로 내면화한다는 점에서 구조의 반영이지만, 동시에 구조를 재생산하기도 한다. 의식고양은 구조에서 의식으로 다시 의식에서 구조로 작용하는 상징폭력의 순환을 끊는 실천적인 행위이다. 그러한 단절의 출발점은 상징폭력을 내면화한 의식의 자의성을 드러내는 것이다.

상징폭력은 우선 모든 사물과 현상을 이항대립으로 분류할 뿐 아니라 그 대립에 위계적인 의미를 부여하는 것을 뜻한다. 남/녀, 고/저, 좋은/나쁜 등의 이항대립으로 인해 모든 것이 불연속적인 것으로 되는 마술적인 경계선이 생겨난다. 양극 사이에 존재하는 무수한 차이를 억압한다는 점에서 이항대립 자체에 폭력성이 내재해 있지만, 더욱 큰 문제는 이 분류가 위계적인 데 있다. 즉, 남/녀의 생물학적 차이는 사회적인 우/열의 차이가 된다. 피지배자는 자신도 모르게 혹은 자신의 의지와 반대로, 신체적인 반응이나 감정 상태로 상징폭력의 지배를 따르게 된다.

상징폭력은 이처럼 구조적인 위계가 개인에게 내면화될 뿐 아니라 피지배자의 공모에 의해 재생산된다. 피지배자는 상징폭력 안에 은폐되어 있는 권력 관계를 사심 없는 자연스러운 것으로 오인한 후 그것을 정당화함으로써 상징폭력에 공모한다. 상징폭력은 이처럼 피지배자의 공모에 의존하므로 그 어느 폭력보다 효율적이다. 하지만 동시에 피지배자의 공모가 상징폭력 재생산의 가장 중요한 기반이므로 오인이 오인으로 밝혀지는 순간, 즉 피지배자가 자신이 그동안 마술적 경계선 안에 갇혀 있었음을 깨닫는 순간 상징폭력은 무력해진다. 의식고양은 남/녀의 이항대립이 곧 우/열의 위계적 질서라는 마술적인 경계선을 허무는 일이다. 의식고양을 거치면서 여성은 더 이상 억압구조에 공모하지 않는다. 억압되어온 상징과 기호가 표출되면서 지배담론의 인지범주에 대해 의문이 제기되고 궁극적으로 지배적인 패러다임이 은폐하고 있던 권력관계가 폭로된다. 예를 들면 가부장제라는 새로운 패러다임으로 남성 지배를 인식하는 순간 지배 관계를 매혹적인 것으로 위장하던 모든 것이 정당성을 잃고 결국 파괴된다. 마술을 풀어주는 새로운 호명의 위력 앞에서 모든 형태의 남성의 상징적인 힘-명예, 카리스마, 매력-의 자의성이 드러나고 그 힘은 상실된다.

70년대 페미니즘 담론은 남성지배적 패러다임이 오인임을 폭로하고 그것을 새로운 패러다임으로 대체하고자 한다. 소집단에서 개인적 경험을 이야기한 후 그것을 페미니스트적인 관점에서 분석하는 의식고양을 거친다. 이들은 상징폭력이 강요하는 여성성의 기준에 의문을 제기하는 가운데 우선 상징폭력의 정당성을 부인하고 나아가 새로운 저항 담론을 제시한다. 『작은 변화들』(*Small Changes*)은 피어시(Piercy)의 페미니스트 의식, 특히 의식고양의 중요성을 잘 보여주는 소설이다. 1960년대 후반에서 1970년대 초에 이르는 시기에 젊은 여성들이 겪은 변화에 집중하고 있는 이 소설은 당대 페미니즘에 영향을 받은 동시에 페미니스트적 의식을 고양시키는 데 기여했다. 피어시 스스로도 이 소설을 "의식 고양을 경험하지 못한 여성들에게 의식 고양 집단에서 경험하는 것을 충분히 경험할 수 있게 해주는 소설적 등가물"(Payant 95)이라고 했다. 이러한 의식고양에는 우선 내면화된 상징폭력의 자의성을 폭로하는 것이 중요한 일이다. 이러한 폭로는 결혼이라는 제도에 대한 의문으로 확대되고 이러한 저항담론은 새로운 대안적 공동체의 모색이라는 제도적 변화는 이어진다. 이 책은 「베스의 책」, 「미리엄의 책」, 「번갈아 이야기하는 두 사람」의 3부로 이루어져 있다. 두 여주인공인 베스와 미리엄의 삶의 여정을 비교·대조하고 있으며 이를 통해서 여주인공이 상징폭력에 어떻게 공모하고 어떻게 상징폭력의 자의

성을 폭로하며 나아가 대안적 삶을 찾는지 보여준다. 본 연구는『작은 변화들』에 나타난 상징폭력의 내면화와 공모의 측면과 의식 고양을 통해 제도에 대한 의문제기와 대안 제시가 어떻게 이루어지고 있는가를 살펴본 후, 이러한 시도를 평가하고자 한다.

2. 상징폭력과 공모

상징폭력은 사회구조가 개인의 인식 구조 속에 내면화되고, 이 개인은 같은 범주로 자기도 모르게 사회세계를 재생산하는 것을 가르킨다. 상징폭력은 원초적 제도인 가족 내에서 먼저 발견된다. "가족은 … 이른바 사회화 기능을 하는데, 바로 이러한 사회화 과정이 정당화된 하나의 문화를 강요한다는 점에서 사회적 폭력의 한 형태일 수 있다"(현택수 117). 가족은 남성 지배질서를 정당한 것으로 승인하고 자연스러운 것으로 오인(meconnaissance)하게 만드는 메커니즘으로 작용한다. 이렇게 자연스러운 질서로 오인된 상징체계는 행위자의 인식 및 지각구조를 지배한다. 어린 시절 미리엄을 규정짓는 명제인 「너는 예쁘지 않아. 그러니 똑똑한 게 나아」라는 장의 제목은 상징폭력이 작용하는 메커니즘을 잘 보여준다. 미리엄(Miriam)에게 똑똑한 것은 언제라도 '예쁨'과 바꾸고 싶은 자질이다. 이는 가족을 통한 문화의 강요이지만 너무나 철저하게 내면화되어 미리엄은 그것을 자신의 욕망으로 착각한다. 그녀는 MIT의 수학과 박사과정에 진학하지만 그녀의 수학적 능력에 대해서는 누구도, 본인조차도 전혀 열광하지 않는다. 지적 능력은 남성에게만 가치 있는 자질로 여겨지고 여성에게는 별 가치가 없다고 보는 사회적인 인식구조가 미리엄에게 내면화된 것이다. 피지배자들이 그들 자신의 지배 조건을 정당한 것으로 받아들이는 가운데 상징폭력은 지배자와 피지배자 모두의 동의를 끌어내게 된다(Swartz 89).

필(Phil)과의 만남은 가족이 강요하는 가치에서 미리엄을 해방시킨다는 점에서 성장의 한 단계가 될 가능성을 지니고 있다. 그는 그녀의 매력을 인정해줌으로써 그녀를 열등감으로부터 해방시켜주고 그녀는 전 존재로 그에게 반응한다. "그것은 정확하게 백일몽 같았다. 그것은 또한 환상이기도 했다. 그녀는 망설이지 않았다. 그녀는 웃으며 그를 바라보았다. 그녀는 그를 보고 또 보며 걸었다. 그 사이에 세상의 색깔이 바뀌었다"(100). 그녀는 자신의 욕망을 인정할 뿐 아니라 필의 사랑에 의해 자신감을 갖게 된다. MIT 대학으로 옮긴 후 미리엄은 외양상 더 파격적인 관계, 세 사람이 서로 인정한 가운데 필과 잭슨을 동시에 사귀는 삼각관계를 맺는다.

그러나 미리엄이 당당해지고 남성들과 파격적인 관계를 맺는다고 해서 자동적으로 상징폭력에서 벗어나지는 않는다. 그녀는 여전히 남성의 소유 대상으로 규정되는 여성이다. 와이너(Wainer)는 이 작품 전반에 걸쳐 성에 대한 이야기가 너무 많고 특히 미리엄의 경우 그녀의 지적인 발전을 알 수 없는 것을 이 작품의 한계로 지적한다(88). 문제는 성에 큰 비중을 두고 다룬 것 자체가 아니라 어떤 방식으로 성을 다루었느냐에 있다. 과연 이 파격적인 관계에 있어서 남성 지배가 극복되는가가 관건인 것이다. 그러나 외양과 달리 이 관계에서는 좀 더 교묘한 형태로 남성지배의 상징폭력이 작용한다. 필이 두 사람의 만남을 묘사한 대목을 보면 미리엄이 느끼는 황홀경과 필의 관점 사이에는 큰 간극이 있다. 그에게 그녀는 주로 성적 소유 대상이며 그가 초점을 맞추는 것은 그녀의 몸매다. "난 곧 그녀를 집어냈어. 러시아 해군처럼 미끄러져 들어오는 그녀를 놓칠 순 없었을 거야. 몸매가 제대로네 라고 난 혼잣말을 했어. 그녀는 더러운 세탁물 가방에나 들어갈 형편없는 여대생 옷을 입고 있었어. 하지만 자루를 뒤집어쓰고 있어도 그런 몸매를 놓칠 순 없었을 거야. 순식간에 그녀의 눈길을 사로잡았어.' 그 미션을 수행하는데 30초도 걸리지 않았어"(101). 미리엄이 필에 대해 말하거나 생각할 때는 그의 이름을 부르는 반면, 필은 그녀를 묘사할 때 결코 미리엄이라고 이름을 부르지 않는다. 그는 그녀를 인간이라기보다는 기계처럼 묘사한다. "작동하라고 하면 작동할 태세를 갖춘 그 멋진 사랑스러운 장비가 있었어"(141).

여성을 소유 대상으로 보는 남성 지배를 극단적으로 보여주는 사람은 잭슨이다. 그가 보기에 미리엄은 필에게서 빼앗아올 수 있는 물건일 뿐이다. "난 널 필에게서 훔쳤어. 어떻게 필이 너를 다시 훔치지 않으리라고 기대하겠어? 그리고 다른 사람이 그러지 않으리라고 기대하지도 않아"(212). 그는 여성과의 소통을 전혀 원하지 않는다. 여성을 소유 대상으로 보는 것이 남성지배의 근간을 이루는 심리적 태도라면, 잭슨의 태도는 상징폭력이 어떻게 제2의 천성이 되어 자연스럽게 휘둘러지는지 잘 보여준다. 중간 계급의 일부일처제와는 극단적으로 대비되는 외양상 파격적인 세 사람의 관계는 사실은 남성지배가 행사되는 장이 된다. 이들이 여성을 어떻게 보는가에 대해서는 필의 집단 강간 고백이나 그런 고백을 아무렇지도 않게 받아들이는 잭슨의 냉담한 태도에서 재차 확인된다. 피에르 부르디외에 따르면 청소년들의 집단 강간의 목표는 폭력을 통해 타인들 앞에서 남성성을 확인시키는 것이다. 그러한 행동들은 "역설적으로 집단의 존중과 동경을 잃을까, '동료들' 앞에서 '체통이 깎일까,' '나약한 자' '부실한 자' '여자 같은 남자' '남색가' 등 전형적으로 여성적인 범주로 보여 지지 않을까 하는 두려움에 근거하고 있다"(부르디외 1998, 77). 필은 이런 고백을 하며 죄책감을 보이는데 반해 잭슨에게는 여성이 소유 대상인 것이 당연한 사실이다. 그에게는 그러한 폭력적인 지배 방식이 전혀 죄책감을 느낄 일이 아니다. 잭슨 앞에서 필의 고백은 "익살스러운 것이 되어버렸다" (288).

남성 지배 앞에서 미리엄은 남성의 소유 의지에 대해 의문을 제기하는 것이 아니라 적극 공모하는 모습을 보인다. 그녀는 두 남성과의 관계에서 주체로서 행동하는 것이 아니라 그들이 지정해주는 위치를 받아들인다. 처음 잭슨과 잠자리를 했을 때 그녀는 죄책감을 느끼지만 자신의 심리적 갈등을 스스로 극복하는 것이 아니라 두 남성이 모두 이 관계를 인정하자 죄책감을 버린다. 나아가 그녀는 오히려 잭슨의 소유욕을 자발적으로 정당화해준다. "난 사랑받지 못한 아이였어. 그리고 누군가의 사랑을 받기 위해 목숨 거는 여자의 메커니즘을 지니고 있어. 당신은 아버지고 난 아버지를 만족시키기에 충분히 예쁘지 못한 딸이야. 당신은 어머니고, 난 아무리 해도 그 어머니를 만족시킬 수 없는 딸이야. 당신은 돼지 저금통이고 난 거기에 10센트짜리 동전을 넣어. 그리고 난 그 돈이 다시 나올 때까지 그 저금통을 흔들고 또 흔들거야" (211). 그녀가 "여자의 메커니즘"이라고 한 것은 남성 지배의 틀 안에서 여성에게 할당된 역할을 뜻한다. 미리엄은 이러한 역할을 자연스럽게 받아들인다. "상징자본은 인위적이고 자의적인 것을 자연스러운 것으로 승인해 주는 독특한 메커니즘을 갖는데, 부르디외는 이것을 오인 메커니즘이라 부른다"(이상호 169). 미리엄은 남성의 욕구에 맞추는 것이 마치 천성인 것처럼 오인하는 가운데 상징폭력을 정당화한다.

미리엄이 소유욕을 지닌 두 남성과 결별할 때 독자가 기대하는 것은 "여성의 메커니즘"이 천부적인 것이 아니라 오인된 것임을 깨닫고 상징폭력의 순환 고리를 끊는 것이다. 그러나 결별은 의식 고양의 출발점이 되지 못하고 오히려 중간계급 결혼으로 숨어버리는 계기가 된다. 나아가 미리엄은 남/녀 영역구분을 옹호하며 그 가운데 상징폭력을 적극적으로 재생산하기까지 한다. "이제 여성으로서 기분이 좋아. 닐이 그렇게 느끼게 해줬어. 삶의 모든 영역에서 내내 싸우고 싶지는 않아. 생전 처음, 누군가가 진정으로 날 사랑해줘. 그와는 싸울 필요가 없어. 나서서 싸울 필요가 없어. 여성인 것을 즐길 수 있어. 전에는 해본 적이 없는 모든 종류의 일을 할 수 있어. 요리나 빵 굽기 같은 일 말이야. 그리고 그런 것들이 나에게나 다른 사람들에게 진정한 즐거움을 줘"(335-6)라고 한다. 그녀는 요리나 빵 굽기 등 여성의 영역에 속하는 일을 하도록 배치된 데 대해 제대로 자신의 위치를 찾았다고 생각한다. 남녀 분리의 원칙은 "서로의 영역을 침범하여 혼란을 초래하지 않으면서 경제적 활동이나 삶의 조건에 하나의 일관성을 부여하는 것"(홍성민 208)으로 남성지배 구조의 중요한 토대이다. 사실 미리엄은 이 소설에 등장하는 인물 중 가장 높은 수준의 교육을 받았으며 컴퓨터 프로그래머라는 전문직에 종사한다. 다른 여성 인물과 비교할 때 그녀는 공적인 세계에서 능력을 발휘할 수 있는 가장 유리한 위치에 있음에도 불구하고 가장 자발적으로 그리고 적극적으로 남성지배 구조를 재생산한다.

미리엄은 여성의 영역에 대해 이처럼 옹호하지만 그렇다고 공적 영역의 작동에 순응적이지만은 않다. 그러나 역설적으로 그러한 의문제기는 그녀를 영원히 여성의 영역에 가두어두는 전환점이 된다. 그녀는 컴퓨터 프로그램이 방위 산업과 연관된 데 불만을 느끼고 이와는 다른 차원으로 컴퓨터를 사용할 수 있는 새로운 프로젝트를 발표한다. 이것은 공적영역에서 남성들이 당연시하는 폭력에 대한 저항이기도 하다. 그러나 그녀의 발표는 참담한 실패로 끝난다. "상징폭력의 마술은 피지배자가 자신도 모르게 때로는 자신의 의지와는 반대로 상징폭력의 지배에 공모하는데 있다. 얼굴 붉힘, 말더듬기, 서투름, 몸을 뗾, 무력한 화냄과 분노처럼 눈에 띌 정도로 그 스스로를 배반하는 고통스러운 감정들이 바로 그 예인데, 자신의 의사와는 무관하게 신체가 사회적 구조들에 내재된 통제와 은밀하게 공모하는 것이다"(부르디외 1998, 59). 남성들의 냉담한 반응 앞에서 그녀는 너무나 쉽게 자신의 무능과 실패를 인정한다. 상징폭력의 마술에 걸린 피지배자의 태도를 전형적으로 보이는 미리엄의 이러한 태도는 페미니스트인 바트키(Bartky)가 고민한 '이중적인 존재론적 충격'과는 좋은 대조를 이룬다. "학과 모임에서 종종 바보같이 느껴진다. 단지 개인적 결함인가? 아니면 정형적인 여성의 특징, 즉 공격성, 언어적 공격성을 보이지 못하는 여성 공통의 무능인가? 왜 나의 제안은 무시되는가? 원래 지적이지 못해서인가, 아니면 내가 여자라서 진지하게 받아들여지지 않는 것인가?"(29) 바트키는 여성 자신의 무능 때문인지 남성들의 성차별적인 태도 때문인지 고민하는데 반해, 미리엄은 여성으로서 겪는 차별에 대해서는 고민하지 않고 프로젝트에 대한 남성들의 평가─그녀의 무능─를 그대로 수용한다. 부르디외의 지적대로 "여성에 대한 과소평가는 무의식적으로 행해질 정도로 확고부동하며, 토론에 참여하기 위해서는 끊임없이 주목을 받으려고 싸워야한다"(부르디외 1998, 85). 그러나 미리엄은 모든 것을 자신의 개인적 무능력으로 돌렸기 때문에 저항의 가능성이 봉쇄된다. 미리엄은 프로젝트 실패 후 둘째 아이를 임신하면서 직장을 그만두고 가정주부로 안주한다. 그녀는 일 자체를 포기함으로써 여성의 영역은 가정이라는 남성지배 질서를 공고하게 한다.

이러한 미리엄에 대해 작가는 거리를 두고 그녀가 얼마나 상징폭력에 공모하는지 폭로한다. 첫째, 베스와의 대화 속에서 미리엄은 여러가지 이유를 들어 자신의 결혼 생활을 정당화하지만 이어지는 베스의 의문 속에서 미리엄의 관점은 설득력을 잃는다. 둘째, 작가는 미리엄의 남편이 젊은 여성과 외도하는 결말을 보여줌으로써 미리엄이 안정된 틀이라고 생각하는 가정이 얼마나 위태로운 것인가를 보여준다. 마지막 장에서 남편의 애인인 헬렌은 미리엄의 궤적을 다시 한 번 보여준다. 헬렌은 "그는 그녀를 사랑하기 시작하고 있다. 그는 그녀를 원하고 있다. 그리고 그녀는 더 이상 혼자가 아닐 것이다"(542)라며 미리엄의 생각을 반복한다. 작가는 미리엄으로부터 헬렌에게로 이어지는 끝없는 순환을 암시한다. 미리엄은 가부장적 질서와 충돌할 때마다 쉽게 투항하고 적극 공모하며 영원히 가부장제의 틀에 갇힌 채 상징폭력을 재생산한다. 그러나 작가는 미리엄의 정당화를 인정하지 않고 결혼은 남성지배 구조를 재생산하는 제도적 장치임을 폭로한다.

3. 의식 고양과 대안적 삶

이 소설의 또 다른 하나의 축을 이루는 베스의 이야기는 스스로 체득한 의식고양을 통하여 상징폭력을 부인하고 나아가 결혼 제도 자체에 대해 문제를 제기한다. 베스의 이야기는 "페미니스트적 감수성을 지닌 젊은 예술가가 레즈비언 페미니스트로서 새로운 성적·사회적 정체성 발견하는 모습을 보여준다"(Roller 50). 성장 배경이나 개인적 능력으로 볼 때 베스는 미리엄보다 훨씬 불리한 위치에 있다. 중하층 출신인 그녀에게는 고등학교 시절의 남자 친구와 결혼하는 것 외에는 다른 선택이 없다. 대학 진학이 아니라 결혼이 그녀에게 유일한 대안이라고 가족과 사회 모두 강요할 뿐 아니라 그녀 자신도 그것을 내면화하고 있다. 학교는 배제의 원칙으로 남녀 간의 차별을 재생산하는 제도적 장치로 작용하는데 여기서 여성은 남성에 비해 교육의 기회에 대한 접근성이 낮기 때문에 문화자본의 수혜자가 될 수 없는 일차적 차별을 당한다. 여성은 사회적으로 배제될 뿐 아니라 스스로도 이러한 배제를 내면화하는 것이다. 베스는 맥키넌(MacKinnon)이 현대산업 사회의 여성 상투형의 자질로 꼽는 모든 자질을 가지고 있다. "유순하고, 부드럽고, 수동적이고, 상처받기 쉽고, 나약하고, 어린아이 같고, 자학적이고, 가정 중심적이고 아이와 남편을 돌보는 것을 당연시 하는"(16) 여성으로 제시된다. 문화 전체가 그녀에게 결혼이 행복한 결말이라고 가르치며 그녀 역시 가정주부로 만족하는 삶, "사랑받는 삶"이 펼쳐지리라고 생각한다.

그러나 문화적 가정과는 반대로 베스의 결혼은 갈등의 출발점이 된다. 전통적 소설은 결혼으로 모든 갈등이 해결되는 반면 이 소설에서는 이런 패턴이 뒤집힌다. 우선 결혼식 자체가 그녀가 꿈꾸었던 낭만적인 것과는 동떨어진 불편한 것이다. 결혼을 묘사한 「여성의 삶에서 가장 행복한 날」이라는 장은 아이러닉하게도 소리와 느낌 등이 모두 짜증스럽고 "가장 행복한"과 거리가 멀다. 결혼식 날의 전조대로 결혼생활은 이름 지을 수 없는 불만으로 가득 찬다. 그러한 불안을 "저물녘 반복되는 음악소리, 새소리 그리고 풀 속에서 우는 귀뚜라미 소리 속에 무언가가 걸려 있다"(31)로 표현된다. 그녀는 또 자신의 처지를 갇혀 있는 거북이에 비유하기도 한다. 자식을 갖기를 요구하는 짐과 달리 그녀는 자식이 곧 덫임을 깨닫고 도망치기로 결심한다. "현재 상태로 있으면, 아이를 갖고, 집을 사고, 집을 채울 물건을 사는 것을 의미했다. 그것은 결코 성장을 뜻하지 않을 것이다. 그것은 결코 그녀가 원하는 삶이 아니었다"(38). 그녀는 누구의 도움도 받지 않고 스스로 상징체계의 폭력성을 깨닫는다. 베스 자신은 당시 유행하던 의식 고양 집단에 속하거나 페미니스트의 영향을 받은 것은 아니다. 그녀는 결혼 생활 속에서 스스로 의식 고양의 과정을 거친다. 베스는 상징폭력을 내면화하고 신체적으로 각인된 상태에서 출발하지만 결혼 생활을 통해 남성지배의 폭력성을 인지하는 것이다. 따라서 공모는 이루어지지 않고 베스에게 결혼 생활로부터의 도피는 현실 도피가 아니고 오히려 성장의 한 단계로 제시된다. "… 구름 위로. 여기 위에서는 태양이 빛났고 하늘은 어둡고 아주 맑았다. 선반에 있는 그녀의 레인코트 속에 꿰매어 놓은 수영복 색이었다. 그녀는 깍지를 꼈다. 기쁨이 그녀를 꿰뚫고 갔다. 기쁨으로 딸랑거리는 종소리가 나는듯했다. 여기 위에 있는 것은 얼마나 아름다우냐! 비행은 얼마나 아름다우며 얼마나 자유로우냐(비록 돈이 들기는 했지만). 그녀는 이 세상에서 유일한 나는 거북이였다"(46).

그러나 결혼으로부터의 도피가 곧 남성지배의 상징폭력을 벗어나는 것을 의미하지는 않는다. 베스는 자립적인 삶을 살려고 노력하며 1960년대 후반 급진적인 대항문화의 한 예인 보스턴의 코뮌의 세계에 들어가며 이곳에서 미리엄을 만난다. 그러나 그녀의 기대에도 불구하고 여기서도 남성의 상징폭력은 여전하다. 코뮌은 핵가족을 부인하고 새로운 인간관계를 모색하는 실험임에도 불구하고 노동이나 자원 분배에 있어 성별 분업이 여전하며 이 곳 또한 상징폭력의 장이 된다. 이 때 상징폭력의 가장 효과적인 장치는 지배 담론의 언어이다. 언어 사용은 사회의 권력구조와 밀접하게 연관되어 있으며 "대부분의 사회에서 언어 사용을 규제하는 제도들은 여성에게 의도적으로 억압적"(Cameron 42)이다. 여기서는 의식적 혹은 무의식적으로 배제의 원리가 작용한다. 여성들은 말할 수 있는 가능성이 박탈된 반면 남성들에게는 그러한 권한이 주어지는 권력관계가 작용한다. 코뮌에서 남자들은 "언어 게임"을 하는 반면 여자들은 "옆에 앉아서 단어들이 오가는 걸 보기만 한다"(51). 이러한 상징적 지배는 지배적인 언어를 가지지 못한 화자가 자신의 박탈에 공모하고 지배적 언어를 '정당한' 것으로 수용한다는 점을 전제한다(톰슨 73).

다른 여성과는 달리 베스는 언어의 사용방식과 그것이 휘두르는 상징폭력에 대해 민감하게 반응한다. 그녀는 언어 게임의 작동 방식을 의심한다. 그러나 언어 자체를 부인하는 것은 아니다. 단어가 가지고 있는 힘을 인정하고, 그 힘에 접근하고 싶어 한다. "난 단어들을 더 잘 다루고 싶어. 그들에 말에 대꾸할 수 있으면 좋겠어. … 난 단지 단어들을 무기로 사용하고 싶을 뿐이야. 단어로 두들겨 맞는 게 지겹거든"(267). 그녀는 남성 중심의 지배담론에 합류하기 위해서가 아니라, 여성에 대한 억압을 극복하기 위해서 자신의 언어를 발견하고자 한다. "피어시는 기존의 언어에 대해 불신을 표현하지만, 그렇다고 여성의 침묵을 옹호하지는 않는다. 여성의 위치를 강요하는 언어는 거부해야 하지만, 그렇다고 침묵해서는 안 된다. 그녀는 말을 제대로 못하는 것은 유용한 무기가 아니라고 생각 한다"(Hansen 213). 그녀가 언어의 힘을 느끼면서도 아직 자신의 언어를 갖지 못한 긴장상태는 시로 표현된다.

모든 것이 내게 아니라고 말한다.
모두가 내게 아니라고 한다.
오직 나만이 그래라고 한다.
나는 그 말을 하고 또 해야한다.
한 곡만 노래하는
가수처럼
그래, 베스! 그래, 베스! 그래, 베스!
그래! (313)

이 단계에서는 베스 자신의 언어와 사회에서 통용되는 언어가 팽팽하게 맞서고 있다. 그녀는 남성 지배적 언어가 지닌 상징폭력을 감지하지만 그에 대한 대안으로서 자신의 언어를 발견하지는 못한 상태인 것이다.

베스가 대안적 언어를 갖게 되는 것은 새로운 삶의 발견과 함께 진행된다. 그녀는 여성 코뮌에서 자매애를 느끼고 궁극적으로 완다와의 동성애에서 대안을 발견한다. 베스에게 있어 도피는 반복되지만 그것은 미리엄의 좌절이나 퇴행과는 달리 "기능적인 반복"(Hansen 218)이다. 좌절이나 퇴행처럼 보이는 것이, 사실은 그녀가 얼마나 성장했고, 얼마나 상징폭력에 대항할 힘을 갖게 되었는지 보여준다. 우선 여성 코뮌에서의 삶은 그녀에게 새로운 삶의 가능성을 보여준다. 여기서 아이들은 공동의 아이로 모든 여성이 함께 양육의 책임을 갖는다. 코뮌의 인간적인 측면은 미리엄의 자폐적인 삶과 자신의 아이에 대한 강박적인 관심과 대조를 이루면서 더 효과적으로 강조된다. 이들은 연극을 통해 생계를 유지하므로 경제적인 어려움이 있을 터이지만, 이 작품에서는 이들이 누리는 자유로움과 공동체의 유대만이 강조된다. 완다와의 동성애는 구체적인 성적 묘사로서가 아니라 여성 코뮌에서 느끼는 진실되고 지속적이며 상호적인 자매애가 강화된 것으로서 제시된다. 미리엄과 남성들의 성적 관계는 지나칠 정도로 상세하게 묘사된 반면 동성애적 관계가 주는 만족감은 공동육아에서 느끼는 정서적 만족감으로 전치되어 나타난다. 동성애적 유대가 지나치게 이상화되어 나타나는 것이나 여성간의 관계묘사가 우정의 차원을 넘어 생생하게 살아있지 못한 것은 이러한 이상적 공동체의 관념적 당위성을 보여준다.

그러나 새로운 언어의 발견은 베스의 성장의 가장 명확한 지표이다. 벨시(Belsey)에 의하면 여성은 모순된 두 담론에 의해 형성되며 동시에 제한을 받는다. "여성은 한편으로는 자유, 자기 결정, 합리성을 강조하는 자유주의적인 인문적 담론과 다른 한편 순종, 상대적인 부적절함, 비합리적인 직감 등 여성적인 담론 양자에 참여한다"(598). 베시의 경우 남성 중심적 담론에 능하지 않지만 그렇다고 해서 현재의 여성적 담론을 대안으로 생각하지도 않는다. 여성 코문에서 아이들에게 동화책을 읽어주며 느꼈던 여성적 언어의 가능성을 탐색하던 그녀는 마침내 여성 연극에서 대안적 언어를 발견한다. 그녀는 언어를 부정하는 것이 아니고 언어의 힘을 자신의 것으로 만들고자 한다. 연극은 "서로를 강하게, 서로에게 힘을 주는 의식" 이 되며, "그들은 어떻게 느끼고 어떻게 표현하고 어떻게 창조할지를 배운다"(477). 베스는 완다의 목소리에서 "숨겨진 것이 드러나고, 미완의 감정이 육체 속으로 꽂히는" 느낌을 받는다. 이들은 남성지배 담론이 강요하는 남/녀의 이원적인 분류체계를 벗어날 뿐 아니라 인간의 경계를 너머서서 '동물 되기'와 '식물 되기'를 시도한다. 춤 가운데 그들은 "새가 되기도 하고 꽃이 되기도 했다"(417). 이 때 연극이 보여주는 몸의 언어는 인간이라는 존재론적 차원을 지키면서 단순히 새 모양이나 꽃 모양을 모방하는 것은 아니다. 그렇다고 인간임을 포기하고 꽃과 새라는 다른 존재가 되는 것도 아니다. 그들은 인간의 경계를 너머서서 꽃과 새를 향해 횡단하는 과정, 즉 '되기' 속에 있는 것이다. '되기'의 과정 속에서 인간의 지배적 위상 즉 남성 지배의 기준과 규범은 무력해진다. 상징폭력에 대항하는 이러한 여성들의 저항 담론은 여느 저항 담론과 마찬가지로 "명명할 수 없는 것을 명명하고 언어 이전의 성향과 말로 표현되지 않는 경험들을 객관화"(부르디외 1997, 217)하는 것이다. 계급질서를 전복시키고자 한 기존의 저항 담론이 남성지배의 틀 안에서 우위를 점하기 위한 싸움이라면, 여성 연극으로 표현된 여성적인 언어는 남성지배의 틀을 뛰어 넘고자 한다.

남성 성장 소설이 사회와의 재통합으로 끝나는데 반해 여기서는 사회로부터의 도피가 대안으로 제시된다. 마지막 완다와 도망칠 때 베스의 성장이 완성된 것으로 제시된다. 그녀 스스로 말하듯이 그녀는 "키워진 모습을 넘어서서 얼마나 멀리 여행해 왔는가"(499-500)라고 감탄할 만하다. 완다는 진보적인 그

룹의 활동에 연루되어 감옥을 가게 되어 양육권을 박탈당하는데 두 사람은 아이들을 훔쳐내는 범죄자가 된다. 여기에 두 사람은 투쟁에 의미를 부여한다. 무섭냐고 묻는 완다에게 베시는 "응, 늘 그랬어. 그러나 이제는 알아. 우리가 싸울 수 있다는 것을. 그리고 가끔, 가끔은 이긴다는 걸"(477)이라고 한다. 작가 역시 이들이 사회에 대해 승리하고 자신의 이상을 실현한 것으로 생각한다. 그러나 이러한 결말은 급진적 페미니즘이 보이는 분리주의의 한계를 공유한다. 이미 여성 연극 집단의 유랑에서 사회와의 연관이 약해졌던 그들은 이제 사회로부터 완전히 고립된다. 이들은 자유를 선택했지만 그 자유는 사회와 분리된 가운데서만 가능하다. 완다와 베스는 야간에만 일하는 경비원이 되고 전체 사회 안에서는 존재하지조차 않는 지워진 존재가 된다. 그들의 삶에 상징폭력이 행사되지 않는 것이 사실이지만 그 이상적 삶은 전체 사회와 소통하지 않는 가운데서만 가능한 한계를 보인다.

4. 상징폭력 너머

상징폭력의 한 전형을 이루는 것이 남성지배이다. 남성지배는 개인에게 내면화되어 정당한 것으로 오인되며, 역으로 피지배자의 공모가 그것을 재생산한다. 그러나 상징폭력은 전적으로 피지배자의 공모에 의존하기 때문에 피지배자가 오인하고 있었음을 깨닫는 순간 더 이상 유효하지 않다. 의식고양 소설은 여주인공들의 삶을 통해 지배담론이 지닌 상징적 폭력의 자의성을 폭로할 뿐 아니라, 새로운 패러다임을 제시함으로써 상징폭력이 다시 지배구조 공고히 하는 순환의 고리를 끊고자 한다.

『작은 변화들』은 상징폭력에 공모하는 여성과 의식고양을 통해 대안적 삶을 모색하는 대조적인 두 여주인공을 등장시킴으로서 상징폭력의 공고함과 동시에 저항의 가능성을 보여준다. 미리엄은 파격적인 남녀 관계에도 불구하고 자발적으로 상징폭력에 공모하는 모습을 보인다. 진보적인 코뮌의 삶은 남성의 소유욕을 발휘하는 공간이 되어버리며 결혼 후 여성의 영역을 이상화하는 그녀의 모습에서는 상징폭력이 재생산되는 면모를 볼 수 있다. 이와 반대로 경제적으로나 교육면에서 훨씬 박탈된 여주인공인 베스는 도피를 반복하지만 이것은 미리엄의 경우처럼 차이 없는 반복이 아니라 각 단계마다 의미가 달라지는 성장의 지표에 가깝다. 그녀는 남성지배에 정면으로 대결하여 새로운 공동체인 여성 코뮌을 창조하고, 궁극적으로 이성애적 관계의 틀을 벗어나 동성애 가족을 선택한다. 그녀의 성장은 또한 언어의 발견과 나란히 진행되며, 새로운 언어의 발견은 상징폭력에 맞서는 가장 강력한 무기이기도 하다. 남성지배적 담론과의 긴장은 소통을 중시하는 여성적 언어로 발전하고 나아가 독특한 대안적 언어인 여성 연극의 언어로 완성된다. 그러나 피어시가 이상적 삶의 방식으로 제시하고 있는 동성애 가족은 한계를 지니고 있다. 이들은 결국 범죄자가 되고 사회로부터 분리되는 것으로 끝나는데 이것은 작가가 동성애가족과 사회를 통합시킬 실마리를 찾지 못함을 보여준다.

그러나 이러한 한계에도 불구하고 피어시는 결혼 속에 상징폭력이 어떻게 작동하는지 생생하게 보여줌으로써 당대 사회의 기준이자 규범인 이성애적 결혼이라는 제도를 비판한다. 이 작품에서 해결되지 않은 분리주의의 한계에 대한 피어시의 고민은 다음 작품인 『시간의 가장자리에 선 여성』(*Woman on the Edge of Time*)에서 다시 한 번 진지하게 탐색된다. 그녀는 여성 뿐 아니라 남성까지 포함하는 유토피아 코뮌을 꿈꾼다. 이 유토피아에서는 더 이상 여성과 감정, 남성과 권위가 자동적으로 연관되지 않고 따라서 위계질서 없는, 상징폭력

없는 사회가 가능해진다.

● 인용문헌

부르디외, 삐에르. 『상징폭력과 문화재생산』. 정일준 역. 서울: 새물결, 1997.

부르디외, 삐에르. 『남성 지배』. 김용숙 역. 서울: 동문선, 1998.

이상호. 「사회질서의 재생산과 상징권력: 부르디외의 계급 이론」. 『문화와 권력』. 현택수 편. 서울: 나남, 2002, 163-84.

톰슨, 존 B. 「상징폭력: 삐에르 부르디의 저작에서 언어와 권력의 문제」. 『상징폭력과 문화재생산』. 정일준 역. 서울: 새물결, 1997, 43-102.

현택수. 「아비투스와 상징폭력의 사회비판 이론」. 『문화와 권력』. 현택수 편. 서울: 나남, 2002, 19-48.

홍성민. 「부르디외와 푸코의 권력개념 비교: 새로운 주체화의 전략」. 『문화와 권력』. 현택수 편. 서울: 나남, 2002, 185-264.

Adams, Alice. "Out of the Womb: The Future of the Uterine Metaphor." *Feminist Studies* 19 (1993): 269-89.

Bartky, Sandra Lee. "Toward a Phenomenology of Feminist Consciousness." *Feminism and Philosophy*. Eds. Mary Vetterling. Braggin, Fredrick A. Elliston, and Jane English. Totowa, New Jersey: Adams, 1981.

Belsey, Catherine. "Constructing the Subject, Deconstructing the Text." *Feminisms*. Eds. Robyn R. Warhol and Diane Price Herndl. New Brunswick: Rutgers UP, 1991. 657-73.

Cameron, Deborah. *Feminism and Linguistic Theory*. Basingstoke: Macmillan, 1992.

Echoles, Alice. *Daring to Be BAD: Radical Feminism in America 1967-1975*. Minneapolis: U of Minnesota P, 1989.

Hansen, Elain Tuttle. "Marge Piercy: Double Narrative Structure of *Small Changes*." *Contemporary American Women Writers: Narrative Strategies*. Eds. Catherine Rainwater and William J. Scheick. Lexington, Kentucky: U of Kentucky P, 1985, 208-23.

Hogeland Lisa Maria. *Feminism and its Fictions: the Consciousness-Raising Novel and the Women's Liberation Movement*. Philadelphia: U of Pennsylvaina P, 1998.

Mackinnon, Catherine A. "Feminism, Marxism, Method and the State: An Agenda for Theory." *Feminist Theory: A Critique of Ideology*. Eds. Nannerl O. Keohane, Michelle Z. Rosaldo, and Barbara C. Gelpi. Chicago: U of Chicago P, 1981, 1-30.

Payant, Katherine B. *Becoming and Bonding: Contemporary Feminism and Popular Fiction by American Women Writers*. Westport, Conneticut: Greenwood Press, 1993.

Piercy, Marge. *Small Changes*. New York: Doubleday, 1973.

Roller, Judi M. *The Politics of the Feminist Novel*. Westport, Conneticut: Greenwood Press, 1986.

Swartz, David. *Culture and Power: Sociology of Pierre Bourdieu*. Chicago: U of Chicago P, 1997.

Wainer, Nora R. "Whispering Galleries: Patterns of Consciousness and Social Change as Seen by George Eliot and Marge Piercy." *Left Curve* 16 (1992): 85-91.

IV

잠재적 미국사의 상상

'되기'의 실패와 잠재성의 정치학:
멜빌의 『필경사 바틀비』*

1. 서론

멜빌의 『필경사 바틀비』(*Bartleby, the Scrivener*)에서 바틀비가 내뱉는 말인 "차라리 ~하지 않는 게 낫습니다(I would prefer not to)"는 바틀비를 그로테스크한 인물로 만들고 독자들을 당황스럽게 만드는 표현이기는 하지만, 많은 평자들이 지적하듯이 이 작품의 핵심을 이루는 표현이기도 하다. "차라리 ~하지 않는 게 낫습니다"라며 계속 반복되는 이 표현은 변호사인 화자가 바틀비에게 사본 대조 작업을 요청할 때부터 시작되어 베끼는 작업을 중단할 때까지 다양한 형태로 반복되지만, 이러한 반복에도 불구하고 그것이 무엇을 지시하는지는 정확히 알 수 없다. 이 표현은 "불명료한 덩어리와 특이한 숨결"을 형성하며, 진정한 반복이 그러하듯이 반복이 거듭됨에 따라 "n승의 역량"(김상환 26)으로 늘어나며 어떤 내면성을 획득한다.

반복의 효과는 상징적 질서 안에 포괄될 수 없는, 즉 그 질서 속에 억압되

---

* 조애리 · 윤교찬 공저.

어 있는 무엇인가를 불러일으킨다. 같은 것이 반복되면 낯익지만 동시에 낯선 언캐니한(uncanny) 느낌이 생긴다. 거리를 헤매다가 똑 같은 장소에 올 때의 이상한 감정, 어떤 숲 속이나 산에서 갑작스레 길을 잃었을 때 표지판이나 아는 길을 찾으려고 하는 모든 노력에도 불구하고 여러 번 같은 장소로 되돌아올 때처럼 악령에 사로잡힌 느낌을 갖는다(Freud 237-8). 바틀비의 반복된 말은 돌아온 유령처럼 불안을 가져오고 상징질서 밖에 무언가가 있음을 지시한다. 이것은 평형을 유지하던 상징질서에 혼란을 가져오며, 들뢰즈 식으로 표현하면, 다수의 질서에 소수자 되기를 끊임없이 요구하는 목소리가 된다.

『바틀비』에 대한 기존의 해석은 바틀비보다는 변호사인 화자에 초점을 맞추었다. 바틀비는 변호사를 변화시켜주는 동인으로 읽혀졌고, 둘 사이의 관계 속에서 변화되는 변호사 화자의 모습에 주로 초점이 맞추어졌다. 최근의 논의는 바틀비의 전형적인 표현이 지닌 반복의 의미를 탐색하는 쪽으로 옮겨가고 있다. 하지만 "어떠한 해석방식으로 바틀비에 접근하려고 해도, 그는 이에 응하지 않으려 들 것이다(he would most likely prefer not to comply)"(173)라는 베버룽엔(Armin Beverungen)과 던(Stephen Dunne)의 지적처럼, 그 의미를 확정하기가 쉽지 않다. 「'차라리 ~하지 않는 게 낫습니다': 바틀비와 넘쳐나는 해석들」 ("'I'd Prefer Not To'. Bartleby and the Excesses of Interpretation")이라는 글에서 베버룽엔과 던은 문학작품에 등장하는 매력적인 인물들이 그러하듯이, 바틀비 역시 뭐라고 정의내리는 것 자체를 거부한다고 언급했다. "예수 같은 바틀비, 하나님 같은 바틀비, 비관론자로서의 바틀비, 자폐형 인간으로서의 바틀비, 우울증을 겪는 바틀비, 소크라테스형 인물인 바틀비, 하이데거식 반-영웅으로서의 바틀비 등 무엇이 되었든지, 불가사의한 바틀비보다 더 불가사의한 것은 다름 아닌 바틀비를 해석하는 방식들이 보여주는 별스러움"(173)이라고 이들은 평했다. 그러나 최근의 바틀비에 대한 평가는 좀 더 적극적으로 한층 높은 차원의 존재론적·사회적 해석을 보여주고 있다. 들뢰즈의 소수자의 언어, 아감벤(Agamben)의 잠재성, 네그리(Negri)의 새로운 공동체, 지젝(Žižek)의 시차적 간극 등의 틀에서 바틀비에 대한 새로운 논의가 그 대표적인 예라고 할 수 있다.

본 논문은 변호사와 바틀비 간의 긴장을 우선 들뢰즈가 말하는 소수자-되기의 관점에서 검토하고자 한다. 나아가 이 작품에서 '되기'의 문제가 존재론적인 차원을 넘어서서 새로운 공동체의 모색으로 나아간다고 보고 새로움의 토대가 무엇인지를 아감벤의 잠재성의 견지에서 밝혀보고자 한다.

2. 소수자 되기

들뢰즈는 「바틀비 혹은 포뮬러」("Bartleby; or, The Formula")라는 글에서 필경사인 바틀비가 내뱉는 "차라리 ~하지 않는 게 낫습니다"를 자신의 욕망이론을 대변해주는 표현으로 보면서, 이 작품에 대한 기존의 해석들과 다른 또하나의 새로운 독법을 제시했다. 들뢰즈는 마치 잘못 번역된 외국어처럼 어색하게 들리는 이 표현이 "언어 내부에 일종의 다른 외국어를 새겨 나간다"(「포뮬러」 71)고 지적한다. 들뢰즈는 『카프카, 소수적인 문학을 위하여』(*Kafka: Toward a Theory of Minor Literature*)에서도 이와 유사한 주장을 한 바 있다. "자기의 언어 안에서 이방인처럼 되는 것"(들뢰즈 2001, 67)이 바로 카프카 문학 분석에서 발견한 소수적인 문학의 모습이었으며, "자신의 언어 안에서 다중 언어를 이용하는 것, 그것으로 소수적 내지 강력도적인 욕망을 만들어 내는 것, 그 언어의 억압적 성격에 대해 피억압적 성격을 대립시키는 것"(들뢰즈 2001,

68)을 소수적인 문학의 특징으로 보았다. 가타리와 함께 펴낸 『천의 고원』(*A Thousand Plateaus*)에서도 들뢰즈는 이러한 식의 글쓰기가 비문법적(ungrammatical)이 아니라 무문법적인(agrammatical) 표현이라고 언급한 바 있으며, 20세기 미국 시인인 커밍스(E. E. Cummings)의 언어 사용—"he danced what his did"—을 그 예로 들어 설명한 바 있다. 들뢰즈는 이를 언어의 탈영토화의 예로 들었고, "언어적인 변수가 끊임없는 변화 상태에 있는 것"(Deleuze & Guattari 1987, 99)이라고 설명했다.

들뢰즈에게 있어서 다수성과 소수성의 차이는 수가 적고 많은 문제가 아니다. 다수적인 것은 기준이 되는 척도이다. 그래서 여기서 이탈하기 위해 다른 무엇이 되려는 모든 시도가 바로 소수자 되기이다. 이와 마찬가지로 "마치 체코의 유대인이 독일어로 글을 써야 하듯이, 혹은 마치 우즈베키스탄인이 러시아어로 글을 써야 하듯이, 구멍을 파는 개처럼 글을 쓰는 것, 굴을 파는 쥐처럼 글을 쓰는 것"(들뢰즈 2001, 48)이 소수적인 글쓰기라고 들뢰즈는 언급했다. 바틀비 역시 다수의 척도가 되는 언어로 자신을 표현할 수밖에 없는 상황에서 소수적인 언어를 선택했으며, 다수의 척도로 모든 것을 재단하는 법률사무소에서 언어 내부에 다른 외국어를 새겨 나가는 방식으로, 마치 굴을 파는 쥐처럼 자신을 표현한다. 들뢰즈는 소수적인 언어의 사용이 "언어를 표류시키고, 이탈시키고, (표준영어와 달리) 부담을 지우기도 하고 덜어주기도 함으로써 미끄러지게 하는 것"이라고 언급하면서, "멜빌이 영어의 밑바닥을 관통하는 외국어를 만들어 낸 후 이를 밀어 붙인다"고 평했다. 그는 "이것이 다름 아닌 이국적이고 탈영토화된 언어, 바로 고래의 언어"(Deleuze 1997, 72)라고 설명했다.

변호사 화자가 지닌 다수의 기준은 일견 견고해 보이지만 이미 균열을 안고 있는 것이고, 바틀비의 소수자의 목소리는 그러한 균열을 부각시키며 애써

유지되던 평형을 파괴한다. 그의 "홈 패인" 일상성은 "평화"로 규정되며, 이것이 다수의 질서의 실체이기도 하다.

> 나는 젊었을 때부터 될 수 있으면 쉽게 사는 것이 최고라고 굳게 믿고 살아온 사람이다. 따라서, 알려진 바와 같이, 내 직업이 많은 정력을 필요로 하고 짜증스럽고 소란스럽기까지 하지만, 이런 것들 때문에 내 마음의 '평화'를 위협당한 적은 한 번도 없었다. 나는 배심원 앞에 서서 말하거나 방청객의 갈채를 이끌어내려는 짓은 절대 하지 않는 별다른 야심이 없는 변호사로, 아늑한 곳에서 평온함을 즐기면서 차분하게 부자들의 채권, 저당권, 부동산 권리증을 처리하는 편한 일만 하고 있었다. 나를 알고 있는 모든 사람들은 내가 더할 수 없이 안전한 법률가라고 생각했다. (Melville, 59-60)[1]

그가 강조하는 평화의 내용은 평온함과 안락함이다. 그는 가장 쉽게 사는 것이 최상의 삶이라고 하는데, 이때 쉽다는 것이 곧 다수의 가치에 대한 절대적 순응을 뜻한다. 그에게 현실세계는 절대적이다. 그는 법의 집행이 가져올 작은 갈등조차 회피하기 위해 "부자들의 채권, 저당권, 부동산 권리증"만을 다룬다. 바틀비를 고용한 이유 역시 그의 차분한 모습이 법률 사무실의 질서를 더 공고하게 하는데 도움이 되리라고 판단해서였다.

　그러나 바틀비는 완벽한 평화 대신 소수의 목소리로 혼란을 가져온다. 그는 처음 변호사가 교정작업을 하자고 할 때 "차라리 ~하지 않는 게 낫습니다"를 시작으로, 변호사가 자신의 것을 읽어 달라고 할 때, 개인적으로 자신의 것을 다시 읽어 달라고 할 때, 변호사가 심부름을 보내고자 할 때, 옆방으로 가자고 할 때, 어느 일요일에 나갔다가 그가 사무실에서 숙식하는 것을 알았을 때,

---

1) 다음 본문 인용부터는 쪽수만 표시함.

그에게 질문할 때, 그를 사무실에서 떠나라고 지시할 때, 다시 그를 내보내려고 할 때, 다른 직업을 소개할 때 같은 말을 반복한다. 그 말의 효과는 오히려 듣는 사람으로 하여금 무력감에 빠지게 하는 것이다. 변호사는 만약 다른 사람이 이렇게 반응했다면 당장 호통을 쳐 쫓아내 버렸겠지만, 반복적인 바틀비의 응답에 대해서는 "나를 무장해제 시킬 뿐 아니라 이상하게 내 마음을 움직이면서 당혹스럽게 만드는 그 무엇이 있다"(69-70)고 느낀다. 바틀비 특유의 부드럽고 단조로운 목소리로 말해지는 이 표현은 문법적인 표현이기는 하지만 상대방에게 무언가 당혹스럽고 예외적인 느낌을 갖게 한다. 이때의 예외적인 느낌은 변호사가 당연시 하던 다수적 가치 척도에 대해 바틀비가 던진 의문에 대한 변호사의 무의식적 반응이라고 할 수 있다.

바틀비의 말투는 다른 필경사인 니퍼스(Nippers)와 터키(Turkey)에게도 전염된다. 니퍼스는 바틀비의 말투를 두고, "묘한 말입니다. 저는 안 쓰는 말입니다"(82)라고 말하지만, 전염성이 강한 이 말투는 이내 모든 사람들을 당혹스럽게 만들면서 자신도 모르게 모방하게 된다. 변호사 역시 "최근에 들어 잘 어울리지도 않는 상황에서 나도 모르게 '~가 낫습니다'(prefer)라는 말을 쓰기 시작했고, 필경사[바틀비]와의 만남이 이미 나의 사고에 심각할 정도로 영향을 주었다고 생각하면 가슴이 떨린다"(81)고 고백한다. 강한 전염성을 지닌 이 말투는 결국 이것을 싫어했던 인물들의 입으로 스며들게 된다.

> "변호사님, 미안합니다만, 저도 어제 바틀비에 대해서 생각해 보았는데요. 제 생각에 만약 그가 매일 한 쿼트의 좋은 맥주를 마시는 게 낫다고 한다면(if he would but prefer to take a quart of good ale every day), 결점도 고치고 서류검토 작업에도 자발적으로 참여하게끔 하는데 도움이 될 수 있을 것 같습니다."

"당신도 그 말을 쓰는 군" 하고 나는 약간 흥분해서 말했다.

"변호사님, 미안합니다만, 그 말이라니요?" 이 말을 하면서 터키가 비좁은 칸막이 뒤로 비집고 들어오는 바람에 나는 바틀비를 떠밀게 되었다. "무슨 말인데요, 변호사님?"

마치 자기 방에 사람이 많이 몰려온 것이 못마땅한 듯이 바틀비는 "저는 이곳에 혼자 있는 게 낫습니다(I would prefer to be left alone here)"라고 말했다.

나는 "바로 **저 말**이네, 바로 **저거야**"라고 말했다.

"아, ~**가 낫겠습니다**(*prefer*)라는 표현을 말씀하시는군요? 네, −묘한 말입니다. 저도 안 쓰는 말입니다. 하지만 제 말은, 만약 그가 마시는 게 낫다고 한다면(if he would but prefer)."

나는 그의 말을 가로막으면서, "터키씨, 이제 이 방에서 나가도 좋습니다"라고 말했다.

"예, 물론이지요, 변호사님. 제가 나가는 것이 나으시다면(if you prefer that I should)." (81-2)

그러나 이들이 반복하는 언어가 바틀비의 경우처럼 소수자의 언어 쓰기와는 전혀 다른 용도로 쓰이고 있음을 알 수 있다. 다른 필경사들의 표현은 단지 바틀비로 하여금 법에 순응하는 행동으로 이끌기 위해 사용된다. 바틀비의 "~가 낫습니다"(prefer)가 탈주하는 소수자의 언어로 쓰이지만, 이들의 표현은 다시금 그것을 법의 영역으로 환원시키는 재영토화의 언어로 쓰인다.

반복된 바틀비의 말투에 대해 당황스러워 했던 변호사는 자신의 감정을 불행한 처지에 있는 한 인간에 대한 동정심과 박애 정신으로 정당화시키면서 이를 받아들이려고 한다.

무엇보다도 동정심은 종종 매우 지혜롭고 신중한 원칙으로 작동해, 동정
심을 지닌 사람을 보호해주게 된다. 질투심 때문에 사람을 죽이고, 이기심,
그리고 영적인 자만심 때문에 사람을 죽이지만, 다정한 박애 정신 때문에
잔인한 살인을 범했다는 이야기는 들은 적이 없다. 그렇다면 다른 고상한
동기를 들지 않더라도 자기 자신을 위해서, 그리고 특히 성격이 급한 사람
들을 위해서, 박애 정신과 동정심의 미덕을 일깨워 주어야 한다. (88)

하지만 이러한 결심에도 불구하고, 점차 혼란이 가중되자 "차라리 ~하지 않
는 게 낫습니다"를 내뱉는 바틀비를 피하기 위해 변호사 스스로 사무실을 옮
기고 만다. "그가 나를 떠나려 하지 않기 때문에 내가 그를 떠날 수밖에 없다.
…… 만일 새 건물까지 따라 온다면 그를 가택침입자로 고발하겠다"(88)고 다
짐하기도 한다. 그러나 사무실을 옮긴 후에도, 바틀비 문제로 전 사무실의 주
인과 건물 임대인들이 자신을 찾아오게 되자, 이제는 뉴욕의 북쪽으로, 교외로,
인근 도시로 도피생활을 하면서, 호텔에 묵지도 못한 채 마차에 숨어 사는 생
활을 하게 된다. 그렇다면 과연 이처럼 점점 불어나는 혼란스러움이 변호사로
하여금 소수자 되기에 이르게 하는 것일까?

반복되는 바틀비의 응답은 모든 것에 영향을 끼치며 "식별 불가능한 지대
를 형성하는 혼란된 경험"(Bogue 9)을 가져온다. 들뢰즈 역시 이 표현이 언어
속에 진공상태를 가져온다고 평가했다. "'차라리 ~하지 않는 게 낫습니다'(I
prefer not to)라는 표현은 ['to' 다음의 내용을 생략함으로써] 다른 대안들을 제
거하고, 나아가 모든 것에 거리를 둘 뿐 아니라 자신이 담으려 한 내용마저 삼
키고 만다. 이 말은 바틀비가 더 이상 사본 작성을 하지 않는 것을 의미하는데,
이는 언어의 재생산을 그만 둔다는 말이 된다. 이로 인해 언어의 구분 능력은
없어지고 모호성의 영역만 확장된다. 언어내부에 진공상태를 만드는 것이다"

(Deleuze 1997, 73). 이러한 바틀비의 소수자 언어가 주위의 모든 사람들에게 영향을 미친 것은 분명하다. 그러나 이 진공사태는 주위 사람들에게 "예측할 수 없는 새로운 폭발적인 빅뱅"(Bogue 9)을 형성하지도, 이들을 소수자 되기로 발전시키지도 않는다. 그 이유 가운데 하나는 변호사와 바틀비의 만남은 진정한 만남이 아니기 때문이다. 변호사는 혼란을 겪지만 진정으로 감응하거나 감응을 받지 않는다. 그는 "다른 사람에 대한 분류와 이해를 가능한 한 유보하고, 다른 사람이 감성적 기호로 표현하는 숨겨진 확정되지 않은 가능성의 세계에 대해 자신을 여는"(Bogue 13) 방향으로 나아가지 않는다.

변호사 화자는 애초에 법률사무소에 바틀비를 배치할 때도 목소리만 들리고 보이지 않는 곳에 칸막이를 치고 그를 앉음으로써 처음부터 그와의 감응을 피하려 한다. 그는 처음에 느꼈던 연민의 감정이 공포심으로 바뀌게 되면서 동정심을 없앨 수밖에 없다고 생각하기도 한다. "예민한 사람에게 연민의 감정은 거의 언제나 고통이다. 그리고 마침내 그러한 연민의 감정이 효과적인 구원에 이르지 못한다는 것을 깨달았을 때 통념적으로 연민의 감정을 버리게 된다"(79). 바틀비의 영향을 두려워하게 되는 순간, 변호사는 재영토화 되며, 따라서 바틀비와의 진정한 만남으로 가능할 수 있었던 소수자 되기에도 실패하고 만다.

변호사의 혼란은 소수자 되기를 거부하는 추한 아버지 제스처로 끝나고 만다. 들뢰즈는 "인간이 구원받고, 독자적인 인물들이 화합을 맞이하기 위해서는 아버지 역할을 해체하고 분해하는 길밖에 없다"(Deleuze 1997, 84)고 주장한다. 즉 외디푸스적 욕망을 통해 억압된 욕망을 만들어 내는 아버지 역할 대신 형제애와 자매애를 통해 소수자 되기를 실천하는 독신 기계들이 탈주선을 만든다고 보았다. 바틀비는 다름 아닌 아버지의 이름을 대체하는 독신기계

(celibate machine)가 된다. 들뢰즈에게 "기계"란 생산적인 욕망에 이끌려 다른 것들과 접속함으로써 새로운 것이 될 수 있는 모든 개체를 의미한다. 욕망 때문에 끝없이 변화하면서 자신의 영토를 만들고, 다시 새로운 접속을 통해 탈영토화하는 것이 바로 우리의 삶을 지탱시켜주는 힘이라고 보았다. "기계"라는 용어가 모든 것을 통합하려는 유기체적 개념에 반대한다는 내용을 담고 있듯이, 독신기계 역시 『앙띠 외디푸스』에서 비판한 아버지와 어머니라는 가족관계 속에서 생겨난 억제된 욕망과 구별되는, 즉 부모도 배우자도 없이 홀로 작동하면서 새로운 개체를 생성하는 그런 기계인 것이다. 아버지 인물인 변호사가 바틀비에게 제시하는 것은 기껏해야 자선적인 제스처일 뿐이다. 새로운 탈주선이 막혀버린 바틀비는 죽음에 이르며 소수자 되기에 실패한 변호사는 다시 "상식"과 "평화"의 세계로 돌아간다.

이러한 시각에서 바라볼 때, 우리는 변호사와 바틀비 사이의 화해, 또는 바틀비를 통한 변호사의 구원에 이른다는 기존의 해석 방식과는 전혀 다른 결론에 이르게 된다. 변호사의 마지막 대사인 "아아, 바틀비여! 아아, 인간이라는 존재여(Ah Bartleby! Ah humanity!)"에서 이제 우리는 바틀비와의 마지막 화해에 이르는 화자가 아니라, 바틀비가 죽는 마지막 순간에도 자선적인 제스처 밖에 할 수 없는 아버지의 모습을 보게 된다. 끊임없이 '되기'로 이끄는 독신기계 즉 바틀비는 어떠한 고정점도 갖지 않는 욕망의 흐름을 따라 다른 기계와 접속하여 선을 이루고, 면을 이루어 하나의 새로운 배치를 이룬다. 그러나 변호사는 바틀비와의 접속에 실패하고 따라서 새로운 배치로 나아가지 못한다.

3. 잠재성과 새로운 공동체

반복되는 바틀비의 표현을 변호사의 논리로 설명하자면 의지 혹은 필연성이다. 바틀비의 이해할 수 없는 반응 때문에 고심하던 변호사는 에드워드의 『의지론』('Edwards on the Will')과 프리스틀리의 『필연성론』('Priestley on Necessity')을 접한 후, 이들의 이론에 의존하여 바틀비를 이해하려고 한다. 그는 바틀비의 말투를 자신의 의지를 표현하는 일종의 거절의사인 "아니오"로 받아들인다. 바틀비의 응답을 의지의 범주로 해석한 것이다. 그는 끊임없이 "그러겠다는 건가요 아니면 그러지 않겠다는 건가요(Will you, or will you not ……)?"라고 묻지만, 실제로 바틀비에게서 아무 대답도 얻어내지 못한다. 기존의 많은 해석들은 어떤 의미에서 바틀비의 응답을 의지의 범주로 해석하려는 변호사의 관점을 반복한다. 바틀비의 응답을 자신의 의지를 주장하거나 자신의 독립성을 드러내는 수단으로 보거나, 자본주의 체제 혹은 타락한 비인간적인 세계에 대해 자신의 의지로 맞서는 것으로 해석했다. 이외에도 "세상 또는 자기 자신과의 관계를 잘못 설정한 사람이 보이는 고집스러운 의지"로 본다거나, "정상적이라고 여겨지는 관례"에 대해 자신의 독립성과 개별성을 주장하는 행위라거나, "'예'라고 대답하는 문화 속에서 '아니오'라고 답하는" 저항이나, "'의미 없는 세상에서 방향성을 상실한 존재'로 살아가는 것에 대해 '동의하지 않기'로 결정한 사람이 취하는 태도"(Patrick 42) 등으로 보았다.

그러나 바틀비는 자유 의지와 거절의 범주로 바틀비를 재단하려 하는 변호사의 의지와는 관계없이, 이러한 자유 의지와 거절의 범주 밖에 있다. 만약 바틀비가 거부의사를 표시했다면, 그의 저항은 법을 부정하는 것이 아니라 법의 기능을 긍정하는 일이 되었을 것이고 "반항하거나 반란을 획책하는 인물로 여겨져 그에게 아직도 사회적 임무가 있는 것으로 보였을 것이다"(Deleuze

1997, 73). 바틀비의 '차라리 ~하지 않는 게 낫습니다'의 논리는 긍정도 부정도 아니다. 바틀비는 변호사의 명령에 대해 단순히 긍정하는 것도 단순히 부정하는 것도 아니다. 그의 논리는 긍정이나 부정의 논리를 넘어선 새로운 논리이다. 즉 그는 무엇인가를 선택하거나 배제하기를 요구하는 의지의 범주 밖에 있다. 들뢰즈가 지적하듯이, "무엇을 선택하기보다는 무를 선택하겠다는 말은 무에 대한 의지가 아니라 의지의 무가 점차 확장되는 것이다. 막다른 벽 앞에서 부동의 자세로 곧바로 서 있을 수 있는 권리를 획득한 것이다"(Deleuze 1997, 71).

의지의 논리로 바틀비를 이해하려던 노력이 실패하자, 변호사는 필연성에 기대어 바틀비를 해석하려고 한다. 바틀비의 이해할 수 없는 반응 때문에 고심하던 변호사는 이제 바틀비가 자신에게 주어진 필연적인 운명임을 받아들이게 된다. 두 권의 책을 읽은 후 변호사는 기분이 나아졌을 뿐 아니라, 바틀비와의 관계도 하나님이 미리 예정하신 사건임을 깨닫게 되었다고 말한다.

> 이 두 권의 책이 나에게 건전한 정서를 가져다주었다. 나는 점차 필경사를 둘러싼 문제들이 이미 태초부터 예정되었던 일이라고 나 자신을 설득하게 되었다. 나 같은 미천한 인간이 도저히 헤아릴 수 없는 전지한 신의 섭리로 신비로운 목적을 위해 바틀비가 내게 보내진 것이다. (88-9)

바틀비는 변호사로 하여금 인간에 대한 이해의 폭을 넓히는 역할, 프리스틀리의 표현을 빌리자면 "필연적인 도구"(necessary instrument)(Patrick 47) 역할을 한다고 패트릭(Patrick)은 설명한다. 「멜빌의 '바틀비'와 필연성론」("Melville's 'Bartleby' and the Doctrine of Necessity")에서 그는 "전지한 신의 섭리로" 필연적으로 내게 보내진 바틀비라고 해석하는 변호사의 견해를 두고 필연성에 기반을 둔 해석을 덧붙인다. "겉으로 보기에 의미 없고 헛된 바틀비의 행동은 실은 변호사에게 미덕을 '만들어 주기 위함'이다. 바틀비라는 필연적인 도구 덕분에 변호사는 안락했던 자족적인 삶에서 벗어나 모든 인간에 대한 고통스럽고 폭넓은 연민과 동정심을 갖게 되었다"(Patrick 49).

그러나 패트릭의 관점은 변호사의 논리를 정당화하고 있다는 점에서 재검토할 필요가 있다. 사실 변호사는 바틀비가 처음 등장했을 때 터키와 니퍼스를 보완하여 더 완벽한 현실을 만들어 줄 사람으로 생각했다. 이때 변호사의 완벽한 질서, 즉 평화로운 일상성은 터키의 오전 작업의 효율성과 니퍼스의 오후 작업의 효율성으로 봉합되어 가까스로 유지되는 질서이다. 터키는 정오까지는 "가장 안정적으로 신속하게" 일을 하지만, 정오 이후에는 안절부절 하지 못한다. 반면에, "짜증이 많고 신경질적인" 니퍼스는 과음으로 정오가 지나야만 술이 깨고 오후에는 비교적 부드럽게 일을 한다.

> 소화불량 때문에 생긴 니퍼스의 신경질과 이로 인한 과민함은 대개 오전에 목격되었고, 오후에는 비교적 온순하다는 것이 나에게는 무척 다행스러운 일이었다. 반면에 터키의 주기적인 발작은 12시 경에만 찾아오기 때문에, 두 사람의 기벽을 동시에 접할 일은 없었다. 그들의 발작은 경비병처럼 교대로 왔다. 니퍼스가 근무를 할 때면 터키가 비번이었고, 아니면 그 반대였다. 이런 상황 아래서는 아주 자연스러운 배치였다. (65)

변호사는 오전과 오후의 일을 각각 두 사람에게 배당하고 이러한 규칙성으로 유지된 평화를 현실의 필연적인 모습으로 정당화하고 있다. 바틀비의 등장으로 이러한 일상성이 더 확고해지기를 기대하고 변호사는 그를 고용하기로 한다. 적어도 "유별나게 차분해 보이는 그의 모습이 터키의 발작적인 기질과 니퍼스의 불같은 성질에 좋게 작용할 것"(66)이라고 생각했기 때문이다. 바틀비의 등장으로 인해 이미 "자연스러운 배치"가 더 자연스럽게, 더 필연의 구도에 맞게 완성되리라고 그는 생각한다.

그러나 변호사가 상정하는 질서, 소위 그의 "자연스러운 배치"에는 이미 부자연스러운 측면, 즉 균열을 안고 있다. 터키가 오후에 작성한 서류는 여기 저기 잉크가 튀어 쓸 수 없으며 니퍼스 역시 어떻게 앉아도 책상이 자기에게 맞지 않아서 심지어 필경사 책상을 없애려고 한다. 바틀비의 등장은 이러한 균열을 봉합하는 것이 아니라 오히려 심화시킨다. 즉 현실의 필연성을 정당화해 주는 것이 아니라 오히려 필연성이 부인하고 있는 잠재성을 드러낸다.

조르지오 아감벤(Giorgio Agamben)은 필연성은 특정 사건의 발생 비발생과 관련된 것이 아니라고 주장한다. 즉 변호사가 보는 현실 세계의 존재나 그 외의 세계의 비존재가 필연적인 이유가 있는 것은 아니라는 것이다. 그는 「바틀비, 또는 우연성」("Bartleby, or On Contingency")에서 다만 "일어나거나 ~ 혹은 ~ 안 일어날 것이다"라는 명제 전체만이 필연적이고, 각 항은 우연적이라는 것이다. 즉, 일어날 수도 안 일어날 수도 있다고 주장한다(264). 아감벤에 의하면 변호사의 세계와 그 속에 봉합해 넣으려는 바틀비의 존재는 변호사가 생각하듯이 필연적인 이유를 지닌 것이 아니다. 변호사의 생각은 라이프니츠의 "충족이유율"에 가깝다. 즉 무엇인가가 존재하는 데는 이유가 있다는 것이다. 반복되는 바틀비의 표현은 이 충족이유율에 의문을 제기한다. 바틀비의 존재는 오히려 변호사가 주장하는 필연성 속에서 부인되는 잠재성의 영역을 지시한다.

바틀비의 선호의 논리는 의지도 필연성도 아닌 그 너머에 있는 잠재성과 관련된 것이다. 아리스토텔레스의 잠재성 개념은 "존재하거나 ~를 할 잠재성"인 동시에 "존재하지 않거나 ~를 하지 않을 잠재성"(Agamben 245)이기도 하다. 아감벤은 특히 아리스토텔레스의 '~ 않을 잠재성'을 부각시킨다. 아리스토텔레스는 잠재성을 부정하는 메가라학파, 곧 잠재성이 오로지 실현됨으로써만 존재한다고 보는 태도를 비판한다. 잠재성은 무엇을 하지 않음을 포함한다고 본다. 음악을 연주하고 있지 않는 '잠재적인' 음악가의 예에서 보듯이, 잠재성은 무엇을 하지 않음, 또는 존재하지 않음이다. 따라서 잠재성이 실현됨으로써 사라지지 않고 고유하게 지속되려면 실현되지 않을 수 있어야 한다. 잠재성은 행하거나 존재하지 않을 가능성이어야 한다(양운덕 85-8).

변호사의 요구는 사본을 만들라는, 즉 필경사의 잠재성을 현실화(actualize)시키라는 요구이다. 그러나 필경사는 이제 석판이 되었다. 그는 흰 종이일 뿐이다. 그는 잠재성의 심연에 완고하게 머물면서 그곳을 떠날 생각이 조금도 없어 보인다. 바틀비의 부드럽지만 단호한 "차라리 ~하지 않는 게 낫습니다"는 의지의 흔적을 지운 표현이다. 그의 잠재성은 실현되지 않은 상태이지만 의지의 결여 때문에 실현되지 않은 것은 아니다. 반대로 그의 잠재성은 의지 너머에 있다. 바틀비는 ~할 수 있으며 동시에 안 할 수 있는 상태에 있는 것이다. 그것은 무엇으로도 환원될 수 없다. 옮겨 쓰기가 싫다거나, 사무실을 떠나고 싶지 않다는 것이 아니다. 그는 단지 "차라리 ~하지 않는 게 낫습니다"라는 잠재성을 보여준다(Agamben 255). 연주가나 건축가의 잠재성을 연주와 건축을 할 잠재성과 연주와 건축을 하지 않을 양자의 가능성을 모두 포함하는 것이다. 필경사인 바틀비 역시 쓸 수도 있고 안 쓸 수도 있다. 그는 쓸 잠재성과 안 쓸 잠재성 양자가 모두 가능한 잠재성의 영역에 있다.

이러한 바틀비의 결정은 개인적인 선택인가?[2] 그렇지 않으면 변호사와 그

---

2) 쿡(Alexander Cooke)은 들뢰즈가 바틀비란 인물을 통해 아주 신속하게 공동체 전반의 문제로 나아간 반면, 아감벤은 개인의 차원에 한정되어 있는 것으로 본다. 그러나 이것은 아감벤에

의 사무실, 나아가 사회 전체에 대한 비판이자 대안적 관점의 제시인가? 변호사는 바틀비의 행위를 철저하게 개인적인 관점에서 해석한다. 그는 바틀비의 개인사를 추적하여 바틀비가 워싱턴에 위치한 배달 불능 편지 취급 사무소에서 서기로 일하다가 인사이동 때 갑자기 감원되어 쫓겨났다고 언급하면서 이에 대해 지극히 개인적인 해석을 덧붙인다. 바틀비가 그런 사무소에서 일했기 때문에 "창백한 절망"에 이르게 되었다는 것이다. 바틀비의 행동과 말은 이런 불행한 환경 때문에 생긴 과거의 병적 기질이 말기에 이른 것으로 이해된다. 변호사의 개인적인 해석 속에는 이미 기존 체제의 정당성에 대한 가정이 강력하게 숨겨져 있다. 현실의 세계는 "자연스러운 배치"인데 부적응자인 바틀비는 절망한다는 것이다.

하지만 바틀비는 현실에 적응 혹은 부적응으로 분류될 수 있는 개인이라기보다는 비인칭적인 특이성을 보여주는 인물이다. 들뢰즈에 따르면 특이한 인물은 "더 이상 유한한 주체의 정주적 경계선에 사로잡히지 않는 노마드적 특이성, 즉 개체적이지도 인칭적이지도 않은 그럼에도 특이한"(이정우 201) 인물이다. 바틀비의 논리는 변호사의 세계 안에서 "모순으로 환원되지 않으며 실재적 대립마저 함축하지 않는"(김상환 128) 것이다. 공가능성은 해석적 확장을 뜻하며 "그 중심들 안에서 세계 전체는 매번 어떤 특정한 관점들을 통해 봉인된다"(김상환 128). 실제로 변호사는 바틀비와 자신의 세계를 공가능성이 있는 세계로 보면서, 자신의 세계의 특정한 관점으로 바틀비의 언행을 해석해내려고 한다. 그러나 바틀비의 특이성은 변호사가 대표하는 체계에 포괄되지 않는 따라서 보편적이지도 개별적이지도 아닌 데 있다.

바틀비의 유보[3]), 즉 행동하지 않음은 개인적 절망의 표현이 아니다. 지젝

대한 잘못된 해석이다. 아감벤 역시 들뢰즈와 마찬가지로 바틀비를 메시아로 보지만 "과거에 없었던 것을 구원하기 위해서 온 메시아"(Agamben 270)로 보았다.

의 지적대로 그것은 반대로 체제에 대한 가장 급진적인 개입의 한 형태이다. 멜빌은 바틀비를 통해 어떻게 행동하지 않고 존재로부터 반성적 거리를 갖게 되는지를 보여준다. 이때 바틀비의 수동성은 급진적인 정치적 제스처이다. 오히려 실제로 활동적이지만 아무 일도 일어나지 않게 하고 아무것도 변하지 않게 하는 공격적인 수동성과는 근본적으로 다른 급진적 수동성이다. 저항과 항의는 어떤 의미에서는 자신이 부정하는 기존 헤게모니에 기생하는 것이다. 바틀비는 헤게모니적 입장이나 그에 대한 반대 모두의 밖에 있는 새로운 공간을 연다(Zizek 381-2). 즉, 저항과 항의의 정치에서 물러나 있는 그의 행동하지 않는 수동성은 체제와는 전혀 다른 새로운 공간을 연다.

변호사는 현실을 피라미드에, 바틀비를 날아온 잡초에 비유함으로써 현실의 변화 가능성을 부인한다.

> 감옥 안뜰은 쥐 죽은 듯이 조용했다. 이곳은 보통 죄수들이 드나들 수 없는 곳이었다. 마당은 엄청나게 두꺼운 벽에 들러 싸여 있어서 벽 뒤의 소리는 전혀 들리지 않았다. 그 이집트식 건물은 음울하게 날 짓눌렀다. 그러나 내 발밑에는 부드러운 잔디가 자라나고 있었다. 영원한 피라미드의 한 가운데에 새가 떨어트린 잡초 씨가 틈새로 들어와 싹이 난 것처럼 보였다. (98)

바틀비의 잠재성은 변호사의 체계 속에 포괄될 수 없는 것이기는 하지만, 그렇다고 전혀 연관이 없는 것은 아니다. 그의 잠재성은 그림자에 비유될 수 있다. 바틀비의 존재는 변호사의 세계 속에 포괄될 수 없는 것이지만 동시에 그 세계의 그림자이기도 하다. 바틀비의 잠재성의 세계는 피라미드의 정상이 배제

---

3) 바틀비의 논리는 회의주의자들의 에포케, 즉 긍정도 부정도, 인정도 거부도 안하는 상태인 유보에 가깝다. 이때 유보는 무관심이 아니라 잠재성이나 가능성의 경험이다(Agamben 258).

하고 있는 어두운 심연을 뜻한다.

바틀비가 상징하는 이 어두운 심연, 즉 잠재성을 구체적으로 형상화한 것은 오히려 배달되지 않은 편지이다.

> 때로는 창백한 얼굴을 한 직원은 접힌 편지에서 반지를 꺼내기도 한다. …… 그 반지 임자의 손가락은 어쩌면 무덤에서 썩어가고 있으리라. 급하게 자선용으로 보내진 지폐도 …… 그 지폐면 구제될 사람이 이제 더 이상 먹지도 배고픔을 느끼지도 못할 것이다. 구제되지 못하고 재난에 숨 막혀 죽은 사람들에게 좋은 소식을. 삶을 심부름하러 왔으나 이 편지들은 황급히 폐기된다. (99)

배달되지 않은 편지는 일어날 수 있었으나 일어나지 않은 사건들을 담고 있다. 그것은 현실에서 발생한 일의 반대의 가능성을 보여준다. "쓰는 행위자체가 잠재성에서 현실로의 전이를 뜻한다. 이런 의미에서 모든 편지는 죽은 편지이다"(Agamben 270). 실제로 편지가 전달된 순간 그것은 현실의 세계에 편입되고 잠재성은 사라지는 것이다. 오히려 폐기된 편지들만이 '~ 하지 않을 잠재성'을 보여준다. 이것이 바틀비가 워싱턴의 사무소에서 배운 견딜 수 없는 진실이며 그가 "차라리 ~하지 않는 게 낫습니다"라고 말하는 순간 현실에 숨겨져 있던 잠재성의 세계가 현현한다.

이 잠재성의 세계는 개인의 차원에 한정된 것이 아니라 새로운 공동체의 기초가 된다. 바틀비의 탈주선에 대해 네그리는 "거절을 넘어서는 프로젝트가 제안된 것이며 그것이 주장하는 바는 새로운 양식의 삶과 새로운 공동체의 건설이다"(Hardt and Negri 204)라고 언급했다. 네그리에 앞서 들뢰즈는 바틀비를 "병든 미국을 치유하는 의사"이자 "새로운 그리스도"(Deleuze 1997, 90)로 해석했다. 들뢰즈는 아버지의 그늘에서 벗어나 새롭게 나아가는 바틀비의 모습에서 D. H. 로렌스가 미국문학을 두고 찬양했던 "새로운 메시아 신앙"을 발견한다. "이는 바깥으로 나설 때 인간의 영혼이 가득 차게 되는 그러한 삶의 윤리이다. 여기에는 특별한 다른 목적이 있는 것이 아니고, 모든 만남을 열어 놓는 것이다"(Deleuze 1997, 87).

로렌스의 지적대로 새로운 공동체는 병든 미국, 미국을 넘어서서 더 근본적인 기원을 문제 삼는다. 바틀비는 "병든 미국"을 구원하기 위하여 과거의 미국으로 돌아가는 것이 아니다. 오히려 바틀비는 미국의 과거에 실현되지 못한 잠재성을 드러낸다. 잠재성은 "있을 수 있었으나 없어진 모든 것으로부터, 다를 수 있었으나 현재의 모습이 되기 위해 희생된 모든 것으로부터 새어나오는 비탄의 소리"(Agamben 266)이다. 그렇다면 과거에 있을 수도 있었으나 일어나지 않은 일, 즉 실현되지 않은 잠재성은 왜 중요한가? 그것은 현실 세계에서 배제된 것을 되살리기 때문이다. 현실은 잠재성의 끝이고 타협이다. 바틀비는 "과거에 있을 수도 있었던 일, 현실화 되지 않은 잠재성을 회복하러 온 것이다"(Agamben 270).

바틀비는 법을 베끼는 필경사이고 그가 사본 작업을 포기한다는 것은 법 자체로부터의 해방을 의미한다. 바틀비가 사본 작업을 중단하는 것은 잠재성과 비잠재성이 구분되지 않는 지점에서의 창조, 즉 "탈창조(decreation)" (Agamben 270)이다. 탈창조는 무엇보다도 변호사가 대표하는 체계와 가치에 대한 전면적인 부인이다. 변호사는 동료애나 인간적인 유대를 내세우지만 탈창조는 그러한 가치의 파괴에서 시작된다. 변호사는 터키가 "나의 동료애에 호소"(63)했기 때문에 해고하지 않았다고 하고 바틀비에 대해서는 같은 인간으로서의 유대감을 느낀다고 말한다. "전에는 이런 꼭 불쾌한 것만은 아닌 슬픔을 경험해 본 적이 없었다. 인류라는 고통의 유대로 인하여 나는 그러한 우울함에 어쩔 수 없이 끌렸다. 형제의 우울함이여! 왜냐하면 나와 바틀비는 둘 다 아담의 아들이기 때문이었다"(77). 이에 반해 바틀비가 지시하는 탈창조에 의한 새로운 공동체는 "병든 미국"이라는 현실에서 부인하고 배제한 과거의 잠재성을 현현시키는 데서 출발하는 것이다. 미래의 공동체는 변호사가 말하는 형제애에서 출발하지 않는다. 새로운 공동체에서 문제가 되는 것은 우리가 무엇을 해야 하는가가 아니고 우리가 무엇을 할 수 있는가이다. "어떤 배치가 정서적인 변용을 일으키며 동시에 변용되는 새로운 양식을 허용하는 가의 문제이다. 상호적인 친연성과 강도의 문제이지 상호적인 의무와 임무의 문제는 아니다"(Bogue 12). 중요한 것은 타인에게 영향을 미치고 동시에 영향을 받아 변용되는 것이다. 새로운 공동체의 토대는 정서적 변용이 발생하는, 즉 존재를 뒤흔드는 진정한 만남이다. 이것이 바로 변호사가 간과하고 있는 점이다. 새로운 공동체는 변호사가 말하는 피상적인 형제애나 인간적 유대와는 달리, 잠재성에 대해 자신을 진정으로 여는 만남에 기초를 두어야 하며 타인에게 영향을 미치며 동시에 영향을 받아 변용될 수 있는 배치가 되어야 한다.

4. '되기'의 실패와 잠재성의 정치학

들뢰즈는 기존의 배치를 뛰어 넘으려는 움직임을 두고 '되기'라고 명명했는데, 이는 하나의 배치에서 다른 배치로 전이되는 것을 의미한다. 반복적으로 쓰이는 바틀비의 표현에 다가가는 것은 바로 이러한 끊임없는 되기를 향한 움직임이다. 이것이 바로 들뢰즈가 『천의 고원』과 『앙띠 외디프스』에서 지속적으로 강조했던 바, 생산하는 욕망이 지닌 탈주하는 힘이고 탈영토화로 나가는 길이다. 이 되기의 지평위에서 바로 "소수자 되기"라는 것은 다름 아닌 지배적인 척도가 미리 파 놓은 홈 파인 길을 넘어 탈주하는 유목적 사고를 말한다.

그러나 변호사나 사무실의 혼란은 혼란으로 그치고 이러한 유목적 사고, "되기"에 이르지 못한다. 변호사가 궁극적으로 바틀비를 해석하는 방식은 그가 얼마나 '되기'에서 멀리 떨어져 있는 가를 보여준다. 그는 우선 바틀비를 우울증 환자로 해석한다. 바틀비가 죽은 후, 변호사 화자는 바틀비가 "워싱턴의 배달불능 편지 사무소"에서 일했기 때문에 "창백한 절망"에 이르게 되었다는 인과관계를 발견하며 이를 개인적 차원의 병적 기질로 축소시킨다. 변호사의 마지막 말 "아아, 바틀비여! 아아, 인간이라는 존재여"에서 변호사는 자신이 형제애를 느낀다고 생각했을 것이다. 그러나 이것은, 형제애보다는 둘 사이의 넘을 수 없는 간극을 보여준다.

바틀비는 전혀 다른 차원에서 과거에 실현되지 못한 것을 구원하고자 하며 그것이 곧 그에게 있어서의 새로운 미래의 출발이다. '되기'에 실패한 변호사와 잠재성의 정치학을 보여주는 바틀비의 간극은 너무나 크다. 그것은 지젝(Žižek)이 말하는 시차적 간극, "통합이나 매개가 전혀 불가능한 두 지점"(Žižek 4)에 가깝다. 두 시점 사이에는 공유하는 어떤 공간도 없다. 수동성 속으로 물러서는 것, 즉 현실에의 참여를 거부하는 것은 현실과 시차적 간극을 갖는 것이다. 멜빌의 성취는 이 시차적 간극을 형상화한 데 있다. 바틀비의 논리는 전복의 핵심인 시차적 간극을 보여주며 "새로운 공간을 여는 행동"(Žižek 342)이다. 이때 "간극을 메우는 것이 문제가 아니라 그 간극을 '되기' 속에서 사고하는 것"이 중요하다. 변호사의 마지막 말은 간극을 메우려는 행위이다. 그러나 되기에 이르기 위해서는 자신의 논리 속에 바틀비의 논리를 포괄하는 것이 아니라 둘 사이의 시차적 간극을 받아들이는 데서 출발해야 한다.

잠재성의 정치학은 과거에 있을 수도 있었으나 일어나지 않은 일을 살려 냄으로서 과거를 구원하고 나아가 미래의 정치의 장을 연다. 벤야민(Walter Benjamin)의 말대로 역사의 천사는 천국에서 불어오는 폭풍 때문에 날개를 제대로 접지 못한 채 미래로 떠밀려 가는데 이 폭풍이 상징하는 진보는 피할 수 없는 것이다(348). 이때 진보는 실현되지 않은 과거의 잠재성에서 나오며 바틀비는 그 잠재성을 반복적으로 불러일으킨다.

● 인용문헌

발터 벤야민. 『발터 벤야민의 문예이론』. 반성완 편역. 서울: 민음사, 1983.

양운덕. 「침묵의 증언, 불가능성의 증언: 아감벤의 생명 정치의 관점에서」. 『인문학 연구』 37 (2009): 83-113.

질 들뢰즈. 『카프카, 소수적인 문학을 위하여』. 이진경 역. 서울: 동문선, 2001.

_____. 『차이와 반복』. 김상환 역. 서울: 민음사, 2004.

_____. 『의미의 논리』. 이정우 역. 파주: 한길사, 2000.

Agamben, Giorgio. *Potentialities: Collected Essays in Philosophy*. Trans. Daniel Heller-Roazen. Stanford: Stanford UP, 1999.

Beverungen, Armin and Stephen Dunne. "'I'd Prefer Not To'. Bartleby and the Excesses of Interpretation." *Culture and Organization* 13 (2007): 171-83.

Bogue, Ronald. *Deleuze's Way*. Athens: U of Georgia, 2007.

Cooke, Alexander. "Resistance, Potentiality and the Law: Deleuze and Agamben on "Bartleby."" *Angelaki: Journal of the Theoretical Humanities* 10 (2005): 79-89.

Deleuze, Giles. "Bartleby; or, The Formula." *Essays Critical and Clinical*. Trans. Daniel W. Smith and Michael A. Greco. Minneapolis: U of Minnesota P, 1997.

Deleuze, Giles and Felix Guattari. *Anti-Oedipus: Capitalism and Schizophrenia*. Trans. Robert Hurley, Mark Seem, and Helen R. Lane. New York: Viking, 1977.

_____. *A Thousand Plateaus*. Trans. Brian Massumi. Minneapolis: U of Minnesota P, 1987.

Freud, Sigmund. "The Uncanny." *The Complete Psychological Works of Sigmund Freud* Vol. 17. Trans. James Stachey, *et als*. London: Hogarth, 1991. 224-46.

Melville, Herman. *Billy Budd, Sailor & Other Stories*. New York: Penguin Books, 1980.

Negri, Antonio and Michael Hardt. *Empire*. Cambridge: Harvard UP, 2000.

Patrick, Walton R. "Melville's 'Bartleby' and the Doctrine of Necessity." *American Literature* 41 (1969): 39-54.

Žižek, Slavoj. *The Parallax View*. Cambridge, Mass.: MIT P, 2006.

역사와 반복:
존 바스의 『연초장수』*

1. 기원으로 돌아가기

17세기를 시대배경으로 하여 메릴랜드에의 이주와 정착상황을 다루고 있는 존 바스(John Barth)의 『연초장수』(*The Sot-Weed Factor*)는 역사적인 실제인물들과 사건들이 다루어지고 있다는 점에서 역사소설의 범주에 속한다고 볼 수 있다. 그렇지만 이 작품은 "모든 역사소설들의 종말을 가져오는 역사소설"이라는 『시카고 트리뷴』(*Chicago Tribune*)지의 서평이 시사하듯, 기존의 역사소설들이 취하는 과거 역사에 대한 접근 방법과는 다른 새로운 시각에서 메릴랜드의 과거 역사를 다루고 있다(윤교찬 169-70). 『연초장수』에서 작가가 창조해낸 허구적 텍스트는 기존의 역사적 텍스트와 상충하기도 하고 그것을 우스꽝스럽거나 일그러진 모습으로 희화화하기도 한다. 바스는 기존의 역사적 기록과 허구적 텍스트를 섞는데 그 결과 기존의 가치판단을 전도시키는 동시에 새로운 역사쓰기가 시도된다.

---

* 윤교찬·조애리 공저.

『연초장수』가 발표된 이래 비평가들의 관심을 끈 것도 역사적인 기록과 허구적 텍스트를 혼합시킨 새로운 형식 때문이다. 린다 허천(Linda Hutcheon)은 이러한 소설 형식을 '역사적 초소설'(historiographic metafiction)이라고 명명한다. 허천은 역사적 초소설에서는 허구가 역사적 담론 안에 들어가지만 소설적 자율성을 잃지 않고 "세계에 대한" 텍스트와 문학을 재구성하는 가운데 역사와 소설이 (동등하지는 않더라도) 유사한 지위를 갖는다고 본다(124).[1] 『연초장수』에서 바스는 1708년의 에브니저 쿡(Ebenezer Cooke)이 쓴 "연초장수"라는 같은 제목의 시를 바탕으로 메릴랜드 고문서국의 역사문헌 등의 실제문헌과 이러한 실제문헌의 틈새를 메우는 허구적 텍스트를 삽입하여 역사를 재구성한다. 역사적 기록과 허구적 텍스트를 혼합하는 바스의 이러한 실험에 대해, 형식 자체에 대한 관심과 더불어 바스가 어느 시점의 미국 역사에 초점을 맞추는지 살펴볼 필요가 있다.

바스가 반복하는 시점은 미국 역사의 기원이다. 이 시점에서 역사와 허구를 혼합함으로써 "우리 역사 유산의 장미빛 역사 토대"에 의문을 제기(Bowen 22)하려는 의도로 보인다. 『연초장수』의 창작에 대해 바스 스스로도 개인적·국가적 정체성이라는 문제에 대한 관심에서 출발했다고 한다. 그는 20세기 멜로디를 18세기 스타일로 제시하려하며 "순수에 대한 비극적 관점, 경험에 대한 희극적 관점, 신세계(인디언들에게는 신세계가 아님) 대 구세계(그 당시로는 내게 여전히 새로운), 개인적·국가적 정체성의 문제들"(Barth 1995, 265)을 다루려한다고 했다. 이것은 바스 개인의 관심만은 아니고, 1960년대 이후 미국

---

1) 허천은 역사적 초소설의 예로 칼비노(Calvino)의 『보이지 않는 도시』(*Invisible Cities*)를 든다. "마르코 폴로는 역사적인 마르코 폴로이면서 동시에 그렇지 않다. 오늘날 어떻게 이 이탈리아 모험가를 알 수 있는가? 그 자신이 쓴 텍스트를 포함하여 텍스트를 통해서만 알 수 있다"(128).

소설이 강박적으로 과거에 사로잡히게 된 맥락을 볼 필요가 있다. 이는 문화적으로 유럽 중심적인 상황에서 탈피해 미국 고유의 목소리를 발견하려는 욕구와 관련되어 있으며, 이 소설도 미국 기원의 시점에서 메릴랜드 역사를 반복함으로써 미국의 정체성을 탐색하는 하나의 시도라고 볼 수 있다.

바스는 기원을 반복하는 가운데 역사적 기록이 고정시킨 역사를 형성중인 역사로 되돌린다. 역사는 '사건 발생 이후' 소급해서 봤을 때 항상 어떤 법칙에 지배되는 과정, 혹은 유의미한 단계들의 연속으로 읽힌다. 즉 과거의 필연성은 소급적으로 부여되며 정확히 말해 이 소급적 설정으로 인해 우연성이 필연성으로 전화된다(Zizek 1991, 188-9). 그러나 우리가 실제로 과거의 그 시점에 있을 때는 여러 가능성이 열려있고 어느 하나의 가능성으로 결정되는 것이 불가능한 일처럼 보인다. 바스는 마치 우리가 미국의 역사의 기원에 있는 것처럼, 역사적 텍스트도 하나의 가능성이고 허구적 텍스트도 똑같이 하나의 가능성인 기원으로 돌아간다. 이처럼 미국의 기원으로 돌아가고자 하는 그의 충동에는 공시적 상징계에서 생겨난 문제 항, 즉 국가적 · 개인적 정체성의 문제를 "통시적인 인과 연쇄내의 틈, 즉 잃어버린 고리"(Zizek 1991, 198)를 찾아 해결하려는 욕망이 있다.

『연초장수』에서 바스는 기원으로 돌아가 개인적 · 국가적 정체성을 탐구하려할 뿐 아니라, 나아가 역사가 무엇인가 하는 문제를 제기한다. 이때 그는 단지 역사의 객관성[2]에 의문을 던질 뿐 아니라, 역사를 독창적인 방식으로 규정짓는다. 본고에서는 역사와 텍스트에 대한 바스의 생각, 바스가 미국의 기원이

---

[2] 박인찬은 이 작품을 "역사 재구성의 인위성에 관한 것……, 즉 역사란 그것을 해석하고 재구성하는 사람의 목적에 따라 바뀔 수 있으므로 역사와 그에 관한 사실을 정확하게 혹은 객관적으로 확립될 수 없다는 점을 바스가 말하려는 것"(112)이라고 했다. 박인찬은 이러한 객관성의 부정에 대해 "겉보기에는 가치중립적이고 초월적인 것 같지만 오히려 제국주의의 지배질서와 그것의 근간이 되는 자유 인본주의를 위해 봉사하는 것"(122)으로 평가했다.

라는 역사적 시점을 반복한 의미를 분석한 후, 이러한 반복과 차이를 통해 바스가 역사를 어떻게 규정하는지 살펴보겠다.

2. 역사적 기록과 허구적 텍스트

바스는 과거를 우리가 알 수 있는 것은 텍스트를 통해서 뿐이라고 보는 점에서 텍스트에 대한 포스트모더니즘의 전제를 공유한다. 즉 텍스트성의 강화로 텍스트는 현실과 공존하게 되고 나아가 텍스트와 세계 사이의 간극이 사라진다(Connor 132). 줄로의 말대로 "존재하는 구성물은 언어가 구성한 구성물이다. 그래서 시가 역사를 쓰는 것이 가능해진다"(Zurlo 107). 이 작품 곳곳에는 역사적 기록과 두 종류의 허구적 텍스트가 산재해 있다. 첫째, 역사적 기록으로는 메릴랜드의 고문서국에서 찾아낸 여러 사료 이외에 인디안 추장의 딸인 포카혼타스(Pocahontas)와 탐험가인 존 스미스(Captain John Smith)의 신화적인 일화가 기록되어 있는 『버지니아 일반사』(*The General Historie of Virginia*)가 있다. 작품 속에 등장하는 허구적 텍스트로는 존 스미스의 『체사피크만에 이르는 비밀 여정일지』(*Secret Historie of the Voiage Up the Bay of Chesapeake*)와 헨리 벌링검 1세의 『헨리경의 비밀 일지』(*The Privie Journall of Sir Henry Burlingame*)가 있다. 이러한 역사적 기록을 모방한 허구적 텍스트 외에 또 다른 종류의 허구적 텍스트인 빌리 럼블리(Billy Rumbly)의 이야기도 있다.

이처럼 같은 사건에 대해 허구적 텍스트를 반복하는 것은 역사적 문헌이 구성하는 객관적 물신화를 해체하는 한 방식이다. 허구적 텍스트의 반복으로 인해 기존의 역사적 기록은 신뢰성이 떨어지고 여러 텍스트 중의 하나가 된다. 반면 허구적 텍스트는 역사적 기록과 동등한 지위를 갖고 각 텍스트는 하나의 기표 역할을 한다.

　우선 역사적 기록인『버지니아 일반사』를 보자. 이 기록에서 포카혼타스는 신세계의 정착을 돕는 수호천사이고 인디언 문제는 백인과 인디언의 화해로 해결이 된다. 그러나 역사적 기록의 형식을 모방한 허구적 텍스트인 벌링검 1세의『헨리경의 비밀 일지』는 인디언과 백인의 화해 장면을 전혀 다른 각도에서 제시한다. 존 스미스는 식민지의 구세주이며 신대륙에 구대륙의 문명을 전파한 인물이 아니라, 자신의 남성성을 자랑하는 음탕한 인물로 그려져 있다. 그는 "내놓고 추잡한 말로 자신이 정복한 여자들에 대해 떠버린다"(Barth 148).

　반면 포카혼타스는 제임스타운의 수호천사이자 스미스의 목숨을 구하기 위해 위험을 무릅쓰는 순진한 소녀가 아니며 16세인데 아직도 순결해서 문제인 인디언 처녀이다. 스미스를 구한 것도 그가 "처녀성을 버릴 수 있게 해줄" 유일한 사람이기 때문이라고 한다. 스미스가 보여주는 가지를 이용한 성행위 의식에서 그의 음탕함은 소극(farce)의 차원에 이른다. 바스는 이러한 소극적 에피소드를 통해 국가의 전통을 다룬 역사적 텍스트가 허구일 수 있다는 고통스러운 진실을 보여준다(Safer 428). 역사 기록과 허구 사이의 경계가 무너지고 두 텍스트 모두 차이를 보여주는 기표가 되어버린다.

　포카혼타스와 존 스미스 이야기에 대한 소극 형태의 허구적 텍스트가 역사 기록물이 제시한 화해의 비전에 의문을 던진다면, 빌리 럼블리의 경우는 화해불가능성을 좀 더 진지하게 검토한다. 여기서는 백인과 인디언의 문제가 문명과 야만의 이분법적 구분으로 제시되며, 빌리는 문명화된 야만의 한 전형을 보여준다. 그는 백인이 되기로, 즉 문명의 일부가 되는 길을 선택한다. 따라서 야만을 포기하고, 백인 문명에 몰입한 결과 완벽한 영어를 구사할 뿐 아니라, 완벽한 메릴랜드 신사의 외양을 갖춘다. 그러나 딜레마는 그대로 남는다. 그의 표면적인 변화에도 불구하고 그는 완벽하게 문명에 속하지 못한다. 이것은 애너(Anna)를 아내로 삼았을 때 그녀가 보이는 태도에 극적으로 표현된다. 문화적 변화의 가장 자랑스러운 표지가 될 줄 알았던 백인 여성과의 결혼이 오히려 그에게 오점이 된다. 애너는 인디언과 결혼한 것에 굴욕감을 느껴 가장 비천한 야만인보다 더 저급한 상태가 되기로 선택한다. "알 수 없는 보상의 법칙이 …… 있는 건가? 빌리 쪽에서 문명 쪽으로 접근하자 애너 쪽에서 짐승에 가까워지다니"(660). 실제로도 17-18세기에 인디언이 백인 문명에 동화되리라는 신화가 지배적이었으나 유혈사태가 있던 1775년경 이 개념은 변화되었으며 (Dippe 115), 바스는 화해의 비전과 상충되는 비전을 허구적 텍스트를 통해 제시하는 것이다. 인디언과 백인의 화해는 진정한 화해에 이르지 못하고 봉합으로 남는다. 억압된 무엇인가가 남을 때 그것은 반복적으로 나타나는데, 억압된 그 무엇인가가 회귀하여 허구적 텍스트에 나타난다. 억압은 허구적 텍스트인 『헨리경의 비밀일지』에 나타난 존 스미스의 모습으로, 또 다시 한번 바스의 『연초장수』에 나타난 빌리의 절망스러운 모습으로 반복된다.

바스에게 있어서 역사는 다중의 텍스트들이 보이는 차이 사이에 있다. 역사의 여신인 클리오(Clio)는 '창녀'로 형상화된다. "역사의 여신인 클리오는 작가가 그녀를 발견했을 당시, 이미 처녀성을 상실한 교활한 창녀에 불과했습니다. 그녀의 경우, 유혹을 한 사람과 유혹을 당한 사람을 구분해내려면, 언술 좋은 궤변가가 필요할 것입니다. 그렇지만, 그럼에도 불구하고, 그녀가 주장하는 미덥지 않은 정조를 작가가 범했다고 판결 받는다면, 작가는 기꺼이 기쁜 마음으로 생각할 수 있는 모든 친한 바람둥이들과 …… 함께 하겠습니다. 그러한 죄에 대한 유죄판결은 예술가나 그의 작품에 영광이 되기 때문입니다"(743). 바스가 보기에 교활한 창녀인 역사의 여신 클리오에게 애초에 순결은 없었던 것이다. 일견 바스가 순결이라는 잣대에서 클리오를 창녀였다고 부정적으로 규정하는 것처럼 보이지만 그는 이에 그치지 않는다. 그는 '창녀'의 의미를 물음으로써 역사의 의미를 재해석하고자 한다. 여성들이 서로 상대방을 창녀라고 부르는 장면을 살펴보면, 무려 6쪽을 차지하며 창녀에 해당하는 각 114개의 영어와 불어 어휘가 동원된다. 이 장면에서 창녀는 고정된 의미로 규정되는 것이 아니라 유희적인 언어 대체 놀이가 된다. 창녀라는 말의 끊임없는 반복으로 인해서 고정점이던 순결한 여성과 대립되는 창녀라는 기의는 사라지고 기의의 미끄러짐만 남게 된다. 즉 이러한 무수한 반복을 통하여 창녀는 순결한 처녀의 대립 항이 아니라, 114개의 단어가 의미하는 차이 오히려 그 차이 사이의 미끄러짐을 뜻하게 된다. 이 때 창녀는 클리오로 연결되면서 창녀의 의미 규정은 곧 역사의 의미를 규정하는 것이 된다. 역사는 수많은 기표 즉 텍스트의 차이 사이로 미끄러지는 것이 된다.

3. 원본과 시뮬라크르

바스는 보르헤스의 형식적 실험 특히 「뜰뢴」에 감탄하며 그것이 '고갈의 문학'을 벗어날 수 있는 한 실마리를 제공하는 것으로 본다. 「뜰뢴」에 대해 그가 감탄하는 것은 장구한 문학적 전통과 역사에 대한 부담 때문에 독창적인 글쓰기가 불가능한 현실에서 나온 실험적인 시도라는 점이다. "간단히 말해 「뜰뢴」은 그 자체가 패러다임이고 은유이다. 이야기의 형식이 아니라 이야기가 있다는 사실 자체가 상징적이다. 즉 '매체가 메시지이다'"(1984, 71). 바스가 보기에 형식의 새로움은 형식적 실험에 그치는 것이 아니다. 보르헤스는 자신의 소설이 아직 쓰여지지 않은 "가상의 텍스트에 대한 평"(Borges 67)이라고 했다. 원본은 존재하지 않고 "「뜰뢴」이라는 이야기 자체가 상상된 현실"(Borges

81), 즉 원본에 대한 시뮬라크르이며, 이런 의미에서 '매체가 메시지'라는 명제가 성립한다. 맥헤일(McHale)에 의하면 존재론적 층위의 위계구조 속에서 일종의 단축회로를 생산하는 허구적 메타 텍스트의 전략을 이용함으로써, 더 이상 독창적인 이야기를 쓸 수 없는 유구한 전통의 끝자락에 있는 불리함을 오히려 유리하게 적극 활용하고 있다는 것이다(27).

바스는 이 작품에서 미국의 기원이라는 주제에 대해 보르헤스적 실험을 시도한다. 여기서 원본에 해당하는 것이 에브니저가 처음 쓰려고 했던 「메릴랜디아드」("Marylandiad")라는 가상의 시고 이에 대한 평으로서 바스의 『연초장수』가 있는 것이다. 주인공인 에브니저는 이 소설의 시작에서는 자신을 거대서사를 쓰는 시인으로 설정한다. 에브니저가 생각하는 서사는 "가상적인 여행의 형태로, 독자에게 독자 자신이 여행자·시인인 것처럼 생생하고 경이롭게 그 지방(메릴랜드)의 즐거움을 발견할 수 있게"(168)하는 것이었다. 그는 이 서사가 메릴랜드의 정착에 얽힌 영웅적인 업적들을 묘사하는 "다른 모든 서사시를 능가하는" 시가 될 것이라고 생각한다. 서사시에 어울리는 내용으로 메릴랜드는 고귀한 선택을 한 이들이 개척한 지상 낙원이 된다. 에브니저는 '메릴란디아드' 서문 첫 장이 다음과 같이 시작한다고 말한다.

> 모든 서사시를 넘어서는 서사시. 메릴랜드 지방의 찰스 칼버트와 볼티모어경과 식민 지주들의 위풍당당한 가문의 역사와 그 지방이 어떻게 세워졌는지 말할 것이다. 야만인들을 물리친 정착민들의 용기와 인내, 그리고 거친 족속들로부터 그 땅을 구해내 지상의 낙원으로 만들어낸 놀라운 구원 …… 초목이 우거지고, 비옥하고, 번영하고, 문화가 있는 곳. (75)

보르헤스의 「뜰뢴」을 보면 원본에는 결코 도달할 수 없고 호르니르(hornir)라는 시뮬라크르를 만들어 낼 수 있을 뿐이다. 이때 만들어진 시뮬라크르(호르니르)는 과거를 "미래 못지않게 유연하고 부드러운 과거"(Borges 1988, 78)로 변형시키는 것이다. 바스의 『연초장수』는 보르헤스의 「뜰뢴」과 마찬가지로 과거를 유연하고 부드럽게 변형시키는 작업이다. 바스는 실존 인물인 에브니저 쿡을 기반으로 하되 그와 그가 속한 미국의 과거를 변형시켜 창조하는 것이다.

보르헤스 외에 바스가 참조하는 또 한 사람은 헨리 필딩(Henry Fielding)이다. 『연초장수』는 필딩의 작품 『톰 존스』(*Tom Jones*)의 형식을 반복한다. 바스는 1967년에 발표된 「고갈의 문학」에서 다음과 같이 그 이유를 밝힌다. 『연초장수』는 "작가의 역할을 모방하는 작가에 의해 쓰여진, 소설의 형태를 모방한 소설"(72)이다. 그리고 "이러한 식의 작품이 불쾌할 정도로 퇴폐적으로 들릴 수도 있겠지만, 그럼에도 불구하고 돈키호테(Quixote)가 골의 아마디스(Amadis of Gaul)를 모방하고……, 필딩이 리차드슨을 풍자한 데서 볼 수 있듯이, 소설의 출발이 바로 이러했다"(72). 『톰 존스』가 순수와 경험의 충돌과 그를 둘러싼 각종 에피소드를 희극적으로 다룬다면 바스는 순수의 문제를 소극(farce)의 형식으로 다루고 있다. 이 순수는 미국 역사의 초기 미국이 정의하던 자질이기도 한다. 바스는 순수에 대해 "나는 허무주의가 아니라 순수가 나의 진정한 주제임을 깨달았다. …… 좀 더 구체적으로 말하자면 순수에 대한 '비극적인 관점'을 깨달았다. 즉 순수는 위험하거나 과실을 범할 수 있다. 연기되거나 인위적으로 유지되면, 고착된 발달이 될 수 있다. 순수한 본인이나 옆 사람들에게 해로울 수 있다"(Barth 1995, 265)고 말했다.

하지만 순수라는 주제를 다룰 때 바스는 단순히 순수의 해악을 지적하는 데 그치지 않는다. 바스는 에브니저라는 희화화된 인물에 집중함으로써 순수에 대한 미국 역사를 둘러싼 기존의 거대담론을 분열시키고 새로운 기호를 제시한다. 이 소설은 오히려 에브니저의 순수라는 자아정체성이 불가능하다는 것을 보여준다. 리오타르(Llyotard)의 지적대로 포스트모던 소설이 "거대담론의 핵분열"(163)이라는 특징을 갖는다면, 에브니저가 경험하는 세계는 이러한 분열의 모습을 구체적으로 생생하게 드러낸다. 리오타르는 "정치 구호처럼 단일한 목적의 표출은 이런 분열에 의해 생겨난 감정의 무한한 능력에 맞지 않는다"(179)고 주장하는데 기존의 미국의 기원을 둘러싼 거대담론이 단일한 목적의 표출을 뜻한다면 『연초장수』는 핵분열에 의해 파생된 무한하게 다양한 담론을 보여준다.

에브니저의 가장 큰 특징은 '순수한 시인'이라는 상징적 위임에 갇혀 있는 것이다. 그는 '순수한 시인'을 선택했다고 생각하지만 사실은 상징계의 주체 위치를 받아들이고, 순수한 시인이라는 호명에 갇혀버린다. 알튀세의 말대로 "헤이, 거기 당신" 이라고 호명할 때 뒤돌아보는 순간 주체는 "늘 이미 규정된 주체"(Althusser 117)임을 받아들인다. 에브니저의 경우 "헤이 당신"은 순수한 미국적 아담이다. 즉 처녀지인 미국의 기원에 있는 전형적인 인간 아담에게 기대되는 자질이다. 에브니저는 주체의 텅 빈 자리를 순수한 아담이라는 호명으로 채우며 주체가 아니라 주체화의 과정을 보여준다. 에브니저는 지젝의 표현대로 "근본적으로 비주체적인 과정"(Zizek, 1989 174)인 주체의 모습을 보여준다. 그는 스스로도 "내가 선택한 것인가? 선택을 결정하는 '나'라는 인물은 없어! 선택이 '나'를 만들 뿐이지. 욕망보다 사랑을 중히 여기는 것은 고귀한 선택이야, 그리고 바로 고귀한 선택을 하는 거지. 내가 누구냐고? …… 순수한 사람이지. 또한 시인이기도 하지! 즉, 순진한 사람인 동시에 시인이기도 하지"(60)라고 의문을 제기한다. 『길의 끝』(The End of the Road)에서는 아주 진지한 주제로 다루어진 개인의 실존적 자유는 여기서는 시를 쓰기에 알맞은 노트가 무엇인가에 관한 아주 우스꽝스러운 선택을 놓고 고민하는 모습으로 바뀌면서 주체의 비주체적 측면이 강조된다.

　에브니저는 '순수'라는 호명에 사로잡혀 있을 뿐 아니라 순수를 육체적인 순결로 그 의미를 축소시킨다. 그는 여성과의 관계에서 순결을 지키는 것으로 자신의 순수를 입증하고, 자신이 사랑하는 대상 역시 순결해야한다고 생각한다. 그는 창녀인 조안(Joan)을 "신성한 처녀인 동시에 모든 아름다움의 이상"(62)이라고 간주한다. 창녀인 조안은 그의 기대나 행동과 전혀 어울리지 않게 에브니저의 방으로 들어오자마자 5기니를 요구하면서, "돈을 빨리 주고, …… 바지를 벗으시지"라고 말한다. 그러나 에브니저는, "값진 것에 어떻게 가격을 매기겠소? 어떻게 천국을 단순히 금으로 사겠소?"(53)라고 답한다. 하지만 주체 위치, 즉 호명에는 항상 "호명너머의 차원"(Zizek 1989, 129), 즉 잔여가 남기 마련이라는 지젝의 지적대로, 에브니저 역시 강박적으로 자신이 순수한 시인이라는 자기동일성에 집착하지만, 그에게도 '순수' 속에 포괄될 수 없는 것이 있게 마련이다. 에브니저는 외부적 현실과 관계없이 순수한 주체라는 주체 위치를 계속 고집한다. 그러나 조안의 현실적인 태도는 그 '순수'에 포괄될 수 없는 차원이 있다는 것을 암시해 준다.

　우리 자신을 이데올로기적 주체로 구성한 순간 즉 "호명에 응답하여 일정한 주체 위치를 차지한 순간 외상적 중핵(traumatic kernel)을 간과한다"(Zizek 2005, 251)는 지젝의 말대로, 에브니저가 집착하는 "시인이며 순수한" 주체 위치가 간과하는 외상적 중핵이 있으며 그 주체 위치는 끊임없이 과잉과 잔여의 위협을 받는다. 순수 혹은 순결의 환상은 사실은 억압된 사물(Thing)의 외상을 감추고 있는 것이다. 이때 억압된 것은 반복된다는 사실은 프로이트를 통해 익히 알려진바 있지만 지젝이 독창적으로 지적하듯이 "억압된 사물은 회귀할 뿐 아니라 외설적인 형태로 회귀한다"(Kay 136).

사이리언(Cyrian)호에서 에브니저가 보여주는 시선과 욕망은 이를 극단적으로 보여준다. 해적들이 여성들을 강간하는 이 장면에서 자신의 순결을 그다지도 소중하게 여기는 에브니저는 후에 조안으로 밝혀지는 여성을 거의 강간할 뻔 한다. 무어인에게 겁탈 당한 여성이 뒷 돛대에 매달려 있는 상황에서 에브니저는 "매달려 있는 여성을 향해 한 걸음씩 한 걸음씩 기어 올라갔다. …… 그는 욕망으로 휘청이며 그녀 쪽으로 갔다. '널 가질 거야! 정말 널 가질 거야!'"(263). 에브니저는 몰든(Malden)에서도 어떤 여성을 겁탈하려고 하는데 이 여성 역시 조안으로 밝혀진다.

에브니저란 인물 속에서 순수와 순결이 등치되지만, 이 순결은 겁탈의 욕망이라는 외설적 형태로 회귀한다. 그리고 그러한 욕망은 억압에도 불구하고, 아니 오히려 억압되었기 때문에 반복적으로 나타난다. 이처럼 미국의 기원에 있는 미국적 아담은 순수한 인물이 아니라 그 반대인 외설적인 인물로 드러난다. 이것은 에브니저 개인의 약점이 아니라 순수를 강요하는 상징적질서가 지닌 결여를 보여주는 것이다. 그가 집착하는 순결의 환상은 상징적 질서의 비일관성에 대한 회피, 비일관성을 은폐하기 위한 환상으로 볼 수 있다. 향락의 차원에서 본다면 그는 상징적 위임, 즉 향락을 포기하라는 강요된 선택을 받아들인 것이며 그 결과 "항상 불안하고 통합될 수 없는 잔여"(김용규 94)가 남는다. 바로 이 잔여, 외상적 중핵이 외설로 나타나는 것이다. 상징계에서 공적으로 강요되는 순결의 이면은 외설적 코드이다.

에브니저의 순수는 전도된 욕망에 의해 반박될 뿐 아니라, 벌링검 3세의 관점에서 재해석된다. 벌링검 3세는 순수에 고착되어 있는 에브니저과는 대조적으로 현란할 정도로 변신을 거듭한다. 그는 필요에 따라서 볼티모어경(Sir Baltimore), 그의 적인 존 쿠드(John Coode), 피터 세이어(Peter Seyer), 티모시 미첼(Timothy Mitchell), 니콜라스 로우(Nicholas Lowe), 그리고 에브니저로까지 변신한다. 에브니저와 정반대 극단에 위치한 벌링검 3세는 에브니저의 역사관을 그 기초까지 흔들어 버릴 뿐 아니라, 인간의 동질성을 정면으로 거부한다. 그는 동질적인 정체성에 고착되어 있는 에브니저에게 자신의 세계관을 다음과 같이 피력한다. "헤라클레이투스가 선포한대로 세상은 진정 유동적인 것이고, 이 우주는 변화와 움직임에 지나지 않아"(126). 인간에 대해서도 "인간 자기 자신 뿐 아니라, 자신의 본질의 밑바닥까지 바꿀 수 있다"(125)고 주장한다. 여기서 바스는 보르헤스의 생각을 반복하고 있다. 「시간」이라는 에세이에서 보르헤스는 "어떤 사람도 같은 강물에 두 번 다시 들어갈 수 없다"는 헤라클레이토스의 말을 인용하는 가운데 시간과 아울러 정체성의 문제를 제기한다. "왜 아무도 같은 강물에 두 번 다시 들어갈 수 없는가? 첫째, 강물이 흐르기 때문이다. 둘째 …… 우리 자신 역시 하나의 강물이며 우리들 또한 흐르기 때문이다" (보르헤스 1992, 268). 그러나 보르헤스가 덧없는 가운데 영속한 정체감, 즉 우리는 변화하지만 동시에 동일한 인물이라고 보는데 비해 벌링검 3세는 덧없음과 끝없는 변화만을 강조한다. 그의 존재 자체가 고착된 동질적 정체성에 매여 있는 에브니저에 대한 도전이다.

벌링검 3세가 이러한 인물로 형상화 된 것은 변화와 동일성을 통일시키는 대신 둘의 차이 사이 어디엔가 주체성의 의미가 숨어 있다는 바스의 생각을 드러낸다. 에브니저의 순수는 에브니저 자신의 행동을 통해 이처럼 정반대의 가치로 전도될 뿐, 순수에서 경험으로의 성장을 보여주지 않는다. 바스는 이 소설을 쓸 때 18세기 희극적 소설가, 특히 헨리 필딩의 스타일을 모방했지만,

순수에서 경험으로 성장을 보여주는『톰 존즈』와는 달리 이 작품에서는 "에브니저라는 인물이 통일적인 발전을 보여주지도 않고 통일된 구성도 없다"(Fogel & Slethaug 99). 그와 조안의 결혼이라는 구성상의 완결은 그의 성장을 보여주는 것이 아니라 "순결"이란 그의 원래의 기표를 반복할 뿐이다. 처음 조안이 창녀였다면 그가 결혼하는 조안 역시 병든 창녀일 뿐이다. 이는 보상받는 미덕이라는 필딩의 공식과도 동떨어진 결말이다. 에브니저는 성장하지도 않고 성장에 대한 보상을 받지도 못한다. 벌링검 3세의 존재 역시 에브니저의 성장을 불가능하게 만드는 한 요인이다. 벌링검은 "발전 대신 '전략'이나 '이야기'로 대체한다. 에브니저 역시 이러한 스승의 영향 때문에 숨어있던 씨앗이 열매를 맺는 식의 일종의 유기적인 성장이 불가능하다"(Ziegler 34-5).

바스의 소설『연초장수』는 에브니저라는 주체에 대해 새로운 해석을 제시할 뿐 아니라 선악의 대립과 선의 승리라는 미국 역사의 기원을 규정한 패러다임을 근본적으로 재검토한다. 볼티모어경이 에브니저에게 맡긴 임무는 메릴랜드의 역사를 악에 대항하는 선의 역사로 그려달라는 것이다. 볼티모어경에게 메릴랜드의 역사는 여러 음모에 대항하여 그의 가족이 메릴랜드를 지키려는 투쟁의 역사이다. 끊임없이 볼티모어경의 권위와 통제를 악화시키려는 쿠드는 악으로 설정된다. 여기서 중요한 것은 볼티모어경이 자신과 쿠드의 입장의 차이를 단지 차이가 아니라 대립으로 보는 것이다. 볼티모어경은 쿠드는 악이고 따라서 그 악을 부정하는 자신은 선이라는 데서 출발한다. 그러나『도덕의 계보학』에서 니체는 선악을 규정하는 방법을 성찰하면서 "적대적인 외부세계를 설정하고 자신과 다른 것을 부정함으로써"(Nietzsche 37), 즉 악을 부정함으로써 자신을 선으로 규정짓는 윤리를 노예의 윤리로 본다. 여기서 볼티모어경의 논리는 일견 정의의 심판을 말하는 듯 하지만 자세히 들여다보면 니체가 말하는 노예의 윤리이다. 세계를 이원적인 대립으로 파악하는 이러한 윤리의 한계는 다양한 입장이 점진적인 차이가 되는 것이 아니라 선 아니면 악이라는 이원적 대립의 틀 안에 갇히게 된다. 볼티모어경의 세계관, 에브니저의 세계관, 나아가 신세계를 향하여 떠난 미국인의 세계관 역시 이원적인 대립으로 이루 어져 있으며 이 대립에서 자신은 선에 속하는 것으로 본다.

경험의 세계에서의 거듭된 충돌에도 불구하고 에브니저의 선악의 대립이 라는 이원적 구도는 흔들리지 않는다. 에브니저 자신은 메릴랜드를 판단하는 준거점이 되고 메릴랜드는 비판의 대상이 된다. 그가 도착한 신세계에서 미국 인들은 "야만인들을 물리치는 …… 용기와 인내"를 지닌 문명의 전달자가 아 니라, 벌링검 3세의 말대로 "대개의 이주민들은 유럽에서 버림받은 이들이거 나, 그들의 자손들, 또는 반도들, 실패자들, 죄수들, 모험가들일 뿐이다"(165). 이러한 사람들이 모여 사는 곳에 질서를 부여해주는 법의 행사 또한 자의적이 며 전혀 정의가 구현되지 않는다. 결국 에브니저는 정의와는 거리가 먼 재판과 정에 개입해 자신의 순수함에 기반을 둔 주장으로 재판을 이끌어간 결과 자신 의 소유인 몰든을 빼앗기는 동시에 새로운 소유주에게 고용되는 도제살이 신 분으로 전락하고 만다. 이러한 경험에도 불구하고 에브니저는 자신은 선이고 그의 적은 악이라는 이원적 대립구도를 거듭 확인할 뿐이다.

하지만 벌링검 3세가 볼티모어경이며 동시에 쿠드인 것이 밝혀지면서 선 악의 대립이라는 구도는 깨어진다. 둘의 차이는 뛰어넘을 수 없는 선악의 대립 이 아니다. 벌링검 3세가 두 사람 모두가 된다는 것은 한 사람은 선, 한 사람은 악이 되는 도덕으로 세계가 설명될 수 없음을 보여준다. 벌링검 3세는 나아가 볼티모어경과 쿠드의 관계가 선악의 대립이 아니라 차이의 문제임을 보여준 다. 쿠드의 입장이 볼티모어경과 대립 속에서 규정되지도 않을 뿐더러 쿠드는 음모 자체를 사랑하는 활기 넘친 인물로 제시된다. 실제로 볼티모어경은 선이라는 자신의 아편으로 미국 내 영국인들을 약화시켜 프랑스인들과 인디언들에게 항복하게 하고 이곳을 가톨릭의 땅으로 만들려 한다. 그가 악당일 수도 있고 그의 적들인 쿠드, 펜(Penn), 클레본(Clairbone) 등이 영웅일 수도 있는 것이다(Holder 599). 벌링검 3세가 해석해낸 차이의 세계 앞에서 에브니저는 선악의 이원적 대립으로 이해되지 않는 카오스를 경험한다. 선악의 기준이 흔들리고 옳고 그름에 대한 판단을 유보할 수밖에 없게 된 그에게 역사는 이제 카오스로 다가온다. "인간 역사의 과정이 발전인가, 한편의 드라마인가, 퇴보인가, 공전인가, 파동인가, 소용돌이인가, 좌 또는 우방향의 나선 운동인가, 단지 연속인가, 또는 그 외 여러 가지인가"(679). 에브니저가 겪는 이러한 혼란은 바스가 역사, 특히 미국의 기원에 대해 독자가 느꼈으면 하는 혼란이기도 하다. 바스는 미국 역사의 기원으로 돌아가, 그 시절을 반복함으로써 미국사가 필연적으로 규정된 선·악의 대립이나 선이 승리하는 역사가 아니라 차이의 무한한 반복인 카오스였음을 보여주고자 한다.

4. 반복과 차이의 역사

바스는 역사에 대해 "물론 역사 자체가 소극은 아니지만 역사는 소극의 형태로 반복 한다"(Barth 1984, 72)는 견해를 밝힌 바 있다. 『연초장수』는 그의 역사관이 잘 드러나는 한 예라고 할 수 있다. 이 작품은 바스가 미국 역사의 기원으로 돌아가 그 시점의 역사를 소극의 형태로 반복하는 하나의 시도이다. 이러한 반복을 통해 드러난 메릴랜드는 "언캐니"(uncnny)하다. 프로이트의 정의에 의하면 언캐니는 낯익지만 낯선 것이다. 독일어로 언캐니(*unheimlich*)는 고향

(heim)에서 비롯된 것으로 고향이란 말속에 '낯익은'이라는 뜻과 함께 '숨겨놓은'이라는 뜻이 있다(Freud 224-6). 이 때 숨겨놓은 것이 드러나는 순간 낯익은 고향이 "언캐니"해지는데, 『연초장수』에서도 낯익은 메릴랜드가 낯설어진다. 반복은 숨겨진 억압이 있음을 지시하는 기호이며 바스는 메릴랜드 나아가 미국을 언캐니한 것으로 제시한다.

바스는 이처럼 미국의 기원을 반복하는 가운데 낯익으며 동시에 낯선 언캐니한 측면만을 드러내는데서 나아가, '역사는 무엇인가?'라는 의문을 제기한다. 바스는 기존 역사에 대한 실증적인 비판이나 건국신화의 인위성을 지적하는데 그치는 것이 아니라 역사의 객관성에 의문을 제기하고 역사를 상상하고자 한다. 존 엔크(John J. Enck)와의 1965년 대담에서 "물리적 사실의 자의성을 알고 그것의 결정성을 받아들이길 내켜하지 않는 감성도 있다……. 이런 정서, 일종의 형이상학적 정서야말로 예술, 적어도 어떤 종류의 예술이 무엇인가라는 핵심문제를 지시한다. 세계에 대한 대안을 상상하려는 충동이야말로 작가의 충동이 될 수 있다"(23). 과거는 객관적으로 확정된 물신이 아니라 상상적 충동에 의해 끝없이 반복적으로 재창조 될 수 있다는 것이다. "헨리 벌링검이 주시했던 것처럼, 우리 모두의 과거를 변덕스러움과 이해관계의 지시에 따라 약간씩은 창조해내고 있습니다. 지난 시대에 일어났던 일은 현재에는 우리의 운명이 이럭저럭 빚어내야 할 진흙덩이일 뿐입니다"(743).

보르헤스의 용어를 빌자면 뜰뢴의 여러 구성물과 마찬가지로 바스 자신의 이야기도 하나의 호르니르이다. 에브니저의 개인사는 시뮬라크르, 즉 "자유롭고 우연적인 복제 가운데 하나"(양운덕 18)이다. 바스에게 역사가 반복되는 시뮬라크르의 미끄러짐이라고 한다면 바스에게는 자신의 『연초장수』 역시 가능한 시뮬라크르 중 하나이다.

● 인용문헌

김용규. 「지젝의 대타자와 실재계의 윤리」. 『비평과 이론』 9 (2004), 81-115.

박인찬. 『소설의 죽음이후: 최근 미국소설론』. 서울: 숙명여자대학교, 2008.

보르헤스, 호르게 루이스. 『허구들, *Ficciones*』. 박병규 역. 서울: 녹진, 1992.

양운덕. 『보르헤스의 지팡이』. 서울: 민음사, 2008.

윤교찬. 「존 바쓰의 『연초장수』 – 소설 속의 역사 다루기를 중심으로」. 『서강영문학』 3 (1991): 169-84.

Althusser, Louis. *Lenin and Philosophy and Other Essays*. Trans. Ben Brewster. New York: Monthly Review P, 2001.

Barth, John. *Further Friday and Essays, Lectures, and Other Nonfiction 1984-94*. Boston: Little Brown and Company, 1995.

_____. *The Friday Book: Essays and Other Nonfiction*. New York: G. P. Putnam's Sons, 1984.

_____. *The Sot-Weed Factor*. New York: Anchor Books, 1987.

Borges, Jorge Luis. *Collected Fictions*. Trans. Andrew Hurley. New York: Penguin Books, 1988.

Bowen, Zack. *A Reader's Guide to John Barth*. Westport: Greenwood P, 1994.

Connor, Steven. *Postmodernist Culture: An Introduction to Theories of the Contemporary*. London: Blackwell, 1995.

Dippie, Brian, W. "His Visage Wild: His form Exotik: Indian Themes and Cultural Guilt in John Barth's *The Sot-Weed Factor*." *American Quarterly* 21 (1969): 113-21.

Enck, John J. "John Barth: Interview by John J. Enck." *The Contemporary Writer: Interviews with Sixteen Novelists and Poets*. Eds. L. S. Dembo and Cyrena N. Pondrom. Madison: U of Wisconsin P, 1972, 18-29.

Fogel, Stan and Gordon Slethaug, *Understanding John Barth*. Columbia: U of South Carolina, 1990.

Freud, Sigmund. "The 'Uncanny'(1919)." *The Standard Edition of the Complete Psychological Works of Sigmund Freud* Vol 17. Trans. James Strachey. London: Hogarth P, 1955. 217-56.

Holder, Alan. "'What Marvelous Plot . . . Was Afoot?': History in Barth's *The Sot-Weed Factor*." *American Quarterly* 20 (1968): 596-604.

Hutcheon, Linda. *A Poetics of Postmodernism: History, Theory, Fiction*. New York and London: Routledge,

1988.

Kay, Sarah. *Zizek: A Critical Introduction*. Cambridge: Polity, 2003.

Lyotard, Jean-Francois. "Postmodernism and History." *Poststructuralism and the Question of History*. Eds. Derek Attridge, Geoff Bennington and Robert Young. Cambridge: Cambridge UP, 1987.

McHale, Brian. *Constructing Postmodernism*. London: Routledge, 1992.

Nietzsche, Friedrich. *On the Genealogy of Morals*. Trans. Walter Kaufmann & R. J. Hollingdale. New York: Vintage Books, 1989.

Safer, Elaine B. "The Allusive Mode and Black Humor in Barth's *The Sot-Weed Factor*." *Studies in the Novel* 13 (1981): 424-38.

Ziegler, Heide. *John Barth*. London and New York: Methuen, 1987.

Zizek, Slavoj. *The Sublime Object of Ideology*. London: Verso, 1989.

_____. *For They Know Not What They Do*. London: Verso, 1991.

_____. *Interrogating the Real*. Eds. Rex Butler and Scott Stephens. London: Continuum, 2005.

Zurlo, John. "'A Tale Well Wrought Is the Gossip o' the gods': Storytelling in John Barth's *The Sot-Weed Factor*." *Rocky Mountain Review of Language and Literature* 36 (1982): 103-10.